老家

杨爱梅 著

经济日报出版社

图书在版编目（CIP）数据

老家 / 杨爱梅著. -- 北京：经济日报出版社，
2022.4
ISBN 978-7-5196-1076-0

Ⅰ.①老… Ⅱ.①杨… Ⅲ.①散文集-中国-当代
Ⅳ.①I267

中国版本图书馆 CIP 数据核字(2022)第 056741 号

老 家

作　　者	杨爱梅
责任编辑	王　含
责任校对	蒋　佳
出版发行	经济日报出版社
地　　址	北京市西城区白纸坊东街 2 号 (邮政编码:100054)
电　　话	010-63567684 （总编室）
	010-63584556　63567691 （财经编辑部）
	010-63567687 （企业与企业家史编辑部）
	010-63567683 （经济与管理学术编辑部）
	010-63538621　63567692 （发行部）
网　　址	www.edpbook.com.cn
E － mail	edpbook@126.com
经　　销	全国新华书店
印　　刷	成都兴怡包装装潢有限公司
开　　本	880mm×1230mm　1/32
印　　张	10.5
字　　数	220 千字
版　　次	2022 年 4 月第 1 版
印　　次	2023 年 1 月第 1 次印刷
书　　号	ISBN 978-7-5196-1076-0
定　　价	88.00 元

守望永恒

——杨爱梅散文集《老家》序

张石山

在我们山西文坛，说来该是尽人皆知：我省忻州地区，有一个名头响亮的女作家群。省作协大院的驻会作家，和她们几位都很熟悉，大家寻常往来，相处成了好朋友。其中有个杨爱梅，坚持业余创作有年，迄今发表出版各种文字达数十万言。继出版诗集《玻璃碎片》之后，她新近将出版的一部散文集《老家》。

所谓"专业作家""业余作者"云云，不过是当代体制下新创的说法。中国自古有一个读书识字的士君子群体，大家共同读的是先秦圣贤书、识的是中国方块字。或科举高中，仕任居官，或平居田园，耕读传家，皆在尽力葆育我们的文明传统。时代发展到当今，读书人文化人无论身居何处，其葆育文明传承文脉的担当精神，应该与古来一般无二。爱好写作，专业乎，业余乎，绝无高下之分。比起以写作赚稿酬而为"稻梁谋"的专业作家写手，以写作为爱好的业余作者，其创作或少了某种羁勒而有更多率性的自由。学术文化的根基沃土从来都在民间，所谓业余写作者当中大有高手在。

一个人，在做好自己的本职工作之余，喜好文学写作，我一向认为值得大加首肯。文学犹如哲学、美学、佛学，可以抒发性情、完善自我，能够感染读者、影响他人。文学，引领我们反思。经由反思反省，进而净化心灵、升华精神。是为"穿越自身，抵达彼岸"。所谓文学的自我救赎功能，证得菩提，自觉进而觉他，顺理成章已在其中。此刻，作者已然超越了真实的生活层面，在文字建构的精神世界里飞翔驰骋，不啻两世为人。看了杨爱梅的作品，相信她在多年的写作历练中，已然拈花一笑，得之在心。

杨爱梅的这部《老家》，收有散文近40篇。其中有些篇章，早在博客初兴的时代，我就曾经看过，印象颇为深刻。今番细细展读，它们愈加引发出我内心深处的强烈共鸣。

对于许多城里人来说，所谓"老家"，只是一个词汇，一个填表时的"籍贯"。然而对于曾经在村里长大的人们来说，"老家"的意义无比丰赡。它是我们祖先的埋骨之地，它是我们的父母之邦，它是我们永远的牵挂和念想，它是我们梦魂萦绕之地，它是我们血脉由来的源头，它是我们精神生命的有机构成。杨爱梅的散文，写到了老家的方方面面。有故里山川，有众多人物；有童年的久远记忆，有历次回乡的见闻感受。她还写到了记忆中的许多民情乡俗。圣人"化民成俗"，民俗，正是我们华夏文明从远古流淌而来的此在之河。我们一道沐浴其中，使我们成为我们。

童年的记忆犹如晨星，是那样清晰而高远；村人故旧，是那样熟悉而亲切；鸡鸣犬吠仿佛就在耳边，庄禾草木散发着醉人的幽香。杨爱梅的文字，不事雕琢，一派质朴；我手我心，中无罣碍。这样的文字，正与其书写的关于老家的内容达于浑然一体。字里行间，真情实感，无须渲染，沛然而出。

杨爱梅经常回老家，几乎每次有所见闻，都会形诸笔端。正是无须刻意去"深入生活"，我们始终都在不得不然的生活中。她甚至不必预设写作目标，山阴道上，风光无限。于是，她的多篇散文，随着时间递进，在无形中构成了一个忠实记录老家变化的珍贵"日志"。

读着这些文字，有共同经历体验的读者会倍感亲切，同时会倍感沉重。我们，不仅某些经历有共同之处，我们的文化是相通的，杨爱梅的老家，何尝不是我们许多人的老家。

几十年来，中国的现代化进程势不可挡，有诸多业绩国人耳熟能详，甚而举世瞩目。然而，谁都无法回避的事实是，这一进程一体两面，以广大乡村的凋散为代价，我们却无法制止。我们的传统文明正在被连根拔起，厚德载物的父母之邦正在沦陷，我们却无能为力。

诚如作者所言："作为那块土地养育大的人，也只能尽量全面地用文字留下点什么，以便村子消失以后，后人还能知晓有过这么个村子，这么些人，这么些民情故事……这就是本集子全部的创作初衷。"是啊，除此而外，我们还能怎么样呢？

不过，我们倒也不必太过沮丧。

农家子女，从老家走出来的读书人，我们终于学会了写字，学会了作文。我们不再是失语的一代，我们能够替我们的父老代言，替"沉默的大多数"发声。

而且，将我们的记忆形诸文字，其间自有文明密码的传承。数千载时光，朝代更迭，曾经摧毁碾压过多少人的梦里家园？而四书五经焚而不绝，华夏道统存而不灭。养育了我们的文明，强韧无比。作为这一文明养育的子民，我们世世代代在呵护反哺传承着我们的文明。

让我们以文学的名义，以文字的形式，守望我们的"老家"，守望永恒！

是为序。

2018 年 11 月 15 日

夏历戊戌冬日

目录
CONTENTS

/
目
录
/

第一辑

老家

LAO JIA

Chapter 1

一鞭子甩出来的一条沟
一嗓子爬山调喊出来的弯弯路
一条清水河孕育了的杨树柳树
一把镐头一张铁锹挖出来的一排排土窑
这，就是我的老家

半山坡上石头黄泥垒起来的烟囱
山根脚下没有大门的土院
石碾盘是全村人休闲时共餐的圆桌
土磨道是蒙了眼睛的毛驴转了几千年的老路
这，就是我的老家

阳婆出工时山顶戴上了红帽子
阳婆收工时大山穿上了黄裙子
月亮下悠扬的笛声缠绕着柳梢如泣如诉
马灯下酸甜苦辣的说书场通宵不眠
这，就是我的老家

春天，黄牛拉着铁犁种下糜子谷子黄豆山药……
秋天，父亲用脊背背回来核桃海棠红枣油梨……
黎明，驮炭骡子的串铃声响起
公鸡就一遍一遍地打鸣
傍晚，母鸡上架了
花脖子狗瞅着黑黢黢的山头寸步不离
这，就是我的老家

一声麻炮炸开满沟杏花
一锹踏下去就是一口水井
那熏醉了小村的四季芳香哟
那汩汩冒出来的清泉
几十年来，甜透了我的骨髓
哦，我亲也亲不够的老家

山曲儿

大山里长出来的，才叫山曲儿呢。

行走在黄土高坡弯弯的山路上，天空是镜子，清风是绢绸，寂静的天底下，你能听得到自己的喘气声和脚踩黄土的沙沙声。然而，这里却没有孤独，说不定对面的哪个圪梁梁上，或者脚下的哪条山沟沟里，会突然飘过来悠悠扬扬、舒心悦耳的山曲儿。不过，请不要循声去瞅人，即使人就在对坝坝的圪梁梁上，也不一定能瞅得到。站在黄土高坡上，隔一条沟，声音清晰无比，人却是个黑点儿，跟你身边秋风梳理过的黄蒿一样，跟漫山遍野的庄禾一样。除非那人是在艳阳下穿了红彤彤的衣服，或者坡上斜斜地洒下来游云般的羊群，要么视野内有悠闲镇定、大摇大摆拉犁的黄牛，否则，你是找不到歌者的。

我偏爱这样的境地。记得在乡村做民办老师的时候，家距离教书的学校15华里，其间两座半山。每次上路，不是上坡就是下坡，而或高亢或柔美的山曲儿，总在这两座半山间飘荡。不仅仅因为身边有一条驮炭路，那缠绕在山间的小路边的庄稼圪梁梁、放羊山洼洼，劳作的人们每每用饮山风喝泉水的嗓子，与庄禾倾诉、与羊群倾诉、与自我倾诉……

听了多少山曲儿？没记住，只知道，有放羊的唱的，有耕地的唱的，有驮炭的唱的，有走路的唱的，也有锄地、挖野菜的唱的……然而，我却统统没有见过歌者，也不记得曲儿声是从哪时飘起，下一曲又在哪儿对接，好像那曲儿是跟清风裹在一起的，不经意间，哪道土圪塄哪棵小树，一碰，就有曲儿了。

真的，一方水土，一方风情。在老家，无论走路，还是干活，唱曲儿、听曲儿，像太阳升起和落下一样平常。是为了解闷？还是为了舒心？不知道。反正两三年的时间，一直重复那两座半山，却从来没有觉得山高路远了、走得累了、听得烦了。随意坐在哪个黄土圪塄塄上，听着清风送来的山曲儿，写写日记，作首小诗，实在是件再惬意不过的事了。

直到走出大山以后，才知道，外面的人叫山曲儿为民歌。然而，不管别人怎么叫，我却偏爱叫山曲儿。用老家人习惯了的儿化音发声，特有味道。山曲儿融入四季，山曲儿泥土清香，只有山曲儿才是属于老家的，属于黄土地的，属于老百姓的。

不知道山曲儿从甚时候唱起来？传承了多少代？传唱了多少年？"年年唱来月月唱，唱死多少老皇上"。

坐落在黄土高原腹地的老家，沟壑纵横，山坡陡地，却是山曲儿生长的沃土，它和漫山遍野的糜子谷子、黄蒿苦菜一样茂盛，一样寻常，一样亲切。仿佛那赤条赤背的山梁坡峁，一经山曲儿缠绕，便有了灵性，有了人情味。

据记载，早在新石器时期，老家一带就有人类生息繁衍了。千百年来，人们日出而作，日落而息，那因了水流冲刷而支离破碎的沟渠梁峁，一年四季都有乡亲们劳作的身影。"东山上糜子西山上谷，等哥哥等到天黢黑（黑，乡音韵）""南梁上羊群北崖底窑，瞭不见妹子心圪燎"。在那绵延起伏的黄土皱褶里，一道圪梁两道洼，挡得住视线拦得住路，却挡不住春心萌动、山风传情。于是，"爬上圪梁喊一句话，妹子在山底等一下（ha）"。人们知道，在那特有的地域环境里，声音比腿脚更快捷、更方便。于是，爷爷喊，孙子也喊，有事喊，有情也喊，喊着喊着，就喊出了无数的调调、无数的词，喊成了倾情达意的山曲儿。

山曲儿更多的是倾诉情感的。语言不好表达的，就唱成曲儿；见面羞于表达的，就隔沟隔梁隔墙头唱给你听。"你走那圪梁梁上我走这沟，听见唱曲子你就招一招手""羊群群漫下一条条洼，打住头羊咱说两句话""我们这地方靠河畔，大闺女就爱那扳船汉"。

几棵树立起来的小山村，梁头上一家崖根底一户，鸡鸣狗叫，风吟水唱，人们的相互联系，除了羊肠子一样的路，就是悠悠扬扬的曲儿。唱曲儿成了人们离不开的伴儿，成了传情诉苦的工具。"见甚唱甚，想甚唱甚"，高兴了唱，难活了也唱。"男人难活唱曲子，女人难活哭鼻子"。后来，女人发现唱比哭好，于是，就男人女人一起唱，一递一句唱。唱曲子是情感的倾诉，是心灵与心灵、心灵与大自然的交融。唱了就通达了，唱了就舒展了。"唱曲子容易得调子难，学会唱曲子解心宽。""年年起来打光棍，唱曲子治一治心头病。"男人在圪梁上耕地给牛唱，女人在炕头上做针线给猫唱。驮炭的不唱毛驴瘦，放羊的不唱羊掉膘。鞭梢上甩出来的山曲儿，敞开来嗓子可圪梁吼，那畅快劲儿，像做皇帝一样过瘾。

在十年九旱的黄土圪梁梁上，有多少糜子谷子、蒿草苦菜，就有多少山曲儿。"山曲儿唱起来调子多，三斗三升三笸箩。"

"黄河上浪大水漂船,山曲子甚会儿也唱不完。""拉起胡胡哨起枚,咱二人唱上段二流水。"

在山曲儿中,有放羊曲儿、扳船曲儿、耕地曲儿、走西口曲儿、打伙计曲儿,有闺中怨,也有山头爽……那海海漫漫的山曲儿,没有具体的词作者,也没有有名有姓的曲作者。嘴里唱,肚里生,即情即景,随景编出来,信口唱出来。每一曲都是生活的写照,每一句都是心情的宣泄。"泪蛋蛋本是心上的油,谁不心疼谁不流""秋风糜子寒露谷,嘴里头唱曲子心里头哭""墙头上的黄蒿长不成树,寻不上个好男人气破肚""前半夜想你吹不熄灯,后半夜想你等不得明""山沟沟流水一条条线,想死想活见不上个面"……

母亲说,她年轻时,每到正月十五,不大的小村子,总有人出来闹红火,不管男女老少,拉起胡胡吹起枚,就地打开摊子,随手拿起扫帚、担起箩筐做道具,全村老少你方唱罢我登场,直唱得词穷兴尽,日落西山。

繁荣茂盛的山曲儿,经过一代代人的打磨,磨出了曲名,磨出了调,磨成了传唱经久的精品。

我小时候,老家唱山曲儿还依旧浓厚。"千日胡胡百日枚",村里拉胡胡的,吹枚的,敲鼓拍镲的,什么人才都有。他们没进过学校,不识曲谱,却拉得流畅,吹得悠扬。一代代老的带,小的学,自揣自摩。劳动休息的田头,农闲相聚的巷口,都是大伙儿唱曲儿的舞台。"树梢梢摇摆山曲曲起,心尖尖唿扇叫上你。"至于"羊坡里的曲儿,犁耧沟里的歌,磨道里的酸调调,毛驴也会嚎几曲",那都是即景吟唱,随心吟唱,不算数的。就传唱下来的精品山曲儿,老家人也大都能开口得调,唱得有板有眼。

在我的家族里，我大姥爷唱得一嗓子好曲儿，他闭着眼睛唱《水刮西包头》的样子和调子，至今我都依稀记得。都说我三爹笨，可他唱起曲儿来却有板有眼，抑扬顿挫，什么《五哥放羊》《光棍哭妻》他都会唱，他还会吹枚呢。夕阳西下，坐在垴畔圪梁梁上的三爹，歪着脑袋吹着枚，夕阳染红的背影随着悠扬的曲调剪贴在瓦蓝瓦蓝的天幕上，很美！真的，现在想来，都仿佛童话般美丽！

我母亲唱曲儿，多在冬季农闲时，一个人坐在炕头，边做针线边不高不低地哼唱，唱得我们下学回到街口，就能听出家里暖暖的味道。

我父亲也爱唱曲儿。我们家兄弟姊妹多，小时候，一到晚上，都要上炕围着灯树坐，害得母亲不能好好做针线。于是，父亲就坐在距离灯树最远的前炕躺柜拐子上，给我们唱曲儿。那时候不懂得嗓子好赖，反正围坐在父亲膝下听得忒入神，一个个小脑袋，像出壳的小鸡，随着旋律摇来晃去，投入了，便也跟着哼哼几句，什么《走西口》《走太原》《住娘家》《赶牲灵》……一曲接一曲，一唱就是大半夜，那暖暖的窑洞、豆大的油灯、悠扬顺耳的曲儿，让乡野僻静的夜，无限温馨……

姐姐和我也都会唱些曲儿，如《打樱桃》《五哥放羊》《走西口》《住娘家》。站在圪梁梁上，四野空旷，风清气爽，敞开来无羁无绊地吼上两嗓子，实在是件舒心惬意的事。

而今，离开那块土地多年了，没有唱曲儿的环境了，好些曲儿也都淡忘了。

也就40多年的时间吧，我淡忘了好多山曲儿，我们这一代人淡忘了好多山曲儿，我们的下一代，原本就没有走近那片土地上长出来的山曲儿。

随着农村人口的不断流出和乡村的快速衰落，山曲儿也快速地枯萎着。然而，山曲儿的鲜活、真挚、接地气，以及曲调的柔美悠扬，都是人们非常喜爱的。于是，在名利泛滥的今天，人们便把山曲儿请进了城市，搬上了舞台。

一次，看了阿宝在电视上《中华情》栏目唱的《挂红灯》，差点儿气得我吐血。那么动情柔美的曲调，被阿宝配着打击乐声嘶力竭的干号，震得千疮百孔，面目全非。就此，我还写过一篇评论，放在自己的博客上。当时，真的还引来不少共鸣者呢。

然而，共鸣归共鸣，山曲儿还是逃脱不了背井离乡、被霓虹灯打击乐绑架到现代舞台上的命运，为那些想做黄金梦的星们做垫脚石。

而今，山曲儿（民歌）已经被搬到了非遗项目中。也就是说，它再也回不到"对坝坝那圪梁梁上"了。这是发展的轨迹，也是新陈代谢的必然吧。

老家的山曲儿，是黄土地上的皱褶里长出来的。所有地方的山曲儿，都是本域土地上长出来。人们喜爱山曲儿，就是喜爱它的鲜活，喜爱它的地域性特色，喜爱它带露水的泥土味。

请不要再践踏山曲儿了，想唱山曲儿，想研究山曲儿，就应该首先去熟悉其地域，研究其地域语言、地域唱腔。因为山曲儿是属于地域的，它最大的特色就是地域语言、地域唱腔，那是它的源头，它的本色。就像唱河曲山曲儿（民歌）不能用普通话、流行腔一样，唱保德山曲儿也一定要用保德话、保德腔。否则，将失去其根，找不到其源。不要怕搬上大舞台北京人听不懂，上海人听不懂，山曲儿要的是味道。如果听者有兴趣问一声"这是什么意思"？那黄土地上的根，就此被刨出来了。而我们传承山曲儿（民歌），一个核心任务，不就是传承其地域文化吗？

"细麻绳绳捆铺盖，两眼流泪走口外""白布衫衫袖袖长，我给你买上那洋冰糖"，每一句都有其地域和时代的印痕。如果失却了地域特色，被"标准化"了，也就意味着山曲儿（民歌）本身的消失。

我不研究山曲儿（民歌），没有其理论上的知识。但我爱山曲儿，爱得死心塌地，爱其原汁原味。我的所有认知，都来源于现实生活，来源于自我的感悟与思考。也许不准确，不到位。但是，真心地希望山曲儿不仅是亮嗓子的工具，更应该成为地域文化传承的通道，地域历史探寻的窗口。

山丹丹花开圪爪爪红，山曲曲唱醒懵懵懂懂人。

醒了，天亮了，味道就出来了……

回老家

　　自从父母随我外出定居以来，已有十几年没有回过老家了。我是一个爱做梦的人，每有梦，必有老家的山山水水、窑洞土路、邻里乡亲。早就想回去看看了，一直未能成行。2010年4月，相约同村的刘峻梅，终于回老家了。

　　快进村了，车子行驶在鞋带一样的盘山水泥路面上，心里有说不出来的亲切、期盼和感慨。山还是过去的山，河还是过去的河，路还是过去的路，只是路面由厚厚的黄土变成了薄薄的水泥层。

　　车子走到山豁处，路基越来越窄，路面越来越单薄了。下车一看，眼前虽然还是水泥路面，但路面下的黄土早已被雨水涮空了。路，仿佛是一条一两寸厚的水泥板子，搭在土豁口两端的土圪塄塄上，说桥太薄，说路无基。敢过吗？它能承载一辆车子吗？我担心了。作为老司机的弟弟下车来，前后左右端详了半天，说：人都下车，我开空车闪过去。

　　我拦不住，弟弟不容分说地一脚油门，车子从壑的一端"飞"到了另一端……

　　正值春耕，满山满梁，远远近近，黄牛拉着铁犁，翻出来清

10

新甜润的新土味，顷刻间，柔软了我紧张的神经。

看见我的村子了，我选择一个相对的制高点，拍下它的全景……

在外20多年了，每每用文字描述，都说老家温暖在大山的皱褶里。而今看来，那都是梦境般的描绘。眼下，才真真切切地感受到了皱褶里老家的模样和滋味。

其实，我们村更像一个三角漏斗。中间石河，三面土山，三道沟交汇，三条河贯通；顺着沟底两岸的土山脚下，挖出来三眼一排、五眼一溜的土窑洞，矮墙头、少大门的院落随意摆放；街头院路，沟河岔口，到处是杨柳榆槐，桃果枣杏。冬天，玉带蜿蜒；夏天，满沟青翠。这，就是我的老家石且河村。

石且河，大概就是缘于坐落在石河岸边而来的吧？

然而，说三条河贯通，实在是有些夸大了。整个村子东北高西南低，主河道从后沟到前沟，往大里说，顶多也算是一条季节性小河，而南渠，的的确确就只是一条渠了，只因渠的尽头有泉水汇集，时不时地在渠道里划出来轻轻浅浅的一条小溪流，所以，人们也习惯将其叫做河。

三条河的名字：后沟、前沟、南渠，都是老家人自己取的，后沟靠近源头，高；前沟是下游，低；南渠则是一条从南而来的小支流。三条沟的交汇处，淤出来一个相对平缓的地段，摊平了，挖了窑洞，做了学校和大队的共用场所，也是村子的中心。以村中心辐射延伸的一条条土路，钻进后沟，延展到前沟，拐进了南渠……

我家就在南渠的西山脚下，属于末梢户。记忆中，三条河里都有水，雨季时多些，非雨季时少些。那银线一般游弋于沟里的溪流，把窄窄的河道，画出来圆润细腻的一条流线。小时候我们天天跳跃于溪流两面玩耍，掏窑窑、挖井、栽树、种菜、过家家……常常弄得泥猴子一般。也因此，没少挨过妈妈们的训骂。

那时候，沟里泉眼很多，看上去潮湿的地方，几锹挖下去，泉水便汩汩地冒出来。村里的水井，大都是选一个相对高而干净的地方，挖一个能盛五六担水的泊子。那水常年都是新鲜的，担一担流一担，甜津津的，没有一点杂质。若不在雨季，三条沟里的溪流，都是泉水汇集而成的。随处铲几锹土，垒个堰，坝一泊水，洗衣、洗菜、饮牲口，都可以。所以，在周围的十里八乡，我们村也算是富水村、优水村。全村所有人家的铁锅，里里外外都是黑幽幽地明亮，就是常年做蒸锅的大铁后锅，也没见过有沉积的水垢。真的，在我来城市之前，根本就不知道什么是水垢。

也不知到现在的小河变成什么样子了？站在高处，瞅着山做垴畔、河岸做街的村子，葱翠的绿树繁花中，或隐或现的，还是那恬静、温馨、滚圆形的窑口子和平静安然的瓦房顶。偶尔也钻出来一缕缕淡淡的炊烟。是啊，已到吃午饭的时候了。人间烟火，此刻最浓！

从山头绕到沟底，大概要转200多度的弯坡吧。水泥路只修到前沟的沟口上，于是，放下车子，步行进村。

就像发奖仪式上的秩序一样，我和峻梅不约而同地先后沟，再前沟，最后是南渠（我俩的家都在南渠）。我说不清为什么要这样走，我想峻梅肯定也说不清。

从后沟到前沟，小河两岸两条街，一面叫阳圪塄，一面叫阴圪塄。从阳圪塄到阴圪塄没有桥，下到小河边，一抬腿，就跨过去了。

一圈转下来，我和峻梅都相对无语了。难道老家真的老了？满村子悄声静气，偶尔几声鸡鸣狗叫，显得那样的单调、清瘦而孤独……

阳圪堎是原来全村最有序的建筑群。临河一条宽宽展展的路，路里边是一排溜整齐的堑垴窑，堑垴窑上面是一个个各具特色的小院子，小院里是山顶做垴畔的一排排土窑洞。小院大都敞着，没有大门，半截矮墙头都是就地取石码起来的，只有刘侯小家院子里有一排临街的大瓦房，瓦房面迎窑洞背迎河，那宽宽展展的房后墙与堑垴窑面浑然一体，矗立在阳圪堎中央。大概是60年代末期吧，村里组织人，走了架，抹白了房后背墙，上书"石且河村"4个硕大的黑体正楷，十分耀眼。

那时候的整个村子，也像"石且河村"4个大字一样，精神饱满，生气勃勃。从扒楼沟方向过来的人，走到鱼儿峁，就能看见"石且河村"4个大字。

而今，整个阳圪堎没住几户人家了，堑垴窑坍塌了大半，原来不算窄的路，荒芜成了一条歪歪斜斜的土阶梯。好多矮墙头也不复存在了，一眼眼窑洞，像睡不醒的老人，无精打采。刘侯小家院子里的瓦房也塌了，"石且河村"4个大字荡然无存。

阴圪堎，坐落在中心地带、象征繁华气派的县长楼不在了，取而代之的是一堆瓦砾和没了遮挡、仿佛扁了下来的窑洞。

大概20世纪50年代吧，我们村就出过县长。县长叫张耀乐，曾任职于苛岚、保德等地。从我记事起，县长就好像已经离休了，大多数时间都住在村里。县长没有县长的架子，平易近人，与村民们交道甚好。县长楼坐落在石窑顶上，与窑洞浑然一体，是村里最高、最气派的建筑。

曾经最热闹的中心——大队和学校共用的院子，也面目全非了。走进院里，穿过齐小腿的荒草，趴在我曾经坐过的教室窗户上往里看，空旷的大窑洞，除了正面墙上的水泥黑板还能证明它曾经的身份以外，再无半点教室的痕迹。那可是我上小学五年级时才砌得新石窑洞哦！抬头看，窑面上已裂开了二寸宽的缝隙。哦，已是危窑了。原来围着院子的一圈牲口圈，已经片瓦不留，院子变成了无遮无拦的荒圪台。南面一排砖木结构的库房，变成了水泥盖板房，说是新盖的希望小学。然而，不管叫得多么好听，现在一律都是锁子看门。五保户刘姥姥家的那两眼小窑窑，一眼已经没有了门窗，另一眼嘴歪眼斜，仍旧萎缩在低矮的圪畔下……

整个村子，大都墙倒屋破，荒草漫漫。

记忆中很宽的路，或者叫街道，都已变成了一条线，或者完全被荒草淹没……

这还是我的石且河吗？也就二三十年的时间吧，曾经近300口人、全公社也属中等偏大的村子，怎么一下子就苍老成了这副模样？

新修建的院落也不少，但大都不在低处，东三家，西两家，撒开来一级一级地往高处搬。窑洞还是窑洞，比过去的大而且漂亮，几乎都是一色的砖面子石窑。可走进去，每个院子都是空落落的，没人居住。难道这就是多少年狠抓"三农"的成果吗？

白翠英婶婶曾和我家是邻居，现在把新窑修建在了后沟。街上遇到了，老人好亲热，拉着我和峻梅的手，嘘寒问暖，硬要我们到她家里坐坐。我们去了。两进院子，5眼石窑，住着一个老太太。三个儿子都外出打工去了。婶婶说，外出打工主要是为了孩子们上学。还没坐定，翠英婶就又要烧水，又要做饭，我和峻梅好说歹说，才让她停歇了下来。由于时间关系，我们只能稍事停留。走时，翠英婶一直拉着我俩的手，送出好一截子。总算让她停下了送别脚步，老人却不肯离去，只是停在了路口。

走出老远老远了，回头看，翠英婶还站在那里瞭望着。那单单的身影，翘望的神态，一下子撞疼了我，好像心头被一种叫做孤独的东西狠狠地啃了一口，半天都疼不过来……

是啊，整个村子，常住的只有三两户中壮年，和十来个七八十岁以上的老人。多年来，年龄大点的农忙时还回来种一些省锄快收的庄稼，而年轻人，早已告别了种地，常年不回村。偌大的三条沟里，长年积月，只剩鸡鸣狗叫、风声雨声了。

河道深深的，河里却没有了水。几处曾经的老井也都没了井的痕迹。乡亲们说：水井早就干了。

走进南渠，走进曾经养育我的老院子，街口的枣树、河边的果树都没有了，只剩了街前的一棵老榆树。街院分置的矮墙头没有了，白灰抹出来的石头窑口子，也没有了，残断的石头、半院的泥土，满院的荒草，把院子提高了一大截。没有了门窗的窑洞不知放着谁家的谷草……

然而，窑洞内的墙皮还是白白的，跟那一院子的荒芜很不协调地对峙着……

那白白的墙皮还是我抹上去的吗？这让我想起了 17 岁那年的暑假——

当时，父亲是村委会主任，村集体还很红火。我不知父亲他们整天在忙些什么，反正土窑洞的墙皮都已经脱落得露出原土墙了，他仍旧说顾不上收拾。正逢暑假，父亲去岢岚为村集体买牛去了，我动员两个妹妹跟我一起抹家。母亲不同意，说地里正忙着呢，等锄完苗子再说。我是一天都不想住那墙皮漏土的家了。于是，再三坚持，好歹说服了母亲，决定不要母亲参与，就我和两个妹妹完成抹家任务。

抹家开工了，母亲还锄她的苗子。两个妹妹在我的鼓动下，积极性很高，调动自如。我们铲掉老墙，备了新土；南渠担水，前沟背石灰、背沙子、南河沟买水泥；架起铡刀切穰（穰：泥里面加的麦壳或切碎的麦秸草），走起架来抹墙。我在架上当师傅，三妹四妹在下面为我和灰递泥。2丈4尺深，1丈2尺宽，1丈1尺高的大窑洞，先摸大穰泥，再摸小穰泥，然后抹细泥（细泥不加穰，加榆皮毛毛或者头发），最后刷白灰。4道工序下来，窑洞霎时白生生、阔亮亮的了。然后，在水泥里加墨汁，做灶台和炕沿；用红珠粉兑了胶水，刷炕围墙，墨汁里兑了胶水，给炕围墙加了一粗一细、拐角走万字的边；最后，再买两斤清油漆，把整个炕围墙都油漆一遍……

对于我们三个孩子来说，这确实不是一项小工程，尤其是做水泥灶台。当时，村里没几户人家做水泥灶台和炕沿的，连大人们都不知道怎么配置水泥和沙子的比例。

然而，我想做。在讨教无门的情况下，大着胆子，思量着沙子和水泥的配比，开做了。沙子水泥的比例该是多少？不知道。怎么打磨保养？不知道。心想：沙子多了抹不上去吧？最终，还是沙子放的太少了，灶台和炕沿早早地就起泡泡、掉渣渣了。不过，当时，经过精磨细打，有棱有角，黑黝黝的，确实漂亮。

不到20天，抹家任务全部完工了。白墙、黑灶台，走黑边的红炕围，红油躺柜，白窗纸，天窗上还挂了绿窗纱呢。那可是当时农村最流行的家饰了。

家变样了，明亮、整洁、温馨。母亲的苗子也锄完了，挂起锄头，高兴得合不拢嘴。而我，却累得一骨碌躺在了炕上。

父亲回来了，一进门，瞪大了眼睛："茶女子，你干的?"我表面一脸怨气，把右手伸给他：看看，拿泥匙累得，指头都伸不展了！可心里却高兴着呢：看我怎么样，比个男孩子差吗？

我结婚以后，父亲才另择新址修建了新宅，而这间我抹过墙的窑洞，大概荒废了有 20 年了吧？

兴废本属自然，新老总要承接。然而，承接今天这般无奈的，将会是什么呢？

离开老院前，抱着街前的老榆树，心里突然有了一种说不出来的涌动：抱着您/是儿时抱着父亲的粗腿/根儿究竟扎了多深/涌动的血液/竟如此澎湃//谁从细豁子背草回来了/四眼子狗一蹦，就从榆树下窜回/只有小羊羔是乖顺的/轻轻舔着我沾满草汁的绿哇哇的小手/咩咩地温存……

细豁子，我再看多少遍才能看够？爬上垴畔梁，爬上 S 形小路，久久不想离去……

长在骨头里的细豁子

细豁子是地名，在小凡塔的正对面，我们家的垴畔梁。

从细豁子顶端到我家脚下的小河边，垂直距离，怎么也应该有两三百米吧。打小，我抬头瞭见的两条路，一条是挂在细豁子口上、羊肠子一样抖落到小河边的土坡路；另一条是挂在我家门口对面小凡塔坡上的 S 形小路。如果我面对 S 形小路时，背对的，就一定是细豁子的羊肠路了。

每天，阳婆从 S 形小路的顶端爬上来，从细豁子的豁口上落下去。仿佛圆滚滚的大太阳，是从 S 形顶端与细豁子口搭了一条透明的板子滚过去的。村人们上工歇歇，烧火做饭，甚至小孩出生、老人下世的时辰，都是黑夜听鸡叫、白天看阳婆而定。这儿是时钟表，时针和分针就是两山给太阳剪出来的影子。早晨，阳婆晒红细豁子口的时候，母亲就喊："孩儿们，快起吧，阳婆下来细豁子了。"于是，我们姐弟几个穿衣起炕，上学的上学，干活的干活，全家人又开始了一天的忙碌。傍晚，阳婆爬上 S 形小路的半山腰时，满沟里便升腾起了袅袅的炊烟，捞饭烩菜味，豆面抿面味，像小河里的溪流一样细细地游动着。男人们搭着背绳、扛着农具，从不同的方向走进一个个小院子；而女们却你方喊罢我登场，轮流着站在街口，呼唤贪玩的孩子们回家吃饭……

上细豁子的路很瘦、很陡，仿佛垂直抖下来的一条线。现在想来，其中有一面坡，坡度大概超过了50度，反正蹲下来，屁股坐在脚后跟上，不施任何力，一推，就哧溜哧溜地溜下来了。所以，很小的时候，我们是不允许上细豁子的。而上过细豁子的姐姐说，站在细豁子口上，背对着村子，猫倒腰从两腿旮旯往下看，山下的所有窑洞都是头朝下开门闭窗的。真的吗？窑洞头朝下开门闭窗该是怎样的景致啊！我盼着快点长大，好早日上细豁子。

我六七岁的时候，终于跟着母亲上细豁子了。站在豁口上放眼一瞭，天变大了，窑洞都漏在了沟底上。豁口两边的山脊很笔直，牛脊梁一样逶迤地延伸着，很长很长。豁口前面是村子，后面是一大片洼地。洼地下面的浅沟里有水，父亲和母亲担水在洼地里栽红薯，我站在豁口上猫倒腰，透过自己的两腿旮旯，对着沟底使劲地喊：姐，哪个是头朝下的窑洞啊——？

我从小就是个捣蛋鬼，爬圪梁上树，从来不逊色于男孩子。所以，我上细豁子比弟弟妹妹们早些。从细豁子回家，从来都不走着下，而是蹲着下。屁股坐在脚后跟上，顺着路线两手抠住地面往后一甩，脚下刷啦刷啦就溜开了，三弯两拐就下来了。除非遇到急弯和不太陡的地方，才站起来连蹦带跳地走几步。现在想来，那感觉，不压于当今孩子们溜旱冰的爽劲儿。当然，也有溜出路线的时候。前面说过，路是抖落下来的羊肠子，弯弯不少呢。一旦溜出了路线，就只能顺着水渠或者土圪塄滚上一两截子，然后，再回归正路。好在土路上是人们踩出来的沙绵黄土，软软的，就是遇到圪塄，也都是雨水淋松了的沙黄土，一般碰不疼。就是碰疼了，也得忍着，不能哭，哭了，以后就不让上细豁子了。

能者多劳，放之四海皆宜。就因为我敢爬坡上树，所以兄弟姊妹中，我帮家里干活也最早，比如拉着放羊羔，上细豁子赶麻雀。

我上学早，不是为了早成才，而是在家里总跟姐姐打架。父母下地干活后，姐姐想做家里的统治者，而我却不想做顺民。姐姐比我大好几岁，硬打我是打不过她的。于是，常常用偷袭或者恶作剧，来摆平自认为的不公。一旦把姐姐惹怒了，她就追着打我。不过，没关系，她追不着我。她从小缝针做线，擦家做饭，就是不敢走难走的路，不会上树。而我却猴子似的，唯独上树利索，看着屁股后面大踏小步追来的姐姐，三下五除二就爬到了河边的榆树或者柳树上了。姐姐追到树下也没辙，只能骂，或者把我脱在树下的鞋来回地甩，发泄完了，也就没事了。母亲也做不了我俩的判官，因为我有我的道理。所以，当村干部的父亲就走"后门"早早地送我入学了。

然而，需要做营生的时候，就可以不到学校去。母亲说我脚下长了钉子，羊能走的路，我都能走。所以，我家那只母绵羊每年生出来的小羊羔都是我放养。放羊不能到庄稼地边上，得到荒坡或者河滩边。当然，在我们家的周围是不乏放羊的好地方的，更何况只是一两只小羊羔呢。我管教的羊羔很听话，常常把缰绳搭在羊背上，一会儿它跟着我走，一会儿我跟着它蹿，手拉缰绳的时候很少。一旦不小心羊吃庄稼了，我得赶紧打转羊头，跟在羊后面，销毁羊的脚印，快速转移地点。

8 岁以前的夏天，早饭后的一两个小时，我是到不了学校的，等把小羊羔放饱了，拉回来拴在院里，我才能到学校。

刚入学，我上的是预备班（不叫学前班），预备班没有课本，也没有什么学习任务，就在那儿预备着，不算正式学生。

就是当了正式学生以后，秋天，糜子黄谷子白的时候，早自习我一般也是上不了的。金秋无边，龙口夺食，女孩子上学算得了什么当紧事？

记得大概是二年级的时候吧，那年年景不错，父母亲白天给生产队收秋，早晚在自留地里劳作。我家其中一块儿谷子地就在垴畔梁上面、细豁子下面的坡地上。

那是怎样忙碌的秋天啊，我们一天都难得见着父母亲的影子。早晨，窗纸刚刚发白，我和姐姐就得跟着父母起床，姐姐担水推磨，供全家人的吃喝，照料弟弟妹妹；我拿着高粱秆做成的小锅盖、小木棍，还有我的小铲铲，上细豁子下面的谷地里赶麻雀。

刚从枕头上爬起来，眼睛涩得睁不开，父母早已拿着镰刀背绳下地了；姐姐用红毛线，胡乱把我滚了一晚上的头发扎成两个小辫子，我就出发了。

秋天的早晨，凉爽爽的，成熟了的庄稼味道，混合着秋草的味道，满沟里弥漫，清新新的。闻着这样的味道，很容易就清醒了。脚下的小溪水，异常地冷静、清澈，仿佛一条细长的、游动着的银蛇，粼光闪闪地滑过浅浅的卵石。站在街头，朝着湿润清新的沟里随便吼上两嗓子，脑袋顿时就亮快了。爬上烟囱坡时，眼睛也不涩了，用手背蹭一蹭还被眼屎粘着的三两根睫毛，撅起屁股，往细豁子坡上爬：我必须赶在麻雀的前头找到谷地上面的相对高地，要不然，一旦麻雀上穗了，单凭我那小不点的个头是赶不走的。

进入谷地，我边往高处爬，边敲击着锅盖，"呱——呱——"声，震得对面的崖娃娃也"呱——呱——"地吼，而且越往高处走，声音就越响亮。终于爬到选定的地点了，抹一把额头上的汗水，站在梁头往下看，哇，整个村子、环绕村子的三条沟，尽收眼底。从学校和大队共用的院子里延伸出来一条条小路、街巷，蚰蜒般地穿行于绿树丛中，跳跃于小河两岸，串联起随意洒落在小河岸、山脚下的一处处土窑敞院……

好安详惬意啊，俨然一幅水墨山水，美极了！真的。那开了再闭住，闭住又开了的木轴门，"咯吱嗒——咯吱嗒——"响得温馨而悦耳。

麻雀群出发了，从对面山头黑压压地飞过来一大片，那声音有如阵风"哗、哗"地响。我使劲地敲击锅盖的同时，也呜呜呀呀地吆喝着，还不时地抓起来一把一把的小土坷垃，抛撒向谷地……

还真的管用，麻雀群在谷地上空盘旋两圈，终归没有落下来，飞走了……

麻雀有麻雀的智慧，丝毫也不浪费时间，它们知道哪儿有谷地，哪儿有糜子地；哪儿有专人看守，哪儿没有专人看守。别看有人在地里做一个吓雀儿的稻草人，不抵事，只能管用三两天。当麻雀发现"人"总站在一个地方不动时，计谋便被识破。麻雀们也很辛苦，每天天刚亮就集群，一路打瞭踩点，如果发现有动静的地段，知道不能安然取食，盘旋两圈不落地，就趁早另找地盘去了，一早上不再返回来。

麻雀群过去了，我可以消停地干自己的事了。用木棍和小铲铲在地边上摊出一块儿平整的地盘来,再用湿土拍起堰子,然后,用短木棍靠着土堰支起锅盖,手拿一根长木棍,往地盘中间盘腿一坐,手腕一摇,锅盖便"呱、呱"地响了,爽极了!

这时候,阳婆出来了,S形小路顶端的山头一片灿然。我眯着眼睛,瞅着阳婆,当时最流行的曲调便不由自主地溜出了嘴唇,于是,我改词唱道:"阳婆出来了,呀呵咿呀咳——"

东山头上那火焰般的光亮升腾得很快,一会儿就晃眼得不能再看了。这时候,细豁子是最美的:阳婆红红的、温润温润地从山顶上漫下来。先照着我的头顶,再照着我的肩膀,最后,我整个儿都融进了晨光中……放眼望去,秋草野花,色艳籽熟,黄的谷子,红的高粱,绿的山药、秋菜,黑褐色的黄豆、绿豆……所有的地块儿都不规则,整道圪梁整面坡却很和谐,横的竖的,一堰一堰地铺展着,一梁一梁地绵延着……

我舒心极了,甩开来手臂,敲击着锅盖,放声随心地唱我学会的所有歌曲……

脚下的学校开始上早自习了。学校是复式班,所有年级都在一个大教室里。整个早晨,同学们的一言一行都在我的眼皮子底下。有人在教室里打闹了,我能听清是谁在耍赖;老师进去了,他们准是挨骂了。都是些不受好气的东西!一会儿,唱书声又响起来了。我说的唱书,其实就是读书。我们那时候读书的形式不知是谁发明的,旋律很美,悠悠扬扬,抑扬顿挫,好像有民歌的腔调。我不会谱曲,要不然,读这段文字,你还能学会唱书呢。课文课是轮流着读的,先读哪个年级的,由班长组织。我知道,他们都是拿着课本,仰着脸,按节拍晃着脑袋,唱读着课文,声音整齐洪亮而有节奏。于是,我坐在山头上,也学着他们的样子，摇头晃脑地跟着唱读起他们的课文来："王 ǎ／二 ě／小 ǎ／是 ǐ／儿 ě／童 ǒ／团 ǎ／员 ǎ——"

阳婆漫到沟底了，所有的烟囱都冒起了淡淡的蓝烟。不一会儿，饭味升腾起来了：红薯味、山药味、糜子窝窝味、小米稀粥味、豆面拌汤味……这味道真香，勾引得所有的人，从一道道圪梁上往沟子里流。那弯弯的山坡小路上，背着的，扛着的，到处都是三五成群往回赶着的收秋人。

学校放早自习了，同学们走出教室，沿着小溪，流进了各自的沟里。我知道，脚下的溪水已被阳婆晒暖了，那晶亮晶亮的溪水有了潺潺的暖味了，我也该起身回家吃饭了。

一早上，不知道同学们是否背会了各自的课文，而我却背会了他们所有的课文……

苦　菜

一天，县城里工作的同学打来电话："喂，你在哪儿呢？我来忻州了，给你带了点苦菜。"

"哇，太好了！等着，我接你去。"

兴奋，不是因为苦菜，而是又能与老同学相聚了。

我们是师范同学，是同班同室的密友。虽然相隔两地，但隔一段时间总要寻找理由相聚一次，爽朗地笑一通，说说贴心的话。

开着车子赶到约定地点，老同学远远就给我招手了。一上车，相互擂一拳，她扔过来一个沉甸甸的袋子。我接过，抱起来做亲吻状。老同学哈哈笑个不停："傻妞，不亲我只亲苦菜？"我拍拍苦菜袋子，一本正经地说："这可是这个季节的仙子啊！你呢？是仙子吗？"

一阵开怀大笑。

真的，北方的农历三月，不管温室大棚里的蔬菜多么鲜嫩欲滴、招枝展容，我都不想吃，唯独思念黄土地上兀自钻出来的、瘦瘦的苦菜。是从小与苦菜相伴有了一份水乳交融的情感？还是如今的大棚菜给了我太多的疑虑与揪心？

25

不容我胡思乱想。老同学拍着我的肩膀一本正经地说："你说它是仙子还真不为过。你知道现在市场上的苦菜多少钱一斤吗？"

我说："不就是苦菜吗？每到春夏，咱那地方满山满梁都是，不种不锄，自生自长。再说了，苦菜是你买的，多少钱不重要，重要的是我爱吃。"

老同学又笑了："你个山娃子，你爱吃的可是贵族菜哟。"

我给了她个鬼脸："是，因为是你送的，所以就贵了。"

她伸手扭了扭我的脸："是真的，山娃子，现在老百姓都吃不上苦菜了。刚上市一斤60块钱，谁舍得吃啊！"

我瞪眼了："真的吗？"

"当然真的啰，我骗你干嘛？这些也是星期天我自己出去挖的，要不然，我可送不起你。"

好一阵子，我才擂了她一拳："你摊上大事了！干嘛不早告诉我呢？你误我发财了！我可是一上午一箩筐一箩筐挖苦菜的手啊。"

又是一阵爽朗大笑。

然而，笑罢了，却没有了淋漓尽致的释怀，隐约中有了一种说不出来的、涩涩的滋味……

我不是嫉妒苦菜一夜间登堂入室，攀高结贵。我与苦菜有着不思量自难忘的情感与默契！它原本是属于老百姓的。

"河曲保德州，十年九不收。男人走口外，女人挖苦菜。"这是贫穷的写照，是无奈的选择。我是保德人，苦菜养育了我世世代代的父老乡亲。我们身体里的血液，能鲜活地流淌，有苦菜的一份功劳。

说起苦菜，那份真挚、无间隔的亲近，犹如冬去春回、夏走秋来般的自然与平静。父老乡亲的苦与乐，收与歉，疼痛与欢欣，都与苦菜有着割舍不开的联系。

村里，曾经有个真实的故事：

一对婆媳带着一个男孩相依为命地生活着。有一年，天大旱，刚进农历四月，家里就米面无几了。既要种地又得糊口，于是，婆媳两人分工了，婆婆上年岁了，以种地为主，媳妇年轻，腿脚利索，以挖苦菜为主。

村周围的苦菜都被人挖没了。于是，每天一大早，婆婆扛着工具，媳妇背着筐子，筐子里放着孩子，相跟着出门了。一到平梁，婆婆拐到村南的峁上种地，媳妇背着孩子到村西的梁梁峁峁挖苦菜。

一连好几天，媳妇路过一个山豁时，总能看见不远处圪蹴着一只狼。那时候的乡野，人少狼不少，看见狼也没什么稀奇的。乡亲们说，狼伤人有两种情况，一是顶头遇见，它怕人，所以自卫式的先攻击人；二是遇到了饿狼。不到饥饿难忍时，狼一般不会主动伤人。

但不管怎么说，狼终究还是狼。是不是饿狼，媳妇都害怕。她背上背的可是这个家的独苗啊。然而，西边那块坡地里的苦菜真的是越挖越多，越长越嫩，她实在舍不得舍弃。于是，她天天偷偷地瞅着狼，匆匆走过，又匆匆回家。狼好像也没有行动的意思。有一天，媳妇想：还是把孩子放下吧，要不然哪一阵狼真的饿极了，第一个刁走的可就是孩子啊。于是，就把孩子托付给邻居老太太，一个人背着筐子挖苦菜去了。心想，这一下可放心了。

结果，当她来到山豁时，还没来得及抬头看狼是否还在，突然，背后一股风，狼已将她扑倒在地。她喊着：救命啊，救命啊——对面山头上有锄苗子的人听到了，他边往过跑，边喊着：拿锄头打，锄头打——媳妇已经糊涂了："锄头是甚？锄头是甚……"

当对面山头的人跑来时，狼已逃之夭夭，媳妇已被吃得血肉模糊了。从此，这个山豁子就改名为杀人塌豁，直到现在。

这个故事太沉重了，听过好多次，却是第一次讲出来。

关于苦菜与乡亲们的故事，有苦的，有甜的，也有花红柳绿的。

"你挎上篮篮我扛上犁，不知不觉走到杏树渠。"

"苦菜虽苦花儿黄，心里头有人不凄惶。"

挖苦菜，吃苦菜，唱苦菜，更有以挖苦菜为由头的谈情说爱。

"放羊小子圪梁梁上站，挖苦菜女子旋风一样转。"

在老家，有多少关于苦菜的民谣、山曲儿？没数过，也数不完。"犁铧铧底下嫩根根菜，小妹妹跟着哥哥捡苦菜。"那些耕地的青皮后生、风流男人们身后，总少不了春风满面捡苦菜的婆姨女子。

这里有"苦菜开花黄腾腾，一对对新人配成婚"的好姻缘，也有因跟着耕地男人捡苦菜而产生男女私情、招致夫妻矛盾的。

记得我们邻村一个女人因挖菜时跟别的男人在一起，被老公发现后，追着满圪梁打，苦菜洒下半道坡，箩筐滚到了山根底。每每此时，村人们茶余饭后总会热议上好一阵子，议完了，也就消停了。消停了，人们就又寂寞了，于是，说不定哪一天，又会生出些东家婆姨西家汉的闲言碎语来。

不过，在老家，挖苦菜主要还是为了生存。

苦菜是一种营养极好的野菜。虽然味道微苦，却易煮，适口，清凉下火。尤其是漫山遍野都有，容易获取。我小时候，村里几乎家家都养猪养羊。猪，少则一头，多则两三头；而羊就更多了，"母子支母子，三年就是一股子"。所有的家畜，春夏秋三季，都是以吃野菜野草为主。尤其是猪，主要吃苦菜、甜苣菜、灰灰菜。因此，无论丰年还是歉年，挖苦菜都是庄户人家躲避不开的营生。

春天，当黄土地上的甜苣苦菜刚刚露出三两片嫩叶时，女人们就开始挖了。早晨，阳婆没出宫，她们就出工了，到半前晌，就一笤筐一笤筐肩扛背背地回来了。瓷实的一笤筐野菜抖出来，能堆半地。然后，嫩甜苣、嫩苦菜拣出来人吃；一般的苦菜、灰灰菜、团团菜（有奶子的）给猪吃，其余的杂菜杂草就是羊的了。

如果羊能吃到苦菜，那就算改善生活了。

从小挖苦菜，我却没记得有多么苦。春夏之季，苦菜又旺盛又鲜嫩，提着篮子寻觅在漫山遍野的黄土地上，一会儿走圪梁，一会儿穿洼地，脚下生风，额头冒汗。如果发现了一片嫩茵茵的苦菜，心中的那个爽劲儿，远远胜过毒日头下逮着了一捧清泉。

真的，当全身心投入到一件事情中，不管累还是不累，都是一件很惬意的事。

虚虚的沙黄土地，一把探下去，能攥住二三寸长的苦菜根，沿着根脉顺顺地拔起来，那长长的、嫩白嫩白的根子上，还滴着浓浓的奶液呢。

从我记事起，我家每年都养一头年对猪（春天买小猪，年底出栏），那可是全家一年全部的副业收入。到年底，猪卖到食品公司，换回来一颗猪头，可供一家人过年吃肉。然而，喂猪的野菜，也是我必须干的活儿。

大集体时期，我们那一带，村里的粮食都是按人头分，大人小孩一个量。所以，小孩多的家庭粮食就够吃了，都是大人和半大后生的家庭，粮食就有些欠缺了。每到五荒六月，总有一些人家缸里无粮了。天天做饭的女人们，常常边哭鼻子边嘴里骂着："抢崩人家，死孩儿也得吃十八个，我拿甚下锅呀？"

是啊，话是粗糙了些，却诉尽了无米下锅女人们的无奈与焦虑。在那样的状态下，拌块垒的是苦菜，和饭的是苦菜，一盆子一盆子拌着抵饭吃的也是苦菜，窝头里垫着的还是苦菜……

苦菜成了饥荒年最好的补给品。

现在想来，那垫了苦菜的糜子窝窝，虚虚的，甜甜的，真的比不垫苦菜的更适口。

苦菜，是伴随着父老乡亲走过洪荒、走过清贫、走向温饱的大功臣。

苦菜一直是贫穷的代名词，是身份卑微的野菜。无人所属，没人保护，不耕不种，不锄不收，谁需要找着了就挖，谁不需要了见了就铲。为了不让它分享庄稼的养分，从刚钻出地面来，就开始锄，开始挖。但是，苦菜却锄不尽，挖不完，不依不饶，一茬一茬，直到深秋。它是黄土地上最平凡最不起眼的生命，也是最顽强、毫无所求的生命！别的庄稼因干旱没有了收成，苦菜却有一把黄土就能生长。好像它生长着，就是为了给乡民们度饥荒的。苦菜是黄土地上透绿最早的生命，虽然不引人注目，就连开出的花也是清清淡淡的小黄花。但是，漫山遍野都有它们的身影，不屈不挠，不卑不亢，恪守本分，默默无言。多像我可亲可敬的父老乡亲啊！

晚上，认真地、一根一根地仔细拣着同学送给的苦菜，生怕浪费掉一片叶子。因为现实中，它真的一斤卖到了 60 元！让世代吃苦菜的乡亲们再也不舍得吃自己挖的苦菜了。

拿起叶子灰暗、根子白嫩的苦菜，我感慨：是谁让贫贱了几千年的苦菜，一夜间变成了贵族，变得轮不到老百姓吃了呢？是因为有人说苦菜"每 100 克嫩幼苗中含有 17 种氨基酸"、可以"主治痢疾，黄疸，血淋，痔瘘"等病症呢？还是面对当今市场上品相漂亮的各种大棚蔬菜，人们有了太多的担心与厌烦？抑或只是一种怀旧敬天？一种抽打良心的鞭影？

其实，不用当今人标榜，苦菜的保健功效不是当今人发现的，我们的祖先早已将它纳入药用。

抚摸着已经有些蔫了的苦菜，我想起了老家，想起了串根遍铺黄土中的苦菜，想起了挖苦菜的婆姨们……

走近苦菜，不仅走近了纯天然，更走近了一份惊醒，一份本该有的思索……

值了，苦菜，60 元一斤，不贵！

第一辑

31

狼嘴锁住了

故事发生在 20 世纪 30 年代的一个夏天。

那时候，我的老家不是石且河村，是距离石且河不足二里地的李家梁村。

想象中，村庄悠远而古朴……

山村的夏夜，没有些许的闷热。晚饭刚过，月亮便抖开蝉翼般的轻纱，罩住了安闲古朴的山村，整个小村仿佛随意安置在群山环抱中的一组小积木，有几分童话般的梦境……

村名叫李家梁，可满村子无一李姓住户，一律都姓杨，是典型的一家村。

据说，这里原是李姓的田庄子，后李姓几番起落，最后一脉也因生活不济，把庄子卖给了杨姓，去西口外发展了。但杨姓在这里繁衍了多少代？无从考证。当时的李家梁还是一个田庄式的小村子，总计不到 10 户人家。山顶的东侧顺着南北走向的山头拉出来一条瘦长的街道，十来户人家顺势排列开来。说是街道，从南到北也就两三百步长，不足两米宽。所有的土窑小院都背靠西山，面迎东山，脚下是一条深沟，对面东山头上是同样大小的姚家塬村。两村面对面，各自怀里抱着一条蜿蜿蜒蜒通往沟底的担水路。小院很简朴，矮墙小栅，简笔画一般，恬然温馨，鸡鸣狗叫。

我们家住在村中间，街口有一棵单人难以合围的大槐树，树冠荫蔽半村。

6岁的父亲和4岁的五爹晚饭后拽着要娘娘（奶奶）陪他俩去栅门外拉粑粑。可怜娘娘劳累加营养不良，每到夏天总患夜盲症。此时，她抬头看一眼一人高的夯土墙头，揉揉眼睛，领着父亲和五爹走到了栅门外。

父亲和五爹圪蹴在后路（厕所）边的粪场前拉粑粑，娘娘踩着一双三寸小脚站在一边等着。

树影婆娑，月光斑驳。刚入夜的土窑洞都敞开着门，然而月光下，却几乎看不见浑浊的豆油灯光。晚风走过，树影摇曳。在娘娘的耳朵里，有兄弟俩的切切细语，有微风和树叶的窸窸窣窣。

娘娘催促着："快些吧，不早了。"

突然，五爹扭头说："哥，快看，大狗！"

父亲扭头一看，哇，狼啊！！

只见一大一小两只苍狼正舔着舌头、立着身子蹲在他俩的屁股后面。父亲惊叫道："妈呀，是狼！"娘娘是夜盲眼，看不清楚，但听到"是狼"两个字时，一警觉，凭着声音一步跨过去将两个孩子拉到身后，同时吆喝道："大聋，快，狼来了！"

大聋是娘娘养着的一只老狗，由于年长，有些耳聋。但大聋很彪悍，也很勇猛，随着娘娘的喊声，大聋箭一般狂吠着蹿了出来。

受到惊吓的狼，刹那间，向娘娘的身边扑来，娘娘拉着两个孩子向栅门口跑去，蹿过来的大聋截住了狼……

大聋不是两只狼的对手，它的狂吠声中夹杂着惨叫。娘娘对着前后街吆喝道："打狼了——打狼了——"隔院的栓来叔边出门边吆喝道："打狼了——"前院的关子爷爷也边往外跑边应声道："打狼了——"后街同生家的大黄狗也狂吠着蹿了出来……

狼，被赶走了，满村子的人和狗都聚来了。爷爷常年不在家，平日里只有老爷爷、老娘娘和娘娘带着一群孩子，作务着家里的土地。大家走进院子里看望父亲和五爹，安慰娘娘。70多岁的老娘娘走出窑洞，拉起娘娘颤抖的手说："没事，没事，狼不会随便吃人的。"然后，转身对大家说："没事了，今儿的狼嘴锁住了，不会伤人的。都回家歇着吧。"

那年月，狼多，打狼是很平常的事。于是，人和狗都各自回家了。被搅乱的月夜重又恢复了宁静，只有大聋的耳朵上还滴着些许鲜血……

后来，父亲回忆说，那天他和五爹圪蹴了足有两袋烟的时辰，狼在他们屁股后面也绝不是蹲了三五分钟，当他扭头看见狼时，一大一小两只狼，整齐地、安静地蹲着，大狼用舌头舔着嘴唇，眼里放着绿光——那是饿狼的标志。

小时候，每每说起此事，娘娘总是说，要不是土神爷锁住了狼嘴，那天这两孩儿就没了。

是真的吗？狼真的是土神爷管着的？在那个自然灾害频发而人力又无能为力的年代，寄托神灵掌管公正，也是唯一的希望了。

然而，穷乡僻壤，神也经常疏于管理，狼伤人的事时有发生。

我们家祖上就被狼祸害了三代人，前两代是我父亲的祖娘娘（老奶奶）和其儿媳妇，第三代是父亲的叔伯三爹，也就是我的三爷爷。一位游走乡野的相师曾说，我家的祖坟向西有一豁口，因此，狼会伤损三代人。得此指点后，还没等得重新请坟地，第三代人，我的三爷爷就被狼祸害了。而父亲他们正好是第四代。难道一切都有渊源？

小时候，一直把先辈与狼的故事当神话听，长大后，跟父亲求证了，才知道确有其事。

那是大约一八七几年，也就是从我这一代起上溯五代，即，我的老祖爷爷那一代发生的事。

李家梁，前后没有多大变化，当时的十来户人家中，没有大发大富的，而我们家由于老祖爷爷去世早，老祖娘娘不到30岁就守了寡，一个人带着一个女儿两个儿子，作务着30多亩薄地苦度日月，算是村里地地道道的穷人家。

随着孩子们的长大，老祖娘娘的女儿出嫁了，大儿子，也就是我的老爷爷15岁就出去给财主人家揽工受苦，吃了喝了，还能赚点钱，日子总算有了盼头。到老爷爷十六七岁娶妻成家后，就去了离家十五六里路的雷家峁村，给财主家揽长工。家里的土地就全交由娘和媳妇作务。由于老爷爷的聪明能干，不多时，他就成了财主家揽工受苦人群中的管理者，干同样的活儿，工钱比别人要高些。这，给这个穷家庭送来了一线光明。婆媳两人再苦再累都觉得信心满满。

然而，就在老爷爷19岁那年的秋天，年景还算不错，秋风一过，黄糜子白谷子都该开镰收割了。30多亩地，婆媳两人必须计划好，早些动手，才能顺利收割完。

一天早晨，红彤彤的阳婆，洒在夯土墙围起的小院中。婆媳俩早早起来喂鸡喂羊做饭。早饭后，婆婆把病病歪歪的二小儿子送到本家长辈那儿，然后跟媳妇说："今儿到长局梁（地名）割糜子，我先走，你洗涮完了就来。"

媳妇边洗锅涮碗边承应着。然后，婆婆肩上搭一根背绳，腰里别一把镰刀，出门了。媳妇在背后喊道："妈妈，不用急，路上小心些，我一会儿就到。"婆婆没有应答，径直走了。

长局梁，从村里出发，向西大约有四五里地才能到达。老祖娘娘是宽宽展展的大个子，却有一双小脚。当她走到阔局（地名）坡时，感觉耳边唰地一股冷风，待要转身，一只苍狼已向她扑来……

都说狼是欺女怕男。半大男孩狼都不敢轻易行动，而三十大几身高体壮的女人，狼却要行动了。说时迟，那时快，老祖娘娘本能地拔出镰刀和狼厮打在了一起……

其实，无论多么凶险，只要身临其境了，害怕就被求生欲赶跑了。老祖娘娘从转身的那一刻开始，一阵比一阵冷静，在狼抖开鬃毛，呲开獠牙，粗硬的尾巴扫起一泡黄尘的当儿，那样子确实狰狞。但老祖娘娘没有被吓倒，"我要活着"的意念支撑着她握紧镰刀，与狼开始了生与死的决战。她边喊"打狼了，救命啊——"边与狼一个回合一个回合地厮打。

当老娘娘洗涮完赶到阔局坡时，见婆婆正和狼厮打在一起，吓愣了，她哭喊着："妈妈——"却不知所措。婆婆边打斗边喊着："快，快拔镰刀——"

十五六岁的媳妇吓糊涂了，转着圈圈说："镰刀在哪？镰刀在哪里……"

当媳妇从惊恐中醒过来拔出镰刀向狼冲去时，对面渠里又蹿出来一只狼。婆婆媳妇和两只狼厮打在了一起。可怜婆媳都是小脚，她们从路上厮打到庄稼地里，又从庄稼地里厮打到了阔局沟底……

也是那天早晨，本村一位叫黑狗爹的人去邻村石且河串门。他进了石且河村，却不见几个人。大秋季节，人们都收秋去了。于是，走进了冬书房。冬书房的先生正在吃黄油（黄芥油）调山药。

邻村，实际距离不到二里地，平时人们经常串门，都是熟人。先生让黑狗爹也吃他的黄油调山药，黑狗爹不推辞，端起来就吃。吃到中途时，他有一句没一句地说："今儿梁头要出事了。"他说的梁头就是李家梁。

先生问："出甚事了？"

他支支吾吾，又满怀心事。

先生不高兴了："甚事你得说呀，今儿你是咋啦？"

他这才说："我们家老二家的，可能给狼吃了。"

在一家村，一姓者都能排起辈分来。我老祖爷爷排行老二，大家都叫老祖娘娘老二家的。

先生说："你咋知道的？瞎说哩吧？"

"我来的时候听到阔局坡有她和狼打斗的声音。"

听到此，先生眼睛一瞪，把他手里的山药碗夺过来："你还像个男人吗？为甚不把狼惊开了？赶紧走吧，过去看看咋得啦。"

黑狗爹被先生撵出来后，灰悻灰悻地向阔局上走去。

在老家人眼中，无论亲还是仇，见死不救，都会遭报应，是让人不齿的。

黑狗爹爬上阔局坡，顺着人狼厮打的印痕往下看，人和狼都还在沟底，婆婆媳妇都已被狼咬死了，两具尸体躺在地上，两只狼也已经累得吃不动了，趴在尸体旁正伸着舌头呵呵地喘气呢……

狼的胜利应该是刚刚的事。

黑狗爹没有惊动狼，反而转身回了村里，他第一站到了老祖娘娘家里，搜寻了半天，找到了三斤多的一罐子黄油，提留着回了他家，烧火蒸山药。饱饱地吃了一肚黄油调山药后，才在村里叫人到了阔局沟。

然而，当村人们过去时，婆婆媳妇都已不存在了，满沟里都是大大小小的骨头和撕扯烂的衣裳……

村里赶紧派了腿快的赶到雷家峁村找回了我的老爷爷。

那是多么凄惨的场景啊！19 岁的老爷爷，一把鼻涕一把泪，叫一声亲娘，喊一声媳妇地哭着，在村里人的帮助下，满沟里把大大小小的骨头捡回来，再比对，粗的、长的给了娘，小的、短的给了媳妇……

老爷爷卖了几垧地，在族人们的帮助下，置办了棺木，简单地将娘和媳妇安葬后，又把一贯病病恹恹的弟弟——我的二老爷爷送到了姐姐家，然后，铁锁子一上门，抹一把清泪，背井离乡，外出扛长工去了……

据说，过了不到一年，黑狗爹就死了。怎么死的？没有传下来，传下来的都说，那是报应，是他见死不救造下的孽。

老爷爷是个有志气的人，打工受苦，一口气走了六七年，待二十六七岁再次回到村里时，已是有点积蓄的人了。他不仅把卖了的土地又买了回来，还又添置了土地，娶过了媳妇，也就是生育我们这一脉的第二个老娘娘。

随着家业的整动，老爷爷有了我的大爷爷和我爷爷（老二），还有了三个姑娘。就在人们渐渐走出老祖娘娘和老娘娘被狼祸害的阴影时，可恨的狼，又一次给小村蒙上了悲伤……

那是一个夏天的中午，地里干活儿的人们午饭后正在歇场。我10岁的叔伯三爷爷，带着5岁的妹妹，去前峁自家的西瓜地里摘西瓜。前峁就在村西南侧，瓜地在前峁的西南角。

中午大红的太阳，晃得兄妹俩眯缝着眼睛满地里找熟瓜。哥哥找西瓜，妹妹找甜瓜（香瓜）。抹一把头上的汗水，妹妹吆喝道："哥哥，快点摘，怕狼来了呢。"当哥哥的挥挥手里四五寸长的切西瓜刀："没事，狼来了哥哥有刀子哩。"

然而，就在他们话音刚落，一只狼从哥哥的背后扑了过来，把正在圪蹴着切西瓜的哥哥扑倒了。妹妹抬头一看，边哭边喊"狼来了——"边向村里跑去……

5岁的小女孩能跑多快啊！当妹妹回村里叫着人赶来时，哥哥已经断气了。狼从后颈部下口，咬断了孩子的动脉，喝了两口血，就被人们惊走了……

三代人遭狼祸害！狼在族人中便是恶魔，是血债主！

回头看看李家梁，村子是小了些，可也是很温顺、清静的地方啊，咋就会有那么多狼围着转呢？

就连我的叔伯五姑姑也差点被狼吃了。

娘娘曾给我们讲：一个秋天，大人们都到地里刨山药，七八岁的五姑姑和五六岁的我大爹，也随大人们下地了。开始刨山药了，大人们说：你俩带着狗一边耍去，不要影响大人做营生。结果，狗上了梁头，孩子们到了坡低。

　　然而，没过多久，就听到了孩子的哭声，大人们边喊狗，边追着孩子的哭声跑去。结果，五姑姑已被狼扑倒了，大爹站在跟前没命地哭。待狼被赶走后，抱起五姑姑才看见，脸上被狼的獠牙挂走了一块皮。从此，可怜五姑姑，一辈子都是个脸上有狼扯疤的女人。

　　那年月，狼祸害人畜的事常有发生，所以，防狼打狼的意识、本领也就成了衡量一个人，尤其是男人有无气魄、是否精干的标准之一。

　　我父亲就是个打狼的汉子！他 14 岁就伙同与他同龄的贵同，给北塔村我四老姑姑家放羊。羊群原本就招狼。放羊人除了不让羊吃庄稼外，很重要的一项任务就是看住羊不让狼吃了。父亲个头不高，又长得单薄，然而打起狼来却非常勇猛。

　　有一次，父亲和贵同赶着羊群，带着跟群狗出坡了。然而，狗也看人下菜碟儿，见是两个孩子，一出坡就向他俩要着吃窝窝，不给吃，就不走。时候刚过中午，窝窝已给狗吃了一半。不能再给狗吃了，剩下的是他俩一天的干粮呢。结果，狗不同意了，蹭着父亲转了两圈后，掉头就走，且走且回头，试探着是否还给它吃窝窝。父亲火了："这奸狗，去你娘的！"他抡起羊铲，一铲子把狗打跑了。

　　怎么就这么巧呢？狗跑了不多一会儿，狼就来了。

　　也许狼原本就在哪个背阴处瞅着呢。父亲着急了，吆喝一声："贵同，你把羊群攒回来，看住，我追狼圪——"

　　贵同胆子小，扛着羊铲铲吓得不敢动。父亲着急了，边骂贵同："快，你死下了？赶紧把你大大攒回来，要不狼叼着呀！"边满坡满圪梁地追着狼跑……

这时候，一定不能让狼走进羊群，一旦进群了，把羊群冲散了，就很难再赶攒了。且狼进了羊群就疯了，专拣羊脖子咬，一口一只，吃不上也得都咬死。

狼扑羊群第一扑最厉害。红钻钻的眼睛瞅着羊群，翘起尾巴跑得飞快。父亲也不示弱，拿着羊铲子紧追不放。狼在前面跑，他在后面追，相隔不到两百米。一人高的土圪塄，狼跳过去了，父亲也撑着羊铲把子跳过去了。追一趟子，狼累了，蹲了下来，父亲也累了，停了下来。

贵同慢慢地把羊群向村子方向赶。

歇一会儿，狼又寻机靠近羊群，父亲也再次追着、喊着，跟着狼跑。就这样，四五个回合下来，太阳已近西山顶，羊群也近了村子。周围的山坡上开始有了回坡的羊群。远远地，人们看见了狼和孩子的周旋，于是，东山上一声"打狼了——"西山上一声"打狼了——"随后羊群的狗也狂吠了起来。虽然远了些，但狼见周围有了大人，便放弃了吃羊的指望，灰悻悻地钻进了深沟里。

就在那天晚上，父亲睡梦中吆喝着："打狼了，打狼了——"一扑楞，掉到了地上。四老姑姑和四老姑父抱起父亲："唉，把孩儿吓着了，可怜的。"

于是，老两口拿着红布，包着枣和干馍馍，出街口为父亲叫魂去了……

直到我们那一带成为红区后，父亲才开始上学。那年，他正好 18 岁。

而从十三四岁到 18 岁之间，父亲一直放羊，不是给家里放，就是给亲戚们放。他说，村周围有一只狼跟他周旋了两三年，也没吃到一只羊。狼在长，父亲也在长。那只狼从小狼，到脊梁上长出了棕红色的粗毛，一直就在村周围转悠。父亲认住了那只狼，狼也认住了父亲。只要是父亲赶着羊群，那只狼就不准备扑羊群，转一圈就跑了。

我问父亲："你就不怕狼认住你，瞅机会报复吗？"父亲笑了："不怕，我是放羊的，成天赶着那么大一群羊，狼会吃我？"

顿一顿，他又说："狼本来就是食肉动物，它找肉吃，没错。"

我瞪眼了："它伤了你家三代人，你竟然不恨他？"

父亲叹口气说："恨是恨。但恨有甚用？狼就是狼。"

他很平静地又说："狼一般是不伤人的，凡开口吃人，那一定是饿极了，要么就是孤狼或者未成年狼。"

哦，父亲这么懂狼。

我又问："你还是孩子的时候就满圪梁追着打狼，你当时就不怕吗？如果狼返回来你能打过它吗？"

父亲说："怕啊，咋能不怕，但那个时候，你必须抖起架子来，你怕它，它就不怕你，你要不怕它，它可能就怕你。放羊的必须做到，我在，羊群在。"

哦，我心里暗自佩服：这是怎样的一种担当和敬业啊！

我又问父亲："您和五爹没被狼伤着，那狼嘴真的是被土神爷锁住了吗？"

父亲仰起头，定夺了半天，说："不知道，也许一个人是一个人的造化吧。"

一会儿，他又补充了一句："狼是不会轻易吃人的。"

牛这一辈子

春风已过，清明将至，又到出牛的季节了。

出牛，就意味着要开始耕地了。

牛，在农村是很重要的生产工具。尤其在我老家那一带，直到现在，耕地还依靠牛。

听老人们说，在土地可以自由买卖的年代里，一些小山村常常用"一犋牛"作为买卖土地的单位。"一犋牛"是多少地？只有老百姓自己知道。就是一头普通牛一个耕种季节所耕土地的多少。内蒙古包头一带是走口外者聚集的地方，在那里，就有以"一犋牛""三犋牛"等命名的村庄，其出处，就是走口外的内地人最开始居住此地时经营着"一犋牛"或"三犋牛"的土地，后来慢慢形成村庄。

不知道牛是什么时候被人类驯服的，反正千百年来，祖祖辈辈绵绵延延的土地上，都是牛用肩膀拉着犁耕种，养活着人类。牛的功劳早已上书到了人类的功臣簿里。牛在人心中的情感和地位是其他家禽家畜不能比的。在民间，家禽家畜的排序习惯是：马牛羊，牛居第二。而马带有了贵族气，一般农家够不着。所以，家畜的排序是：牛、驴、骡，猪、羊、狗……

在农村，但凡养牛的人家，牛就是家庭中的一分子。因为牛实在是任劳任怨的多面手：说的是耕牛，但除了耕地，拉碾子、推磨、驮水、送粪、套平车……没有它不干的活儿。

我小时候，村集体养着好多牛。大队和学校共用的、狭长的院子就是用牛圈圈起来的。靠东一排溜窑洞，分别是教室和大队办公室，东南角两间仓库，其余全都是牛圈。牛圈，三面围墙，上面盖瓦，前面除供牛进出的栅门外，其余都用2米多长的石头槽围起来。当时牛圈里，除三四头驮炭的骡子外（曾经也用驴），都是牛，大概有十几头吧。站在院子里扫视一圈，最整齐耀眼的就是牛圈。一长排溜石槽和石槽上面的牛脑袋，整齐有序。教室里朗朗的书声和牛槽里嘎嘣嘎嘣的啃草声，是那样的和谐悦耳。

牛是农家宝，吃苦耐劳好饲养。夏天，吃青草，专门有劳力为牛割草。可草割回来后，饲养员总要挑挑拣拣，把最好的草喂了骡子，其余的才给牛吃。因为骡子嘴奸、挑食；牛口朴，是草就吃。冬天，吃枯草，就是庄稼秸秆。而秸秆中最好的是谷草，就是乡人们说的干草。干草多半是轮不到牛吃的，骡子吃剩了，才给牛分吃一些。牛一般吃的是玉米秆、高粱秸秆，有时草缺了，连糜子秸秆也得吃。

深冬和初春，尤其是出牛时候，吃枯草的牲口都要给贴补点饲料。一般骡子和驴吃的是撒上盐煮出来的黄豆、黑豆或豌豆，且一天贴料4斤左右，而牛只吃2斤左右，且是由玉米轧成碎块的生料。

牛是温顺的牲口，一般不发脾气。上小学时，每到下课，我们经常爬到牛槽上玩，摸摸牛脸，拽拽牛角。牛很友好，总是抬起头来让我们尽情地摸拽。

初秋时节，一看到饲养员给牛喂了切碎的嫩玉米秆子，我们就一窝蜂地爬到牛槽上跟牛抢吃玉米甜杆，而牛却丝毫也不厌烦我们。更有男生硬是推开牛头，从嘴上夺，牛却始终不发火。

不过，同学们谁也不敢进牛圈，一旦触碰了牛的后腿板，牛是会踢人的。

偷吃料豆子，大概也是我们村的小学生才有的福分吧。因为饲养员就在我们教室隔壁窑洞的大铁锅里煮料豆子。每到冬春季节，一到半前晌，饲养员就开始煮料豆子了。偌大的铁锅，气流汤水，铲一铁锹盐豆子，倒大半盆泡好的黄豆、黑豆或者豌豆，然后添火煮至五六成熟，就出锅了。煮出来的料豆子摊晾在大筐箩里，专喂骡子和驴。

不知是谁第一个发现料豆子能吃，于是，一看见饲养员端着拌有干草的料筐箩往驴、骡槽里倒，我们就三五一伙地跟在屁股后面，趁他不看，爬到槽上，伸手在石槽底子上摸出料豆子，好的塞进自己嘴里，不好的装在衣兜里，悄悄倒进牛槽里。

好吃的为甚只给骡子、驴吃，不给牛吃？这不公平！

饲养员是一位60多岁的老人，他在前面一个槽一个槽地往里倒，我们在后面一个槽一个槽地往出摸。十有七八他发现不了。一旦发现了，当他转身拿笤帚准备打时，我们早已跑得没了踪影。就这样，他一赶我们就跑，他一转身，我们就再上，害得老饲养员干瞪眼没办法。

偷吃料豆子绝对不是因为饿，而是觉得好玩，觉得他们对牛不公平。还真别说，现在想来，用盐煮出来的黄豆、黑豆，咸咸的、劲劲的，真的不难吃。

为偷吃料豆子，倒腾骡子料给牛吃，饲养员经常在老师面前告我们的状。为此，真没少挨训。然而，我们好像一点都不害怕，他越告，我们越偷，有的同学甚至从家里悄悄拿来小搪瓷碗，趁饲养员不看，把骡子槽里的料豆子一碗一碗地挖到牛槽里，然后，和牛一起在槽里拣吃料豆子。

有一天，饲养员在院里吆喝："从今儿开始，煮料都用洗裤水了。洗裤水煮得料豆子人吃上肚疼，牛吃上得红眼病。"我们坐在教室里，从窗眼上瞅着他花白络腮胡中蠕动着的嘴唇，心里暗自骂道："赖心眼子！又不是吃你的！"但从此，再也不去偷吃料豆子了。

牛大都脾气好，很遵从主人，是最唯命是从、任劳任怨的牲畜。然而，牛也有牛脾气。牛发脾气一般有两种原因：一是人和牛相互不熟悉、不了解脾气，干活时人激怒了牛；二是牛不想干活时，正巧是女人和小孩使唤牛。

别看牛愣头愣脑，它还会欺软怕硬呢。刚分田到户的那几年，我家也养了一头牛。秋季的一天下午，母亲牵着牛从地里往回走，半路上，她想顺路将上午刨在地里的一袋山药蛋让牛捎着驮回来。结果，母亲把山药袋放在牛背上，牛屁股一撅，袋子掉下来了。待母亲再要搬袋子时，牛已挣脱缰绳，跑了。是太累不想干了？还是见父亲不在耍性子？母亲边吆喝边追，可牛根本不理会。母亲朝这头追，牛朝那头跑，不管土圪塄还是平地，蹬开四蹄满圪梁撒野，直追得母亲满头大汗、气喘吁吁……

正值此时，忽听得迎头一声呵斥："咳，扑刀子咧！"牛站住了。男人，是个大男人，润提。润提朝牛屁股上抽了一鞭子，把牛赶回来，把山药蛋袋重新放在牛背上，并瞪着牛说："驮回去，不然剥了你的皮！"牛甩甩尾巴，乖乖地跟着母亲驮着山药蛋袋回家了。

牛是男人驯服的动物。

小牛一出生，待牛妈妈舔干身体，就会站起来走动了。小牛不戴笼嘴，不拴缰绳，自由自在地围绕在母牛身边。小牛一般100至120天断奶。若遇耕种忙季，小牛出生三四天后，母牛就得下地干些轻活。此时，最可怜的是小牛了，没娘的娃，整天守在栅门口瞅着外面，满眼都是期盼。

1岁戴鼻具，2岁调牛，这是做耕牛的规矩。鼻具是为拴缰绳而戴的；调牛则是让牛犊变成耕牛必须过的一关。

戴牛鼻具，是将牛的两个鼻孔间的软膜，用粗的铁锥子烧红烫穿了，然后穿一根长约2寸、粗约母指般的小木棍，木棍两端套上"{"型的铁栓，牛鼻具就算完成了。从戴上鼻具那天开始，小牛就由一根缰绳拴住了，吃喝休息都得在饲养员指定的地方进行。

调牛就是训练小牛耕地。这可不是人人都能干了的活儿。要让刚刚长成的、自由惯了的小牛犊套上耕绳，拉上铁犁，踩着犁沟规规矩矩地耕地，不是件容易的事。脾气好的牛犊子还好调一些，牛少挨打，调牛人也少受罪；若遇到脾气犟的牛犊子，肩膀一碰到耕绳就又踢又蹦，满圪梁跑，调牛人使出浑身本事也训练不成。牛怕鞭子，鞭影一晃"嘎乍呱——"一声亮响，三股子牛皮条编成的鞭子就落在了牛身上。那鞭子很厉害，幸亏牛皮厚，若抽在人身上，一定是一鞭子一串血辘辘。有经验的调牛人都是鞭声响得亮，鞭子落在牛背上的少。若是不懂牛性的人，把牛打乍了，牛脾气跟你犟上了，那就把鞭子抽飞了、鞭杆打断了，牛也不会屈服。这时候，就得换调牛人了，否则，这牛是调教不出来的。

调牛是件苦差事，一天下来人困牛乏，还干不出活儿来。然而，没有调不出来的牛，不管多犟的牛脾气，一应都被男人们驯服了。

调牛人打牛不是不爱牛，就像父亲打儿子一样，是为了让它成为真正的牛。所有调牛人，每到歇息时，再累也要给牛揉揉肩膀，疏疏耳朵，顺茬茬摸摸腰背上的皮毛。这不仅仅是为了给牛缓解疼痛，更是与牛增进情感、交流感受的举措。因为，耕牛原本就是农人的搭档，农人的朋友。

牛是很通人性、懂人言的。人牛合一，才会有干活的最佳效果。大集体时，每到春耕期，都是两个劳力一头牛，一个扶犁，一个点种、打土坷垃。且整个耕种期，人牛都是相对固定的，谁用惯了哪一头就一直用哪一头，轻易不更换。

春耕季节，村里大都实行耕旱地。即天刚亮，耕地人就肩挂犁铧，腰插鞭杆，两人一牛一组，吆五喝六地向起伏绵延的黄土地走去……

清粼粼的早晨，黄土高坡上的阳婆，一波一波地从山顶上往下漫，而黄牛耕出来的新土，一堰一堰从底畔往起翻。东山上两头牛一道坡，西山上三头牛一道圪梁，蘸着阳光晃着鞭影哼着山曲儿人牛和谐，自然天成。那遥相呼应、悠扬有致的山曲儿，那鞭梢上甩出来悠长的"回犁——"声，让冉冉升腾的草根味、新土味，弥弥漫漫，沁心入脾。

您知道从东方瓦蓝到阳婆晒热满沟满梁的黄土地，人牛相和唱出了多少山曲儿？都说耕地的不唱曲儿，牛瞌睡得看不见犁场沟。看来黄土高坡上的山曲儿之所以草木一样茂盛，也有牛的一份功劳啊！

然而，牛这一生，吃得最差，干得最多，遵从人意，任劳任怨，却是宿命。虽然人类给了它几句褒奖，但于牛，又有多少益处？牛还是牛，该干活干活，该杀肉杀肉，好像牛来这个世界上，就是专为侍候人的。

童年时期的一件牛事，至今每每想起，都难以释怀。

春天，正值耕种时节。一天，早饭刚过，我们正在教室里玩，忽听得饲养员拖着声音在院子里骂："吃刀子的。甚耕地的？不会耕就不要领牛，拿命耍咧？"

走出教室才知道，是一条耕地的牛从山圪梁上跌到沟底了。

怎么会呢？天天有那么多牛都在坡上耕地，从来没有牛跌到沟底的事呀。一边的人说：到了地畔，牛不敢往前走，人就用鞭子抽，结果，一抽，牛前蹄一抬，踩空了，摔下去了……

哦，可怜的牛。

约莫半上午，牛才被赶回大队院。它是用三条腿走回来的，另一条后腿拖在后面。一进院，看着一排溜牛圈和饲养员，牛"哞——哞——"地叫了两声，然后，站在那儿一动不动了。那声音，有几分倔强，但更多的是委屈和痛苦。

"断了，腿断了。"队长说。

饲养员赶忙拿着料笸箩给牛吃，牛看了看，没动嘴；饲养员又用手抓着料放在牛的嘴唇上，牛仍旧不张口。我看见饲养员眼里溢出泪光来，那胡子拉茬的嘴唇上，清冽透明的鼻涕也滴了下来。他颤抖着声音说："真是条好牛，还年轻着呢。"然后，抬头瞪着队长说："叫未仁，看能不能接住骨头！"

未仁是村里宰猪杀羊的，也是接骨头的能手。

未仁来了，摸了半天，摇头说："接不住，大腿齐刷刷地断了，又是牲口，没法固定。就是长住了，也是瘸子，不能耕地了。"

队长叹了口气："叫主任和会计来吧。"

那时候，我父亲是村里的会计。

于是，派人到公社找主任和我父亲。

父亲一进大队院，揪着耕地的后生，就是一拳："你他妈的不长眼着！"

原来，那牛是我父亲一直使用来着，只因他当天去公社开会，后生临时替他一天，结果，就把牛赶到了沟里。父亲抱着牛头，摸着牛脸。牛瞅一眼父亲，眼睛里流下泪来……

哦，牛还会哭。我也顿然伤心了。

最后，村干部们商量的结果是：杀牛。

中午了，阳婆红彤彤的。人们拿出了接牛血的盆子，在牛圈门子上拴起了掉牛肉的铁钩子，未仁拿了长长的宰牛刀。

我父亲走了。

一个社员脱下随身穿着的衫子，包住了牛头（应该包红布）。

两个后生拿两根椽一样粗细的木杆子，蹭到牛的前后两条腿岔儿，使劲一夹，牛倒地了，随着一声长"哞——"刀子捅进了牛的咽喉，刀口处，涌出来拇指粗的一股鲜血……

牛被杀了。取走包牛头的衫子，我看见，牛，圆瞪着眼睛，毛茸茸的脸上，顺着眼角，斜斜地冲出来两道深深的泪辙……

那时候，全村大概六七十户人家，一头牛，每户也能分二三斤肉。当我和妹妹随母亲端着牛肉回家后，父亲一个人头朝墙角躺着。我知道他是在为他的牛伤心呢。

那年月，能吃到肉本是件高兴的事。然而，那一天，全村却没有一个人高兴得起来。

过了几天，父亲拿着牛皮准备下瓮。父亲是村里的皮匠，做羊皮、熟牛皮是行家。

我问："这是你那条牛的皮吧？"

父亲嗯了一声。

我又问："这么大的牛皮熟出来做甚呀？"

"做鞭子。"

"是赶牛用的鞭子吧？"

父亲只顾干活，没有回答我的问话……

广播匣子

上世纪80年代以后出生的人，应该还不知道广播匣子长啥样子吧？

我是从笑话中知道广播匣子的。

据说，上世纪60年代初，我们村就有了广播，有了通往外面世界的窗口。

升子大小的一个方匣子，拽一根铁丝，就可以有说有笑有唱了！这可把封闭了几千年的山里人稀奇坏了。广播一响，不仅我们村的人聚集在广播匣子下面听，就连邻村姚家塬、李家梁村的人，也常常下地回来，匆匆饭后，专程赶上二里路，来我们村听广播。

一天晚上，姚家塬村的一位老太太来我们村听广播时，她儿子说："妈妈，夜里路黑，把我的手电拿上吧。"老人接过一看："嗯，好东西，比灯笼好用多了。"

结果，听完广播回家后，却怎么也弄不灭手电了。吹，吹不灭，打，打不歇。着急了，赶紧上炕插进被子里：不行，明亮亮的光还能钻出来呢。心想，这世道的东西都日怪了，我就不信水也淹不灭？于是，又插进水瓮里。呀，我的妈，满瓮的水都亮了！这可吓坏了老人，赶紧出门钻进小房子，把手电筒插进了粮囤里。这下，终于看不见亮光了，只有手电筒的屁股露在外面。第二天，儿子来取手电，老人指了指粮囤，不敢取。当儿子从粮囤里取出手电筒时，电已耗尽……

还有一次，二妗给我们叨她家两个邻居老太太听广播的故事——

两位耳朵不好使的老太太，坐在广播匣子下听广播。其中一位瞅着杆子上的广播匣子说："匣匣不大，声音不小，不要说我耳朵不好，匣子里说的我都能听懂。"

另一位努努嘴："看你牛的，说得还挺跟班。你能听懂个甚？"

"咋听不懂？那匣子上天天一开始就说：保德人民板霍泰、板霍泰。"

另一个不服气了，支愣了一下耳朵，矫正道："不对，不对。人家是：保德人民管国的、管国的……"

叨这笑话时，二妗笑得半天都直不起腰来。

其实，我小时候也觉得很奇怪：那么个小匣匣，一到广播时就热闹非凡了，那里面究竟有多大的人人啊？

直到上学后才知道，广播是通过一根线传过来的声音。当时，我们村不仅有广播，还有电话呢，机子就放在老师的办公室。

说是办公室，实际是办公、宿舍、教室三位一体的一间屋子。一眼大石窑洞，有炕有地有灶台，一律方砖铺设。窑掌一盘大炕，后炕放一支单人床，是老师的卧铺；前炕放一张大办公桌，老师用，村干部也用；地下放四五张课桌，课桌对面灶台之前立一个木头架子，架子上搁一块高近一米、长一米七八的木头黑板。居住、办公、做饭、上课，晚上还是村集体的会议室呢。

当时我就坐在地下的课桌上。炕上的那张办公桌上，除了老师的办公用品，就是那部黑色的手摇电话机。

说实话，在老师的起居室上课，有些憋屈，尤其是男生，不敢在教室里随便闹玩耍。但是，却可以时不时地听那丁铃铃的电话铃声，听电话中的对话。因为放电话机的桌子，紧挨着课桌，只比课桌高出一炕。电话一响，仿佛就在头顶上说话。别看我们总是眼睛不离课本，可耳朵却一直跟着电话呢，电话上说什么，我们也是第一个知晓者。

尤其是听广播方便，广播匣子就挂在窑洞的正面墙上。春秋冬三季，村里实行两顿饭，学校也跟着两顿饭。每到中午，拿一块窝窝头，坐在教室里，边吃窝头边听广播，那感觉，美美的！

别看一律白茬木头桌凳，却被我们一茬一茬地坐成了油光软绵、污腾腾的纯木色，比现在油漆过的新桌凳好坐多了，只是桌面上多了几条小刀刻下的"三八"线。

坐在大山深处，每天却能听到广播，外面世界有什么精彩，我们都能知晓。什么流行歌曲，样板戏选段，天天能听。特别是看着人们刷拉刷拉摇动电话机手柄时的爽劲儿，感觉特自豪，觉得我们村也现代了一回。

然而，表姐却说："你们村不行，广播匣子挂在教室里，只能少数人听，我们村的广播匣子在高高的杆子上挂着呢，全村人都能听到。"

哦，挂在杆子上的广播匣子？那该有多大呀？我想去看看。

一个夏天的下午，我终于缠着表姐到了他们村。进村，正值晚饭时候，远远地就听到了广播声。"姐，杆子上的广播匣子呢？"我问。

表姐拍拍我的脑袋："不急，一会儿就路过。"

果然，拐一个弯，来到路边有一盘石碾子的地方，只见碾盘上、周围的石头上、地塄上，坐满了人。人们有拿长杆烟锅抽旱烟的，有端着碗吃饭的，有拿着针线活儿边做边听的，也有小孩们蹦跳着玩耍的……

我定住了：这是多大的村子哟，这么多人嗻？耳边传来《龙江颂》中江水英的唱词选段《人换思想地换装》。顺着声音抬头看，碾道不远处，一根超过窑洞塆畔高的木头杆子上，挑着一个方方正正的小匣子。哦，那匣子也没有多大啊！我想走近了看看，却被表姐一把拽走了："杆子在圪塄上，上不去。"

"就那匣子，也不比我们村的大么。"我有些不屑。

表姐一脸的不情愿："那是铁的。你们村的是吗？"

我没有回答，只好顺从地随表姐向她家走去。

背后传来江水英："战斗中人换思想地换装——"声音铿锵清脆，婉转悦耳。转身回望，晚霞一片灿然，听广播的人们，有的凝神静听，有的随节拍晃着脑袋，有的挥动着手，轻轻地哼唱，那场景，随性、自然、温馨、和谐，像一幅画……

从表姐家回来不久，就听父亲说，村里要家家户户通广播了。这是多么振奋人心的消息啊！等不得父亲的第二句蹦出嘴唇，我便"好啊——"一声，踮着脚尖跳出门槛，吆喝着跑去告诉正在院子里浇黄瓜的姐姐了。

我们家也要有广播了！

想着以后可以躺在炕上听广播，就憋不住笑出声来。

大队通知：装广播，匣子自备，碟盘每个 3 毛钱自家出，其余全部由集体负责。

我生怕母亲因为 3 毛钱而推迟安装广播。于是，天天缠着要去 15 华里以外的姨姨家取广播匣子。一星期后，母亲终于答应了，我和姐姐不怕路远，不怕日晒，七月天，一早出发，来回 30 里山路，午饭后就赶回来了。因为母亲答应的条件是：不耽误她后晌上工。

终于开始安装广播了。公社和村里的五六个人，天天忙着满村子栽杆子、拉线。从前沟到后沟拐南渠，一根细细的裸铁丝，把三条沟里的人家一家一户地串了起来。这可不是就我一个人高兴的事，全村人都高兴着呢。每到放学，男生们总是追着栽杆子拉线的人们看。干活儿的人可不喜欢这些小跟屁虫，常常被骂着撵回来；女生们比较听话了，搬一个小凳，坐在自家街口，眼巴巴地瞅着拉线的人们挨门挨户轮到自家来。

记得我家通了广播的那天晚上，连最捣蛋的两个弟弟都乖乖地坐在炕上，瞅着墙上挂着的广播匣子，悄悄地听，还不时低低地问母亲："妈，广播匣子里的人人能出来吗？"

我一直以为，牵着广播匣子的那根铁丝的另一端，是拴在北京天安门城楼上的呢。直到我家有了广播，天天一广播就听到"保德人民广播站"时才知道，铁丝的另一端连着的是保德县广播站。同时也弄明白了，前面所说的"保德人民板霍泰"和"保德人民管国的"笑话的笑点是什么了。

家里有广播真好，比表姐家村上了杆子的广播更方便，听得更清楚。广播一天 3 次，早上 6 点到 7 点半，中午 12 点到 1 点半，晚上 6 点半到 8 点半。从此，村里人对时间的把握更准确了。

遗憾的是，那时候不仅大人们忙，小孩子也有营生。春夏秋三季，每到放学，放羊、挖野菜、抬水、推磨，一应不能推辞，只有天黑了，才能回家听广播。

那时候的记性真好，广播上的歌曲、唱段，听一两次就全能记下来。现在回想，好多样板戏的经典曲段，都是那时候听广播学会的。

不仅我在学，村里的人都在学。广播成了村民了解外面世界、学习新鲜东西的主要通道。

别看村子小，多少年来一直都有宣传队。姑娘们出嫁一批长大一批，小伙子们你拉胡胡我吹枚，有师的求师，无师的自学。"千日胡胡百日枚"，没有学不会的。从梆子、锣、鼓、大镲、小镲、二胡、板胡、枚等等，一整套乐器、人才一个不缺。每到晚饭后，大队窑洞里就传来了一阵阵锣鼓声，紧接着，是笛子、二胡伴奏着歌声。尤其冬闲期，宣传队一个冬天都在为过年准备节目。

当时的节目主要由三块组成：一是自编自演的身边人身边事；二是广播上听来的新歌曲、样板戏；三是下乡干部和学校老师辅导编排的合唱、表演唱。老家是民歌的海洋，但那时候觉得民歌山曲儿不时髦，好像天生就是圪梁梁上山沟沟里唱的，很少上正式舞台。

麻炮一响，年过了。从正月初二开始，村宣传队员们就打着脸子，穿着自己最好的衣服，屁股后跟着一群观众，由宣传队队长领着，满村子挨门逐户上门演出。每到一户，主人们都早早地备了瓜子、红枣、处处红香烟等，在街口迎接。一进院子，乐器响起，观众们自然围成一圈，演员就地打场，开始演出了。每户三两个节目，由报幕员组织。演完了，再到下一户，直到全村所有人家全部转完。一般少则两天，多则三天。

当时的农村很穷，却很有活力。"自力更生，改造山河""艰苦奋斗，实现四化"。虽然夏抗三伏、冬战三九，但少有人叫苦。当时的农村是全社会的前沿阵地，无论政府还是农民自己，都在为建设社会主义新农村而信心满满地奋斗着。

我上初中后，一到寒假，村宣传队就召集学生们参加节目排练。当时我们村的宣传队在全公社也是叫得响的队伍。记不清假期中参加过多少次村宣传队的公社汇演和邻村巡回演出，只记得我们唱的歌曲、戏曲选段，都是听着广播学来的，每到广播时间，我们都会候在广播前仔细地听歌、学歌。以至于每到一个地方，第一眼瞅着的就是广播匣子。

15 岁那年的寒假，我还随村宣传队回县城参加了正月二十五的汇报演出呢。那是多大的阵势啊，至今都记忆犹新。

村里的广播什么时候没了声音？不知道。反正，当我再次急匆匆赶回村里的时候，不仅没有了宣传队，没有了广播、电话，更没有了学校。满村子只住着十几个六七十岁以上的老人。

站在学校垴畔上，站在我家的老宅院，感觉又回到了那年月——夏天的傍晚，梳着垂耳小辫的女孩，斜倚着双扇扇木轴门，瞅着夕阳燃红的小凡塔，跟着广播学唱"朝霞映在阳澄湖上，芦花放，稻谷香，岸柳成行……"

那女孩是我吗？怎么唱着唱着就悠远了呢？

三颗黄绵杏儿

老家属黄土高原山区，山多坡陡，土厚质松，降雨不足，广种薄收，有"十年九旱"之说。

"十年九旱"，自然就是丰年稀少了。而祖祖辈辈在黄土中刨食吃的乡亲们，倾力解决的重点是吃饱饭，很少为花果树留出土地来，所以水果相对少，且品种也主要是好成活、耐干旱的小果类。

反正在我的记忆和听闻中，最常见的水果树主要有：杏树、桃树、小果子树、海棠树、海红子树、枣树，也有葡萄、油梨、桑椹等树种，但属于稀有，一般见不着。至于苹果、香蕉、桔子等水果，是上学后在课本里才见到过。

村里有杏、桃、果子、海棠、海红子、枣树的人家不少，且大都长在街头院路、地圪塄上、山洼洼里，很少占用正儿八经的耕地。我们南渠就有四五家有花果树的。

我们家没有。俗话说："桃三杏四果五年，枣树不失羞，当年就提溜（挂果）。"说的是各种花果树从成苗到挂果的时间。而我家，在我四五岁的时候才从李家梁村搬迁到石且河村，借居、掏窑、搬家、闹口粮，哪还顾得上作务花果树？

我家门口对面 S 形小路的那面坡上，就有邻居家的杏树、果树、海棠树，都是成树，树干不高，树冠硕大，蔽荫三五丈，主干一个人抱不住。坐在我家的炕上，打开天窗就能瞭见整个儿的树。

春天，树绿了，花开了，大树小树，粉嘟嘟，白生生，惹得满沟满坡繁花似锦。尤其让人开心的是那一股一股涌动着的花香，满沟里窜，还常常从天窗上、门缝里钻进家里，撩拨着我们盼杏儿黄、果子红的遐想。

然而，每年一到杏儿黄、果子红的时候，母亲就送我们住姥娘家了。原因是不让我羡慕。虽然，有时候邻居们也给一碗半升子，母亲也用粮食换一点给我们吃，但我家姊妹兄弟多，少了解不了馋，多了吃不起。母亲常说：花果吃了不治饿，米面吃上长骨头。其实，住姥娘家也是我们很乐意的事，不用母亲哄着，我们也愿意去。

终于有一年，又到杏儿黄时节了，母亲没有送我们住姥娘家。原因是村里民兵组织了打狗队灭狗，母亲要我和三妹看好狗，不让它跑出去。

我家的狗叫四眼子，特好看，黑身子、白爪子、黑白花脖子，也因了眼睛上方有两个眼睛大小的白点儿，看上去像还有两只眼睛，所以得名。四眼子很听话，脾气也很好，不管我们怎么耍它、欺负它，从来不发脾气。

那时候，街头院路常有狐狸、黄鼬出没，一不留神，鸡或者兔子就会被狐狸或者黄鼬叼走。四眼子的作用不可小觑，看家护院，看鸡窝、守兔窝。但是，生活待遇却及低，每天只能给喝些稠泔水、舔舔猪吃剩的盆底子。每每喂猪时，它就蹲在一边一眼上一眼下地瞅着猪吃食，那长长的舌头，"唰啦唰啦"不断地舔着嘴唇；如果人在跟前，它就会摇着尾巴，不断地绕着人蹭来蹭去，那可怜巴巴的眼神里满是祈求。但是，只要人不说让它吃，不管人在不在跟前，它从来都不会擅自撬开猪抢食吃。

我不知道当时为什么要统一行动灭狗，好像是什么政治任务。村打狗队由民兵营长亲自带队，几个后生拿着绳子、木棍、镢头，满村子挨家挨户搜寻狗。

当时，父亲是村干部，关于藏狗的事，不能让他知道，否则他就会带头把狗交出去。

母亲对父亲说："狗已经送她姨姨家了，不让喂，就长期送她家算了。"

父亲没有做声。

其实我知道，母亲原本也没打算送我姨姨家，狗就藏在我家废弃的山药窖里，躲一阵子，风声过去了，四眼子还得看家护院呢。

废弃的山药窖，是从院里花台旁边的土圪塄上向下挖一截后，又钻进去的小土窑窑，里面很大。我和三妹天天蹲在废山药窖里或坐在窖口边上教育四眼子："不敢出声，让他们听见你就没命了。"四眼子好像听懂了似的，几天也没吭一声。为了让它呆得安生，每天给它吃两大勺子猪食，这对它来说，比自由更实用。

半个月过去了，打狗的声势仍没有放缓。人们的心情一定都很不好。往日里晚饭后，大队院里时不时响起的胡胡声、笛子声听不到了；学校垴畔上闲逛、聊天的人也少了。当然，黄了的杏儿，香水了的果子，同样激不起人们的情绪来。

对面坡上的杏儿已经黄得很黄了，树底下却不见了往年热闹的卖杏儿场景。我们姐妹几个好像也顾不得想杏儿和果子的事了，偶尔抬头看一眼，也没心思细想其滋味。

狗不见了，人咋就都蔫了呢？原来鸡鸣、狗叫、人嚷嚷的村子，一下子变得消沉了很多。一到夜晚，三条沟里静悄悄的，如果哪儿突然间传来一两声狗叫，全村子的神经都会惊颤一下：谁家的狗又暴露了？

其实大家都明白，狗大都藏起来了，只是谁都不说出来。

一连好多天，我整天都提心吊胆的。为了确保四眼子不叫出声来，我和三妹白天几乎都在山药窖里或窖边上给狗递吃的、和狗说说话。

一天下午，我和三妹坐在山药窖口边，通过一条缝和狗说着话。突然，三妹眯缝起眼睛问我："二姐，你说那杏儿长得那么稠，能不能挤得掉下来？"

我一抬头，是啊，对面山圪凸上那颗杏树，仿佛傲然于半天空，西照阳婆直射着整棵树，蒜辫一样稠密的杏儿，橙红橙红的，把枝头都压得接近地面了。

我说："不用挤，杏儿熟了自然就会掉下来。"

我和三妹的视线，从杏树下一圈一圈地绕开了，又一圈一圈地绕回去，仿佛能看到了掉在地上的黄绵杏儿……

"旺、旺——"突然，四眼子叫了两声。

"王八蛋，不敢叫！"我不由得骂出声来。

我和三妹都吓了一跳。这家伙，一定是嫌我们不跟它说话了。扫一眼周围，呀，脚下小河边的担水路上，还真有一个进南渠担水的人，好像是大队喂牲口的刘侯小大爷。他听到了吗？我的心嗵嗵地跳着。

晚上，我跟母亲汇报此事，说话间，父亲推门进来了，他不动声色地说："不要藏了，明儿交给民兵吧。我们开了半黑夜会，好多人家都藏了，明儿都得交出来，我们总不能落在一般群众后面吧？"

空气凝住了，谁都不说话。好一阵子，三妹才说："不，明儿我领着四眼子到姥娘家。"

母亲长长地叹了一口气："不抵了，四眼子活不成了。"

我的眼泪刷地流了出来，瞪着父亲拖着哭声说："不，就不！黑咕隆咚受了这么长时间的罪，还是得打死四眼子？"

我推开门，奔向山药窖，拉开窖盖对四眼子说："走吧，反正他们也不放过你，你爱害谁家就害谁家去，然后，走得远远的，再也不要回来了！"

月亮爬上了麦摊子山顶，整个村子都被水一样的月光漫过，仿佛浸泡在显影水里的黑白底片，没有一点声息。

出了山药窖的四眼子，显得很高兴，抖了抖身上的毛，蹭着我，然后，两只前爪放在我手里，伸出舌头舔我的眼泪……

我擦干眼泪，回到家里。

母亲问："做甚来？"

我说："放狗。"

父亲抬头看我一眼。我窝了一肚子的火："看甚哩，四眼子再也不回来了，看你明儿给民兵交甚呀？"

真的，那一夜，我最痛恨的是民兵，然后是父亲：你不是村干部么？咋能甚也由着民兵呢？

第二天阳婆下来半院了，仍不见四眼子回来。我跟母亲说：

"四眼子真的走了。"

母亲无奈地说："狗哪能走得了呀？也许已经被民兵逮住了。"

我的心刷地疼了起来，后悔咋就没想到把四眼子送到姥娘家村呢？它应该向姥娘家村、扒楼沟、大姨家村一路走才对呀！

那天，红耿耿的阳婆忒毒，半前晌，路面就烫得不能光着脚走了。我和三妹坐在街头晒着阳婆，在等。

对面街上有人说，一前晌前沟后沟打死好几条狗了。

是么？有四眼子吗？我不敢吆喝着问，也不想去看。

隔壁的老姨姨看着我和三妹说："两个茶女子，大红阳婆晒死呀，快回家吧。"

我看见三妹乱了的头发被汗水粘在了脸上，却仍旧一动不动地坐着，直到母亲叫吃饭才回了家。

不知为什么，那天母亲也没有下地干活，中午饭吃得比往常早一些。端起一碗红高粱面挶面，渴得吃不下，从水瓮里舀起半瓢凉水，咕咚咕咚地喝。一转头，眼角闪过一个黑影。母亲抱着我的脑袋，给我擦脸，我推开母亲跑出院里来——

你猜怎么着？四眼子回来了，它卧在圪娄窑边的荫凉下，两只前腿并排平平地铺在地上，一对白白的爪子上，放着一抓儿三颗的黄绵杏儿！那三颗杏儿水灵灵的，连一点儿皮都没有蹭破。

它是咋衔回来的呀？只见它昂着头，张开着大嘴，伸出来长长的舌头，不断地呵着气，仿佛刚刚干重活回来，满身汗津津的。

我太喜出望外了，蹦进门，压低声音说："四眼子回来了……"

母亲、姐姐、三妹、四妹都出来了。一家子顶着大太阳围着四眼看。四眼子一副胜利者的模样，挨个儿瞅着我们，继续伸长舌头呵它的气。

三四岁的四妹看着黄绵杏儿，口水流得比四眼子还长。

姐姐看着我和三妹说："这是四眼子对你俩看护它的最后报答。"

我的心酸酸的。母亲拿起狗爪子上的三颗黄绵杏儿，分给了三妹、四妹和我。我没有要，母亲又给了四妹……

对面坡上的杏树在阳光下，橙黄橙黄地放着光。我们每人分出半碗饭，给了四眼子……

下午，民兵营长新怀和几个后生来家里把四眼子牵走了，姐姐和我还有三妹都哭了，母亲躲在家里没出来。走到街口，我狠狠地砸出了早就攥在手里的一块石头。石头砸在地面上，蹦在了新怀的脚后跟上。新怀摸摸脚后跟，瞪了我一眼，然后，又笑了……

这么多年过去了，每每看见狗，就想起了四眼子，想起那三颗写满报恩的黄绵杏儿！

乡村老师

我们村的第一个学堂创建于什么年代？我不知道，也没有记载。听老人们讲，我的第一个老奶奶婆媳二人被狼祸害时，听到阔局沟有女人与狼厮打的人就是跑到石且河村的冬书房了（见《狼嘴锁住了》）。这是我听到过的关于石且河学堂最早的消息。按此推算，距今大约一百四五十年。

冬书房就是冬天教学的学堂。也许之前还有过四季都开课的学堂呢？最起码村里的学堂史也是一百四五十年了。至于当时是教馆、村校，还是家塾、义塾，都无从知晓。据说，后来姚家塔村我的五姥爷，我的大舅、二舅、母亲等，都是在石且河村读的书。

常听母亲夸奖她三爷爷的聪明。说早年她的三爷爷在村里的煤窑上卖炭时，做过记账员。然而，这个记账员却不识字。在那个以物易物的年代里，记账员每天都在草纸上用细毛笔不断重复地画着糜子、黍子、谷子、秫谷（软谷子）、黑豆、绿豆、豇豆……还有鸡蛋、布匹、羊肉、鸡、兔等等的实物图样，以及买卖双方的赊欠往来，多少年没出过差错。

我真的想象不来母亲三爷爷的记账单是什么样子的，能抓住每一种相近实物的特点，用简笔画画出来，实在是一种大才智。也怨山高路远，不知画为何物，假如当时有人提点，笔锋一转，也许会成为一名大画家呢。

其实，这些事离我们并不遥远，到今天也就一百四五十年吧。在过往了的世世代代中，由于上不起学埋没的人才、遭受的煎熬，谁又能数得清楚呢？

曾经的好多小山村，别说教书先生，就连个识字的人都没有，过年写不了对联，就用碗瓜瓜（饭碗底座）蘸着墨，在红纸上印上一个一个的墨圈。

而我们村的人每每说起这些，语气中总藏着些自豪。是啊，自家村里不仅有识字人，还一直有教书先生呢。有识字的人、有书房，是一个村的荣耀，也是反映一个村子的兴盛与文明程度。

这也是在文化人稀少的乡村，一说读书人，就是人中之人、备受尊崇的重要原因。尤其是乡村的教书先生。

当然，到我上学的时候，新中国已经完成了农村扫盲，村里40岁以下的人基本没有文盲了，学校也早已是公立的了，只是将原来的教书先生改叫老师了。

不知道我们村公立学校的第一任老师是谁，而我入学时的老师叫张行祥，我的启蒙老师。

张行祥老师当时大概20多岁吧，好像刚结婚不久。记得老师的媳妇——我们的师母来看老师时，好多同学还偷偷地在窗眼上瞅呢。要么没事找事地拿本书进老师办公室问问题，不就是想看看师母长什么样么。其实都是瞎操心，师母在村里住了好一阵子呢。每到下课，她还在院子里看同学们玩，低年级和预备班的小同学鼻涕流到嘴唇上时，师母还给擦过呢。

张老师穿着朴素却整齐干净，很像想象中的乡村老师。他不仅教书兢兢业业，做人真诚稳健，也没有一般年轻人的轻狂与散漫，而且与村民们相处甚好。谁家有什么事求过来，他都是竭尽努力地去帮助。尤其每到过年放假前，他的办公桌上总是堆着一卷红纸，课间活动、放学以后，一有空，就摊开红纸写对联。有时候，晚饭后一开摊，村民们围过来，一写就是大半夜。先不说老师的字如何，就那一份热情和真诚，就让村民们心里温暖、荣耀满满：看我们村，有张老师，对联都写得特好！当然，那时候村里会写毛笔字的人不少，老师写的都是找上门来的。

其实，作为老师，受不受人尊敬，最终还是看书教得怎么样，品行端不端。不管什么年代，老百姓奉行的依旧是"师者也，教之以事而喻诸德也"的理念。上学，要学文化、长知识，更要学做人、懂是非。如果哪个读书人做事不着边际了，乡亲们就会骂：念书念进草屎去了。什么是草屎？大牲口拉下的就是草屎啊。

记得我一年级的课本，第一课是"毛主席万岁"，第二课是"中国共产党万岁"。老师除了教我们学好课本识字以外，还开设了兴趣课，比如写仿，音乐课上还教曲谱。我就是在做张老师学生的时候知道了怎样握毛笔，也知道了1234567，就是哆唻咪发索拉西。

你知道那时候山村的小学生接触到这样的知识该有多兴奋吗？不够明亮的窑洞教室里，特温馨，特丰富，特有魅力。如果不是农忙时非请假不可，我们真的是一天都不舍得离开学校。

是谁不小心把装在墨水瓶里写仿用的墨汁倒了？染了桌子，染了手，最后也染了一张三横五道的"包公脸"。是笑声引来了张老师，他虎着脸不让同学们笑，他自己却抿着嘴笑着把同学领走了。办公室，他用自己的脸盆、香皂和毛巾让同学洗了脸，而同学却因可惜墨汁哭了。这时，老师边教育同学做事要小心，边把自己的墨汁倒进了同学的墨水瓶。

一直都不舍得忘记老师给我们热窝窝头和补课的情境。

村里，除夏天三顿饭以外，其余三季都是两顿饭。学校当然也一样，早晚两顿饭，中午吃干粮。所谓干粮，就是一块窝头。窝头大都是糜子窝窝，也有个别人家是玉茭子窝窝。尤其糜子窝窝，本来就水分少，冷了、干了，更是硬邦邦的。栗褐色的窝窝头，一啃两个白色的牙印子。而那时候我们都不晓得用什么水杯之类的东西。渴了，拿起水瓢，在学校的水瓮里舀起凉水，咕咚咕咚地喝。尤其到了冬天，天气冷时，同学们干啃着冷窝头，双手哇凉，鼻红唇紫。于是，张老师就用自己做饭的铁后锅，给我们热窝头。

早上，每个同学带一块窝头，吃干粮的前一节课间，由生活委员将窝头按主人姓名排好队，放在算子上。然后，老师盖了锅，添了炭。该吃干粮了，哨声一响，老师亲自揭开锅盖，我们一窝蜂地围在灶台前，老师和生活委员把一块块热气腾腾的窝头递到我们手上。热了的窝头，变得虚腾腾、绒墩墩的，好吃多了。现在想来，都觉得特温暖。

那时候的老师补课，跟现在的核心目标不一样。

我是最近二三十年才知道补课费这个词的，而我们那个时代不知道有这个词。每学期，除了三两毛钱的课本费以外，再无任何费用。

每到农忙时候，大人们忙不过来，劳力不足的家庭，就需要孩子们去补空。10 岁以上的孩子可以挽草、照看牲口，春天往地里送饭，秋天掰玉米，割高粱；尤其是女孩子，可以在家照看弟弟妹妹，腾出母亲一个全劳力来下地干活。虽说农村学校每年都有十天半月的秋假，但女孩子往往不够用。毕竟，颗粒归仓才是农民的第一要务。

张老师很懂农村，每到秋天，除了请假的同学以外，劳动课或者星期天，经常带着高年级的同学参加村集体掰玉米、摘豆荚等。

忙了农事，课时就肯定落下了。不过，没关系，张老师都要一一地补起来。放学后，经常见老师边做饭，边给落了课的同学补课。有时候，四、五年级的同学多收了两天秋，老师就会集中一段时间，每天放学后把两个年级的同学集中起来，正儿八经地上课。

都知道，那是个不重视学习成绩的年代，而在张老师那里，无论是 60 年代末期，还是 70 年代初期，一个农村小学，却从来没有间断过期中考试和期末考试。

也许，这正是张老师备受村民们尊敬的核心缘由吧。

老百姓，只坚守一个信条：不听你说得好不好，单看你做得怎么样。乡下人，面对面也许不好意思说出"谢谢"二字，但心里却山泉水一样清澈。知恩图报，扶正扬善，疾恶如仇，是他们一贯的思维趋向。

张老师在我们村教书多少年？我不太确切。但他在的那些年，村里基本上家家户户每年最少请老师吃一顿饭，有孩子上学的请，没有孩子上学的也请。这是村人们对老师的认可，也是对文化人的尊重。这在村里仿佛形成了一种氛围。

而张老师的坦诚、平易近人，也让村人们觉得很舒服，愿意跟他打交道。在村民家里吃请，不管条件如何，饭菜好赖，张老师一概不计较。一进门，按照主人的旨意，脱鞋上炕，盘膝打坐，大人小孩一堂坐，农事学堂拉家常。这也让村民们养成了一种习惯——大事小事都记着张老师，有事总想请教张老师。

在张老师身上，我读懂了融入。俗话说："做甚像甚，讨吃子训棍。"乡村老师，既融入乡村，又突出为老师；要比农民精通教学，比一般文化人懂得农事。

做张老师的学生，我不仅学到了知识，也学到了如何做人做事，尤其学到了怎样做乡村老师。

中学毕业后，我也做了乡村民办老师。当时，还不满 18 岁。

我做老师的村庄坐落在山头上，比我们村还小。20 多个学生，单人单校复式班。两眼土窑洞，几张原色木桌木凳，一块水泥黑板，就是学校的全部财产。学校有院子却没有大门，站在院子里，对面的远山近圪梁，都在视野内。

刚到任的那些时日，怎么样安排复式班的课程？怎么样与村干部、家长和村民们相处？张老师的影子常常随我思度。

农民，最突出的特点就是淳朴厚道。进村第一天，老支书就送来了些米面，并说："晚上睡觉找下伴儿了吗？没有，让我姑娘过来。"语言不多，却很暖，一下子赶跑了我的陌生感。

我说："不用了，杨书记，村里有我的同学，已经说好了。"

跟老百姓打交道，朴朴实实，有甚说甚。我给老支书说："您看甚时候有空召集村干部见个面？相互认识一下？"老支书赞许地看着我："嗯，好闺女，懂得来头格式。我召集人。"

说实话，一个十几岁的女孩子，要承担一个村的教学任务，

71

家长们放心吗？村民们能看得起我这个娃娃老师吗？走在村里，我总觉得自己很薄，很轻，很微不足道。大家看我的眼神，也不是我们村的人看张老师的眼神。

还是那句老话，老百姓，不看怎么说，单看怎么做。复式班，一个教室三个年级，一节课一个小时。怎么样才能收到最好的效果呢？我摸索着。学着张老师的样，一上课，先布置预习课文的年级，再安排做复习题的年级，最后，给另外一个年级讲课，如此轮流进行。一上午，三节课，满满当当。后来发现，只要不是必须讲的内容，以年级小组进行学生互动教学，老师巡回指导、提问，既能激发学生动脑思维的积极性，又避免了年级之间的相互影响，效果不错。因此，后来就改成了上午上大课，下午小组教学。经过一个学期的摸索，学生适应了我，我也找到了适合自己的教学方法，教学效果大有长进。放假前开家长会时，家长们的态度变了，眼神变了，说话的语气也变了。这，让我的脚后根长了不少力气，乡村老师的感觉也慢慢找到了。

第二个学期一开学，就是春季。老支书对我说："给你一块地，这是咱村里的习惯，自己种点，补足口粮。"我谢绝了。我想还是专心教学吧。再说我也不怎么会种地。他又说："那就到秋天集体直接给你些粮食吧，也算是村里对老师的关心。"我还是谢绝了。关心收到了，粮食还是不要了。村里有我的工分，政府还给补贴工资，我能养活了自己。

15 里路，两座半山，每周回家一次，带上 10 来天的米米面面，足矣。

后来，村里还是在沟里给了我一块水井近旁的畦地，这我要了。反正隔天就得下沟里去担水，种点蔬菜，挺好。

人住在山头，水井放在沟底，沟深两里地，担水是每家每户正儿八经的营生。学校也一样，吃喝洗涮打扫，省着用，每天也得一担水。我每次向邻居家借一担不太大的白铁皮桶，一口气下沟里担两回水。

两回，两下两上共8里路。尤其是担着满满的两桶水，沿着羊肠子一样的坡路往上爬，走几步，汗珠子就吱吱地往出钻，小腿肚酸困酸困的。坚持，再坚持！然而，不管怎么样努力，爬上那道坡最少也得歇两三歇。

水倒进水瓮里，擦一把汗，趁热劲儿，赶紧再来第二回。

四五年级的同学们说："老师，我们跟您一起抬去吧。"

我知道，在农村，但凡五年制学校，抬水好像是学生们天经地义的事情。然而，我没有答应。一是路远坡陡，怕学生稍有闪失。二是上课时间，怕耽误同学们的学习，招家长不满意；放学了，又不好意思留下学生给我干活。

后来，在几个有力气同学的一再坚持下，才变成了我担一担桶，4个学生抬两只桶，一次完成担水任务。

您一定会问：这样的日子苦吧？

不，一点都不苦。真的。

村野，清净、单纯、温暖。土窑洞里传出来的诵书声，于一个晨起暮歇的村庄，是最灵动、最优美的乐曲。而我，恰是这乐曲生发的源头。沉静在蓝天为镜四季清新的村庄，上课下课，洗衣做饭；领着学生爬上更高的山头背书；带着学生下到很深的沟底担水；半夜，挑灯夜读，畅游书海博大的世界；周末，一会儿谷底一会儿山巅，行进在梦想飘飞的土路上……

走惯了，不觉得山路瘦；走多了，不觉得山路远。担水路上，常常与乡亲们同出同进，边聊边走。汗水砸在土路上，倏尔不见，而一步一悠荡的水桶，合拍合韵，一滴水都洒不出来。夏天，一路青草一路野花，遇到可以放平水桶歇歇的地方，大家总是你躲前他退后，给我空出来最平整的地方；冬天，雪落大千，洁白无瑕，而我面前的担水路上，总会有人一步一扫帚地延伸着弯弯曲曲的点划线。也许面对面只是深深地点点头、浅浅地笑一笑，但渗透在举手投足间的关爱与尊重，流露于言谈话语中的善意与理解，很暖，很舒心。

再后来，家长们也时不时地请我到家里吃饭。

真的不是想吃人家的饭，是想知道村民们对我的态度和认可程度。虽然一个女孩子不能像张老师那样盘膝打坐与男主人坐在炕头闲话家常农事，但农家的女儿，自然与农家主妇也有不少相通的话题。

多相处，才能互融入；能融入，才会有长进。这是我的感悟。

我的毛笔字写得不好，但是，还得写。《学生守则》《年级小组活动规则》《五讲四美三热爱》等等，写完一张又一张，写坏了，放过去，再写一张，直到油灯瞌睡成一个逗点。

然而，必须写完，明天还得贴在教室墙壁上呢。

哪天的油灯都比我瞌睡的早啊！静夜，搁笔添灯油，约同寝同学去街口的厕所小解……

哇，你知道山村的月亮有多美吗？清濯濯、羞答答，是闺中美人，又是仙境娇容。就那么悬在你面前，跟你面对面浅笑。而倾天漫过的轻纱、泽水，正润泽着远山近道，让天地间的辽阔与悠远一泻千里。

停泊在街口硕大的老榆树，仿佛仙树琼枝，怀抱月亮，正瞅着灯影绰绰的土窑洞，穿越时空隧道，倾听悠远朗朗的诵书声呢……

　　哦，您一定以为我是在梦游了。不，不是的。我清楚地知道，这是20世纪80年代初的黄土山区……

姐姐的铁锹

铁锹是一件寻常农具，姐姐一出工就与铁锹为伴。

15 岁时，姐姐还很瘦弱。但她却叫嚷着不想在家里照看弟弟妹妹了，于是，被村里正在组建的农业学大寨、农田水利基本建设专业队收编。当时，人还没有那把铁锹高呢。

时候大概是 1970 年左右吧。当时，全国农业学大寨运动已是轰轰烈烈的了。于是，我们村一上手便掀起了高潮。

村小、人少、地多，全村男女劳力、半劳力，满打满算也就一百四五十个人。为了集中精力打赢农田水利基本建设大会战，全村劳力全部造册分工。老种地的，按居住分为农业一队、农业二队，年轻人全部编入农田水利基本建设专业队。专业队除正副队长外，大都是年轻人，大者不出 30 岁，最小的十四五岁，且女孩子居多，姐姐就是其中之一。

专业队的主要任务是打坝造地、修大寨田，统称修地。打坝造地，在沟里，把七豁八牙的土沟子两边掏下来，削齐了，拦住河道，垫起坝梁，然后，利用自然水土流失淤土造田。造成的地叫坝地；修大寨田，在圪梁上。把波波浪浪的土圪梁、土山头，整体规划，随高就低，一堰一堰做起地堰、摊平，改造成一堰高过一堰、一层接着一层的平地，叫大寨田，也叫梯田。

坝地和梯田都是平地。而我们村原本是没有平地的。"地无三尺平，出门就爬坡"是我们那一带的典型地貌。尤其我们村，坐落在三条沟的交汇处，出门不是圪梁就是沟，平地罕见。学校和大队的大院子、打谷的场子，是我记忆中最大的平地。

我们村要造平地了，大家兴奋着，期望着。

看着姐姐扛着铁锹走进专业队，我只有羡慕的份，没资格参加那场轰轰烈烈的大会战。我的父辈、我的姐姐和姐姐的姐姐们，才是那场大会战的主力军。

开始，专业队还是农忙时跟着农业队做农活儿，农闲时修地。后来发现，年轻人干农活儿实在不行，春天播种，撒不匀籽儿；夏天锄地，草锄没了，苗子也所剩无几了；秋天收割、背秋，挽下的豆子、糜子，几番揉搓，秸秆一大抱，籽粒没几颗。尤其是背秋，都是孩子，没力气，一背庄稼让他们打捆起来，一路歇上几歇，背回来，就剩一捆秸秆了。于是，到后来，不管什么季节，专业队的主要任务就是修地。只是农闲时，农业队的人也加入到专业队里来，一起修地。

但是，不管农业队还是专业队，哪怕是有小孩子的女人，只要进了劳力册，就都有出勤考核。女的几天，男的几天，小媳妇几天，哺乳期妇女几天，都有明确规定。哪一天去不了，就得给带队的村干部请假。

专业队都是年轻人，请假的少，常年平均每天出勤人数都在30人以上。如果农闲时加上农业队的人，常常是百十号人的大队伍。这时候大都分成两支队伍，同时开进两个工地。

那是多么忙碌的岁月啊！一年四季，早饭一放碗，队长的铜号就吹起来了，从前沟吹到后沟，再爬上红圪塄，对着南渠吹。悠扬的号声，吹醒了宁静的清晨，吹开了家家户户的柴门。人们匆匆忙忙，你吆我应，三五相随，汇集成长长的队伍，行进在瘦瘦的上工路上。姑娘媳妇们，脸上擦了雪花膏，手上抹了凡士林，淡淡的清香，时不时萦绕在队伍中，让从不讲究穿着打扮的人，也不由得扇一扇鼻翼，瞅瞅哪个姑娘媳妇的脸蛋更光洁、更润泽。

那时候女人们的发式，婆姨大都是卡卡发（耳朵后两个小黑卡一卡的齐耳短发）；姑娘小媳妇梳长辫子的已经不多了，大都是二毛子（头顶卡一撮顺在一边，其余齐耳自然下垂）、圪刷刷（耳朵后用皮筋索两个一二寸长的刷子），或是趴在耳朵后面的两个短辫子。但是，不管什么样的发型，都让一顶洗得发白了的劳动布帽子扣着，只有额前飘飘洒洒的刘海露在外面，一甩一甩的。

姐姐不喜欢换发型，一直都是搁在肩头的两根短辫子。

别看专业队里的姑娘们一年四季风吹日晒，用清泉洗漱的她们，皮肤不黑，也不粗，个个白里透红，健康可爱。当时正是"不爱红装爱武装"时期，洗白了的劳动布服，草绿色的仿军装，不论男女，都是最时髦。如果磨破了，用缝纫机屁股上补一块南瓜样式的补丁，膝盖上转两块椭圆形的补丁，就更时髦了。

那真正是一个不比吃、不比穿，只比工分、比力气、比奉献、比谁的铁锹磨得更亮、更好用的时代。而他们的比，不找领导，不找评委，不自我标榜，都是在劳动中体现。女孩子十四五岁一入队，一天4厘工分，第二年5厘，逐年涨。如果干得好，力气大，可以跳着涨，直到满18岁，才能赚到女全劳力的8厘工分。姐姐身子不壮实，却从来舍不得请一天假。父亲一直是村干部，但姐姐也是等到了 18 岁才赚到了 8 厘工分。

8 厘工分是多少钱？当时，我们村最好的年景，年底分红一个工也没有上过 1 块钱，一般都是四五毛、五六毛钱，最低的还有一两毛钱的。如果按最高的 6 毛钱算，一个女全劳力一天可赚 4 毛 8 分钱。而刚入列的女孩子一天可赚 2 毛 4 分钱。

2 毛 4 分钱也舍不得误啊。那时候的钱值钱，一斤猪肉 4 到 6 毛钱，一斤普通粮食 1 毛 2 分钱，一斤盐几分钱，1 毛钱买 10 个糖蛋蛋，还老大老大的。如果有早工和夜战，一二厘工分，照样争着去。

"大年三十不停工，正月初一开门红"就是那时候喊出来的。劳动，除了赚工分以外，更是一种觉悟。劳动光荣，好逸恶劳可耻，是当时普遍的观念。

那是怎样苦干实干的岁月啊！

在天寒地冻、树枯草荒的七沟八梁间行走，突然间你会在哪个沟岔或者圪梁上与热火朝天的劳动场面相遇：一群年轻人你追我赶，平田整地，开渠放炮，挥舞的镐头，"咳、咳、咳……"的掏土号子声，仿佛喊醒了严冬。土崖上一批一批的土松开，一片一片地倒下来。满载黄土的推土车，在你追我赶的奔跑中，发出尖细而清脆的"咯吱吱，咯吱吱"声。

你见过专业队一开始用的推土车吗？一个粗笨的木工，一两个小时就可以制作一辆土车架子。两根辕木、两根横木做成上宽下窄的梯状架子，窄的一端装车轱辘，宽的一端做把手。车轱辘是长尺余，直径八九寸的圆柱体木头轱辘，中间烫一个直径近寸的孔，穿一根铁轴，装在车架上，然后在车架上面绑定一个用红柳条编制的、直径一米多的大笸篮，土车就制作完成了。

那样的土车，很笨重，走起来车轱辘和车轴的摩擦声，尖细尖细，悠长而刺耳。

到1973、1974年时，村里才购置了一批小平车。那可是专业队最珍贵的财产了。小平车推土又多又快又省力，可把年轻人们高兴坏了，修地的进度也日渐加快。

打坝，三把铁锹，一辆车，一组。掏土的都是男的，一人供好几个组；修大寨田，车子用得少些，主要是用铁锹。

铁锹，通常有两种，一种是传统的方头锹，另一种是后来的圆头锹，还有修大寨田叠圪塄时专门用的长头锹。圆头锹入地快，省力。姐姐们修地用的都是圆头锹。每天一收工，大家都要先找些烂柴草，把铁锹擦干净了，才扛着回家。

姐姐说，那会儿劳动确实很艰苦，但也很开心，简简单单地劳动着，简简单单地快乐着。

十冬腊月，一天一出勤，早饭后出工，阳婆落山时收工，中午，就在工地上吃一口干粮。干粮大都是糜子窝窝，糜子窝窝硬，水分少，遇到冷的天气，到吃的时候，冻得硬邦邦的，啃也啃不动。后来，每到天气冷的时候，队长就提前派一个人去掏蒿柴。该吃干粮了，一大堆蒿柴点燃，浓烟一股，火焰熊熊，大家各自用蒿柴棍穿着窝头在火上烤着吃。

可别小看那一堆火，那可是真真正正冬天里的一把火。吃过干粮后，一堆柴火灰都是抢手货，尤其女孩们，你一锹我一锹，铲到自己面前暖脚，最是年龄小的女孩子，手皴皴的，鼻子红红的，为抢到了一锹黑乎乎的热灰还开心地笑个不停，而没抢到的，就争着抢着往点过火的灰盘上挤。这一挤，激情点燃了，年轻人你推我搡地玩开了，丢跌（跌跤）又上场了，整个工地，吆喝声、笑闹声不断。

那时候的专业队，也算得上人才济济了，村宣传队就是由专业队组建的。我们村没有外来的知情，只有本村的回乡知青和小学文化的一帮年轻人，加上年长的爱好者，吹拉弹唱打快板，敲锣打鼓编节目，什么都能上。工歇间，有唱的，有说段子的，有讲故事的，而最红火的还是丢跌。

"开工了——"队长在吆喝。人们都站起来了，而丢跌的人没分胜负，不肯罢休。你来一个后勾腿，他来一个前滚翻，没完没了，围观的人噢、噢地喊着……

"那是崩心哩？吃上饿不了咧？饿不了的收工后多推 10 车土！你祖宗们的——"

队长开骂了。丢跌的人终于停了下来，相互吐吐舌头，抹一把头上的汗，余兴未尽地各就各位了。

队长叫刘富仁（当时是支书兼队长），个儿大，身体壮，性子急，嗓门高。做事雷厉风行，说话嘎嘣清脆，有板有眼。队员们送他个绰号：黑嗓子、撗塌楼。意思是：谁也敢骂，不讲情面；认准的事一往无前，谁也挡不住。别看他骂人，他可是个公道正派、不耍奸、不偷懒的人，所以，人们都服他，只要他出声了，没有不服服帖帖听话的。

然而，年轻人，总想多歇一会儿，找找乐子。于是就从富仁身上打主意。

一天，吃干粮时，几个年轻人合计着，要队员存信和队长富仁吃窝窝打赌，条件是，谁先吃完带着的窝窝头，谁掌握歇歇的时间。存信不足 20 岁，富仁应该 40 岁左右吧，吃窝头都不在话下。问题是，存信的窝头是比较稀罕的玉米面搅小米面的发面窝头，软软的，虚虚的，又是用刀切下来的小块儿；而富仁的窝头跟大部分人家的一样，是糜子面窝窝，硬硬的，干干的，且是七八寸长、三四寸宽的椭圆形窝头。无论怎么看，存信的窝头都占尽了优势，大家坚信：存信肯定能赢！

富仁看一眼存信："你跟我赌?"

大家撺掇着："赌吧，赌吧，你不敢?"

看着存信拿出来的窝头，富仁不动声色地说："想赌就赌呀。"

话音未落，存信便双手捧起窝窝开吃了。他的窝窝酥，吃得快了，小卡拉扑啦啦掉到地上。而富仁哪舍得掉一粒儿，他从容地、不紧不慢地在偌大的窝头上，一口一个月牙形，一排三口，三四排就把一个大窝头吃得剩下指头宽一小条了。眼看就要赶不上了，存信嘴里塞满了窝头，既无法下咽，又塞不进手里剩余的，噎得眼睛都一眨一眨的。而富仁却一口吃掉了剩余的一小块，两手一拍，带有几分贼笑地站起来吆喝道："干粮吃完了，开工，开工——"

只听得身后有怨声，有笑声，有跺脚声。回头一看，这一阵儿，大家只顾看他俩吃窝窝，都忘记吃自己的了。富仁走过去拍拍存信肩膀，哈哈地笑着说："甚时候做营生跟我一样了，吃窝窝才能赢了我。"接着，招呼大家说："不要看了，赶紧吃吧，吃了开工……"

那时候的村干部才像村干部哩。一年四季，干活冲在前头，收工跟在后头。别人干不了的他们干，别人不敢上的他们上。

一次，在打坝的工地上，掏土的崖头已经很高了，随时都有碟下来的可能。富仁不让年轻人上去，只他一个人掏。结果，时近下午，一大批土塌下来，人不见了。人们赶紧冲进黄尘中，从土堆里拉出富仁。只见他整个儿成了土人，只有嘴角和鼻孔里渗出来的血是鲜红的。当时工地上连一口水都没有了。大家说："咋样？送医院吧？"富仁摆摆手："没事，做你们的营生去，我歇一歇就好了。"大家给拍了身上土，他就在工地的阳坡坡上坐了半下午，收工了，才跟大家一起回家。第二天，专业队出工时，富仁就又走在了队伍当中。没报工伤，没有补助，更没有营养费。就像给自家干活不小心碰了一下一样，那么真实，那么简单。

不仅干部是这样，群众也是这样。最初开始修曹家疙瘩、连土圪瘩、阳塔三坝合一的大坝时，为了加快进度，弄来了雷管炸药，在半崖上打了炮眼，装了炸药，准备爆破。当时，搞爆破在村里还是新鲜事，没有经验，大家对爆炸的威力估计不足。当装好炸药，拉出导火索点燃后，爆破手刘未仁才觉得，自己离爆破点太近了。随着一声巨响，整个土崖都飞起来时，刘未仁才没命地往回跑，结果，一脚踏空，摔到了山崖下，左胯严重摔伤，当时就送了医院。

伤筋动骨一百天，而未仁在公社医院住了不到一月就要回来了。从此，本来就有腿伤的未仁更拐了。当时村里给他的待遇是：集体支付住院费，给他和陪侍者住院期间照常记工分，仅此而已。而未仁本人没有提任何要求。碰就碰了，自家的工地留点伤，也是没办法的。

我特别心疼那一代人的淳朴厚道。

记得一天半夜，我在被窝里听得父亲从大队开会回来跟母亲说:"今儿×××发了一大通火,恼着走了。"

"你们咋惹人家来?"母亲问。

父亲说:"救济款回来了,大家看他穷得可怜,就说把今年的救济款分给他一些吧。结果,他一听就火了:'咋?看见我败兴了?沦落到吃救济的地步了?我有手有脚还能动弹哩,你们就这样小看我?'"

这句话本来已随时间埋藏在了记忆深处,但近两年,参与政府扶贫工作后,天天看着那么多人挤着争着当贫困户时,这句话就又不由分说地从脑海深处蹦出来,塞也塞不回去。

也许今天的人们会说:这人太傻了。然而,你难道不觉得这样的"傻"中,蕴藏着的是铮铮的骨气,和不服输的劲儿吗?很小的时候就听大人们说"好汉不吃嗟来之食",虽然当时不懂得"嗟来之食"是什么,但却明白:人不要做寄生虫,要自食其力。

我不知道上面每年给我们村规划的修地造田任务是多少,反正打坝修梯田,不仅没有休息天,春夏两季还经常夜战。

夜战不记考勤,谁想去谁去。然而,人们却很少无故不去的。我家,父亲和姐姐一次都不落下。

晚饭一过,以队长的铜号声为准,农业队、专业队一起行动。夜影蒙蒙下,一支浩浩荡荡的队伍开进工地。当时村集体就有两盏马灯。马灯,个儿大,玻璃罩,点柴油,冒黑烟,仅灯头就有鸡蛋那么大,特亮堂。工地上几十号人撒开来,两盏马灯分挂两头,中间有用手电的,也有提前就地砍柴点火的。偌大的工地,顿时从静夜的群山中浮动起来,锹镐闪烁,车流穿梭,人声沸沸。站在山头上,相隔很远都能看得见隐隐绰绰的人流车流。

若是有月亮,就省油不点灯了。月光如注,银光漫漫,修大寨田的工地上，三五人一堰子，一层一层顺圪梁推开作业面。远远的，锹镐声声，人来车往，仿佛浸泡在水银液里的、会流动的清明上河图。

夜战，一般两个小时。为了提振精神，有人你一嗓子我一段，满圪梁海唱。悠扬高亢的歌声，划破静夜，飘进了坐落在沟底的村庄。不能参加夜战的女人们，哄着孩子，支楞起耳朵，听来自工地上的潮声……

"疙瘩梁，大变样，梯田层层平洋洋，当梁种着反修粮，储粮备战又备荒。"这是村宣传队的节目台词，都是自编自演的，至今我都能哼得来。歌词不夸张。修了坝地和大寨田，我们村终于有了平地，开始大面积种植了高产量的玉米和高粱。这于一个世代没有过平地的村子来说，是一大飞跃。

我曾问过一直做村干部的父亲："您实话实说，修出来的大寨田和坝地，是否真的比原来的零星小块坡地好种？产量高？"父亲笑了："那当然了。地平了保水保土，肯定产量高。只是头一两年，新修地，都是生土，又缺乏肥料，效果不明显。种两年，产量就上来了。"他不无遗憾地说："可惜，咱村的那么多坝地还没来得及修渠引水灌溉，工程就都停下来了。"

是啊，六七年的功夫，就那么几十个人，几十把铁锹，打坝大小 4 座，坝出河沟平地近百亩；修大寨田 8 个圪梁，合计 130 多亩；改水工程一处（狗脊梁），平田整地一处（大阳滩），总计比原来增加了上好的耕地近百亩。

也许上述统计数字不一定准确，但我亲眼见证过的那群自力更生、艰苦创业、乐于奉献、真诚纯朴的奋斗者，确是真真切切，只有遗漏，没有夸张。

　　小时候一直认为，姐姐们修出来一层一层的平地，就是大寨田。长大后才知道，大寨是精神，姐姐们修出来的平地是梯田。我不知道专业队里的那群人都磨没了几把铁锹，反正我姐姐，从15岁拿起那把锹头为一尺二寸长的大铁锹，到19岁出嫁时，锹头已经磨得剩下五六寸了，且锹刃像刀子一样光亮、锋利。

　　记得姐姐出嫁后第一次回娘家时，从门背后拿起她的那把铁锹，看着、摸着，并跟我说："这锹，要不放起来吧？"我说："这锹真好用，你不修地了，我们可以做其他用啊。"姐姐看看铁锹，又看看我，说："哦，那就留给你们做其他用吧。"

　　长大后，才意识到，应该让姐姐把那把铁锹保存起来。当时，我真的没有读懂姐姐和她的铁锹。

给赤脚医生找鞋

夏天，一个热辣辣的大中午，三妹却高烧不退，冷得发抖。母亲给姐姐说："赶紧叫补仁去吧，高烧得厉害，得打针了。"

姐姐急匆匆走了。一会儿就领着补仁进了门，两人头上都淌着热汗。

补仁打开贴有红十字标志的棕色药箱，取出白布包着的注射器、针剂、棉球等，从容利落地给三妹打了一针。临了，又取出干净的小白纸块，从药瓶里倒出几颗四环素和安乃近片，分别包起来放下。母亲揭起躺柜，拿出小盒子里的小布包，取了 4 毛钱，给了补仁。补仁说："3 毛就够了。"把另外 1 毛钱给了母亲。母亲说："你拿起吧，大中午晒得，叫你跑一趟。"补仁笑着说："不能多拿，跑是应该的。"

补仁当时 20 多岁，高身大手。他背着药箱从街口一拐，就不见了。但他单肩挂着药箱的背影却留在我的脑海里，很帅！

我转身跟母亲说："看人家补仁当医生真好，将来我也要当医生。"打针后的三妹不闹了，乖乖地睡着了。母亲边收拾屋子边说："补仁是赤脚医生，你将来要当就当正式医生。"

"哦？赤脚医生？甚是赤脚医生呀？"我拽着母亲问。母亲笑着回答:"不穿鞋的医生吧。"

"为甚不穿鞋呢?"我又问。

刚才也忘记看看补仁是不是穿着鞋呢。

看我一脸的纳闷,母亲一个劲儿地笑着,并再次解释说:"就是村里的医生。"

当时我大概八九岁,第一次听赤脚医生这个名字,感觉特新鲜。

我们那地方,到处都是绵绵黄土路,不硌脚。所以,每到夏天,小孩儿们不穿鞋的很多。一到上午,太阳晒得路面松软而暖和,踩上去很舒服。就到了中午,太阳硬了,路面烫脚了,小孩照样不穿鞋。因为他们走路不是走,而是两脚刷拉刷拉点着地面跳,脚着地面的时间短,烫不着。

就连下地干活的大人们也不穿鞋,尤其是锄苗子。赤脚走在庄稼地里,既不烫,也不硌,松松软软很舒服。如果穿了鞋,鞋里装了土,反倒不舒服了。因此,如果你路过地头,看见路旁放着一摊鞋钵子,那不远处肯定有一群锄地的人。

不穿鞋的见得多了,不稀罕。但赤脚医生是不想穿鞋,还是人家不让穿鞋?我不知道。再见到补仁一定要看看他是不是甚会儿也不穿鞋。

一天,我和姐姐去前沟的小寨局掰玉芡子,在石坝前见到了补仁,他卷着裤腿,光着脚走在路上。我站定了,想看看他手里是不是提着鞋,被姐姐一把拽走了。姐姐比我大几岁,我知道,她是不想让我一个闺女家的,盯住看人家一个后生。

还有一次,我一个教室里的同学跟老师请假,说他妈妈病了,要打针,让他去地里叫补仁。老师当然准假了。第二节下课后，同学就气喘吁吁地回来了，汗水在他荡满尘土的脸上，冲出来一道一道的水印子。我走到他跟前悄悄地问："你看见补仁穿鞋着不？"他抬头瞪我一眼，一脸的不解，气呼呼地说："你大（爹）锄地还穿鞋哩？"

笨蛋，他根本就不知道我为甚要问这个。

其实，我们村有两个赤脚医生，补仁是新的，还有一个叫刘六子的老人，是老的。当时应该60多岁，他懂医术，会把脉、能扎针。后来听说他不干了。是不是因为他总是穿着鞋呢？他家就住在我家对面，我天天见他穿着鞋哩。

一段时间，我心里总是嘀咕赤脚医生为什么不穿鞋的问题。

一次，父亲身体不舒服，脑袋还滚烫烫的。母亲说："不用下地了，歇上一天吧。"父亲却说："不用，感冒咳嗽谁家还用歇着哩？今儿和补仁在一搭儿做营生，让他拿上一两片药，或者干脆拿上针，在地头打一针就好了。"

我忘记问父亲地头是否打了一针，反正，晚上回来，父亲就吃了两大碗饭，再也没有说不舒服的话了。赤脚医生身上带药是常有的事。老赤脚医生刘六子老人还经常带着银针呢，急用时，地头，路头，随时都扎针。

我们村距离县城百余里地，二三百口人的小村庄，那时候却很红火，大家统一劳动，统一生火做饭，一起匆匆忙忙。就连家家户户门缝里钻出来的饭味都差不多，一到饭时，满村子饭香。尤其上工的时候，学校和大队共用的院子里、垴畔上，到处人头攒动，生气非凡。其间，也常常能看到两位赤脚医生匆匆忙忙的身影，只是哨声一响，我们都得坐到教室里去，从窗眼里看到的都是脑袋，看不到脚。

记得电影《红雨》转着村子放映之后，我很快就学会了电影里的插曲："赤脚医生向阳花，贫下中农人人夸，一根银针治百病，一颗红心暖千家。"

那首歌很好听，天天唱，唱着，唱着，也就忘记了想补仁是不是穿鞋的事了。反正他是我们村的赤脚医生，跟电影里的红雨相比，没见他上山采过药，至于打针、送药，给我们送糖丸，发《讲究卫生预防疾病》小册子等等事情，都是他的活儿。而需要把脉、扎针时，还是叫老赤脚医生刘六子老人。

那年月，村民们一般的小病小痛，都在赤脚医生那儿解决了，既方便又省钱。然而，赤脚医生却不坐诊，和其他群众一样参加田间劳动，谁家需要了，在家时家里叫，在地头地里叫，不管白天晚上，随叫随到。

当然，后来我知道了赤脚医生不是不穿鞋的意思。他们是上面根据村子人口多少分配了名额，再从村里挑选有文化、有祖传医疗技能或者自学医疗知识的人，经过医疗机构培训后，再回村里服务的农民医生。

再后来，我还知道，赤脚医生不赚工资，年底村集体记工分五六十个，相当于一个壮劳力多出勤五六十天。在赤脚医生那里看病只出药费，不出工钱。赤脚医生的药是由公社医院供应的，医院多少钱，赤脚医生带回村里来卖多少钱，都是明码，不加差价。

赤脚医生是杂家，医生护士一身担，中医西医集一身，什么病都看。当然，新培训的医生大都医技不高。而那些祖传的或自学成医的人，医技不亚于现在的中医专家。

赤脚医生是个辛苦的差事，常年取药送医，东家出西家进，都是上门服务。遇到危重病人时，还得组织送往公社医院或者县医院。

别看我们村小，就一两个赤脚医生，却也跟学校一样，工作都是有规有矩地运行着。那时候没有什么监督机制，所有人都是监督者。赤脚医生的工作正儿八经是阳光作业，谁家叫了是不是马上赶到，哪家有病人是不是经常上门服务，都在群众的眼皮子底下。如果服务的不好，群众在大会上一提，干部们就不能不重视。常听当村干部的父亲说的一句话："做甚像甚，讨吃子训棍。"当干部要注意在群众中的形象和影响。

"老百姓的嘴，是块无形的碑，白是白黑是黑，记下千秋功罪。"记不得这是哪部电视剧的插曲了，只觉得是真话、实话、中肯的话，所以就记下来了。

医生历来都是受人尊敬的职业。赤脚医生也一样。他们的辛苦，他们的付出，群众心里自然明白。也许邻里乡亲，面对面嘴上连个谢字都说不出来，但是，他们却用最朴素的方式表达着感激。在我们村，人们请到家里吃饭最多的人，就是医生和老师。尽管那时候没什么好吃的，就是糜米捞饭豆腐烩菜，也是一份心意啊。今天你家叫，明天他家叫，被人肯定的劳动是甜蜜的，是一份荣幸。

好像也有过不准请客吃饭的吆喝。但是，我欠人家的情，你总得让我表达呀，就那么个小环境，谁也不藏着掖着，你请我也请，大家都认可，也就没有过什么风浪。

1981 年，三妹中学毕业后，经过医疗部门的培训，也成了一名赤脚医生。那时候我才知道，赤脚医生是农村合作医疗制度的具体实施者，是国家困难时期解决农村缺医少药，方便群众就近就医的实施平台。可惜，三妹她们那一批还没有正儿八经地进入状态，就随着家庭联产承包责任制的推行而解散了，农村连最简陋、最实用的医疗平台也没有了。

2011 年秋天，我和老公回他的老家参加一位亲戚的丧葬事宴。结果，回去的第二天老公患了重感冒。本想老公的老家比我们村大，既是平川又是乡镇所在地，肯定有医院，去买点药就行。没想到，这乡镇所在地硬是连个卖药的地方都没有。最后，只好开车赶了 20 多里地，才买了点感冒药。在买药的路上，我不断地想起"把医疗卫生工作的重点放到农村去"这句话。而眼前呢，好的医疗资源都聚集到了大城市，普通人群有病够不着、也看不起。可以说，人人离不开的医疗，却距离老百姓越来越远了。

3 年前，我陪老公去北京看病，求人说情好不容易找到了专家，进去几分钟，开一沓子检查单后，就赶紧走人。如果你多介绍几句病情，多问两个为什么，专家不但不做解释，而且会很不耐烦地撵你出来。为此，我满心疑团"医乃仁术"，这么品牌的医院、如此知名的大夫，面对疾病重压的患者怎么能这样呢？让人感觉医院成了机械化、程式化的流水线，大夫只是每一条流水线上的机械操作工，冰冷而生硬。

一次，与一位很有声望且从医多年的亲戚谈及我的疑虑时，他说："这不奇怪，我们也是这样，都是医闹闹得，现在医生都不敢多嘴了。"

哦，原来是这样。我哑然了。

医生也是满肚子怨气。

直到现在，我耳朵里也没有听说过，赤脚医生因医疗事故而引发的医闹。都知道，那时候无论医疗条件、设施、技术，都跟现在没法比。那么，现在这么高学历的大夫，这么现代化的医院，怎么就能被医闹吓得缩手缩脚了呢？

在中国，行医的历史应该与人类社会史是同样悠久的吧。曾几何时有过当今如此尴尬的局面？

记得母亲曾说过，我五妈刚做赤脚医生时，给病人输液没有输到血管里，而是输到了肌肉里。致使患者的整个胳膊都肿胀发青了。五妈着急坏了，一个劲地给人家道歉，并说："就住在我家，我给你热敷吧，让药物尽快吸收。"患者却说："不用了，我自己敷，你扎这只胳膊。"说着又伸出了另外一只胳膊来。

同样的事，同样的百姓，为什么结果却不同了呢？

而今，医生的学历越来越高，医院越盖越好，设施器械越来越齐全，看病的费用也越来越天文数字。有人无奈地说笑话：医生看见走进医院来的不是病人，而是钱。我非常不愿意认同这句话，因为它玷污了医院和医生这个纯洁的名字。然而，天价的医疗费用，过度、重复的治疗，药品回扣，甚至有妇产科大夫偷卖婴儿等等的怪象，都活生生地摆在大众面前，让人听得心痛胆寒。当然，卖婴儿的大夫只是个例，不是还有"走廊医生"这样的医德良知吗？而医疗产业化，一切向钱看，社会道德整体缺失，使得"医乃仁术"中的"仁"没了骨头，立不起来了。医疗机构把赚钱放在了首位，压根儿就没想过平民能不能看得起病。

看不起别进来呀，有的是命贵的、有钱的。

我相信好医生、有良知的医生是绝大部分，但整体上却被湮没在跟着趋势、忍着埋怨、追着利益、躲着麻烦的大潮中。近几年，尽管政府用力，社会呼吁，效果依然不如人意。

医院药品零差价改革后，我一位亲戚去医院看病，结果，大夫负责开药，医院却药房空空，不负责提供药。医生嘱咐：去外面的药店买药去。

当然能买到，医院大门外药店星罗棋布，药品广告铺天盖地，且医院周围药店的药比别处都要贵些。

于是，便有了医院或者医生与药店利益关系的种种说法。我没有发现这种关系的蛛丝，但是，如此不仁的运行，怎能堵得住悠悠众口？

3年前，母亲住院。病房里，患者们都想早一点扎上液体，护士却忙不过来，为此有了争执。护士气呼呼地说："你们告我去吧，到院长那里告，别处没用。"大伙儿闷了，岂有此理？一位患者家属说："你们医院也太黑了，听说所有人入院不管什么病，必须做够7项检查，是这样吗？"护士毫无表情地说："那是大夫的事，他们以此赚奖金，关我屁事。"

老百姓说：让人一步天地宽，抠抠掐掐寸步难。医院恨不得一进院门就把患者掏空，患者只能饱含无奈忍受被宰。就这样的医患关系，如果治疗过程中有了纰漏，患者怎么可能"让人一步天宽地阔"？说到底，是统一还是对立，才是关键。

赤脚医生的名字，最初就是因为他们和赤着脚荷锄扶犁的农民一样，边种田边看病而来的。更重要的是，赤脚医生是群众对身边医生的爱称。他们跟群众并排站着，伸出手来就是相互搀扶。他们没有洁白的工作服，常常两脚泥巴一身布衣，条件简陋，医技不高，但却有一颗干净、热忱的心。他们的目的是解除患者的病痛，与钱无关。群众需要什么，能承担得起什么，他们都知道。他们用最朴素、最实用的方式，满足了当时农村大多数群众的初级医护需求。

　　看来，原本就不需要为赤脚医生找"鞋"，反倒应该脱掉现今那些包装高大上、服务冰冷硬的医疗机构们锃光瓦亮的"皮鞋"。只有他们也光着脚和老百姓站在一起，感同身受，"医乃仁术"才能放出光芒；医患矛盾才能不调自谐、不解自化；再次恢复起来的乡村医生、村级卫生室，才不会变成医院大门外只追求利益的药店。

等个吃杏儿的人

颠颠簸簸，我和峻梅驱车走在回老家的路上，那山山水水草草木木，一路伴随着我们无尽的童年趣事、老家话题，使得100多里地的路程，仿佛揉皱了的鞋带子，三拐五绕便到达了终点。

走出童年，走出回忆，爬上麦摊子圪梁，走进父亲新修起的宅院，一抬头，时光已过去了30年。这是一眨眼就过去了的30年哟，这是天还蓝、地不老、窑洞渐空的30年！

说是新宅院，其实建起来也有近20年了吧。父母随我外出定居前，曾在这儿居住了六七年。这是一处很好的宅院，地势高、阔亮、向阳。一排溜5眼砖面子大石窑，3间一批椽小房子，土墙土院木栅门，街口就是大路。

还记得前篇中写到的四眼子狗衔回来的那三颗黄绵杏儿吗？从那时候开始，父母就有苗必栽，有树必养。不几年，街头地畔就长起了不少桃、李、果、杏树，我们家的普通水果不仅可以自给，还可以送亲朋邻居们吃了。到了70年代末期，村里调回来一批苹果树和梨树苗。那可是稀罕树种，村民们像呵护独生子女一样呵护小树苗。当时，每户只能分到一两株，其余的都集体栽种。而今，村里不仅桃、李、果、杏随处可见，梨树、苹果树也到处都有了，而且每一树种都有不同的品种，比如苹果树有富士、香蕉、国光，梨树有鸭梨、酥梨、油梨，还有老汉梨。每年，从端午杏儿黄开始，到海棠、海红果冷冻，每个时段都有成熟的水果。今儿前坡黄了，明儿南梁上红了。成熟的季节，让这片土地五彩斑斓、芬芳四溢。

我曾在诗歌中这样写到："几颗树立起来的村庄"。真的，很喜欢这样的表述，觉得有一种童话般的美。黄土高坡上，村子零零星星，自由洒落，山头上大都只耕种庄稼，少有树木。若远远看去有树集中的地方，走近了，十有八九是村庄，一二是坟地。

房前屋后，地塄路畔，杨、柳、榆、槐，桃、李、果、杏，簇拥着，点缀着，包裹着，守护着。村庄古朴而率性，绿茵隐着白墙，清风盘着小路。那份清凉、恬静，甚是惬意。不信，请爬上我家新窑的垴畔梁，抬头看看西北方向的杏岭村、北塔子村，还有近处的姚家焉村，你就会认定，确实是"几棵树立起来的村庄"。只是，眼前的村庄稀少了炊烟，寥落了人声，空留了如盖绿荫。

垴畔梁，父亲栽种起来的各种树木葱翠茂盛，覆盖了整道圪梁，而四周延伸的土路，却仿佛没了路的特征，一任荒草蔓延。站在伞盖一样的果树下，瞅着冷清的院落、荒凉的村庄、模糊的小路，心里有一种说不出的沉重和失落。

是啊，大半天了，我和峻梅从沟底转到梁头，李家梁、石且河两个村子都转遍了，总共见到的也就10来个人，且大都是60岁以上的老人。我想象不来长期居住在没有年轻人的地方，该是一种什么样的感觉……

摸摸落了漆皮的木门，闭上歪斜了的栅门，离开我家的院子。该去五妈家吃饭了。

在平梁，远远看见一位老人在坡上掏地，走近了，才认出是大杨的母亲。她悠悠地、软软地挥着镢头，一镢头一镢头地掏着脚下的谷茬子。

是啊，清明已过，该耕种了。

走到近旁，跟老人说话，老人却自顾自地掏着，不理会我们。是啊，岁数大了，一定是耳朵背了。再走近，摸摸老人的肩膀，她才慢慢地抬起头来，眯缝着眼睛，搭上了我们的问话。

"啊？你问我多大了？多大了？我也不知道了……"

她用浑浊的眼神瞅着我们，反而迟疑地反问我："你说我多大了？"

我说："您不记得自个儿的岁数了？"

她瞅着脚下放谷茬子的箩筐："记不得了，是八十几还是九十几了？"她又问我们，一脸的木讷与茫然。

看来真的是记不得自己的岁数了。她又继续低头掏谷茬子，每掏起一个来，都要在镢头柄上左右磕打，磕打干净了，再放进脚边的箩筐里。那认真劲儿，旁若无人。我和峻梅在旁边给她说："大娘，累了吧？歇一歇吧。"她不搭理，只管掏她的谷茬子。我俩相互看一眼，没了语言。

过了一会儿，老人停下手中的镢头，抬起头来瞅着我俩说："92了。嗯，是92了。"

哦，原来老人不是不搭理我们，而是在盘算着自己的岁数呢。

看着92岁的老人，仍旧佝偻着身体鞠躬在黄土地上，我和峻梅都说不出话来。是啊，养育我们的黄土地，守望黄土地的老人，我们该用什么样的语言才能表述清楚此时的心绪呢？92 岁，92 岁了啊！我们为老人有如此硬朗的身体而欣慰，更为老人过着如此艰辛而孤寂的生活心痛！

其实，老人有儿有女，只是女儿出嫁外村，儿子孙子外出打工，平日里，更多的时候都是老人独居……

准确地说，五妈家的新宅在李家梁的平梁，而我家的新宅在石且河的麦摊子。但从我家到五妈家，步行只需六七分钟。过去南渠有水的时候，两个村就在一个井里吃水。这样的地土相连，拥有两个村名，感觉有点重叠，让人怎么也分不清人亲和土亲的概念。

推开五妈家的大门，已是饭香扑鼻了。五妈已经做好了豆面捏钵子，地道的家乡饭，有酸菜油辣子，还炒了自己家的鸡蛋。桌前，五妈一个劲地往我们碗里夹炒鸡蛋。我说："五妈，我不想吃鸡蛋，就想吃咱这酸菜。"五妈笑了，笑得那样灿烂，她把菜盘子往我们面前推一推："爱吃就多吃些，走时候再拿上些。"

五妈也是 70 岁出头了，儿女们都在外面工作，平时家里只有老两口，回家走动最多的，就是在附近教书的二女儿。

饭后，五妈取出油梨来让我们吃。我说："这阵儿您还保存着梨?"

五妈说："可多哩，窖里放着，没人吃，再过几天又该倒了。"

说起水果，五妈说："你们小时候羡得要命，却没水果吃，这阵儿，到处都是水果却没人吃了。"

我说："您们收起来慢慢吃，要么拉出去卖。"

五妈说："我们都吃不动了。卖也卖不动，都留下些老婆子老汉，谁卖哩？再说，周围村子都是这样子，水果熟了时，地里、路上到处掉得是水果。年时（去年）杏儿黄时，没人回吃来，在树上都黄绵了，掉到地上都没人捡。那杏儿真好吃，水甜水甜的，可村里就这几个人，吃不动，我捡回来一篮子，没办法处理，就一个人提着到路口上等人来吃。不管认识不认识，有人吃了总比烂了倒了的好。可等了一后晌，硬是没等住一个人，最后，还是烂得倒了……"

　　说到这儿，五妈停住了，半天无语，眉头紧蹙着，仿佛还在可惜去年捡回来又倒了的那一篮子黄绵杏儿呢……

2010.6

一个学生的学校

农历四月，阳光明媚，万木吐翠。我约朋友回了趟老家。

山路很瘦，很长，很柔软，是随手甩出来的一根团皱了的带子，粗粗细细，圪溜拐弯，盘曲在黄中透绿的沟沟梁梁上。车子开得很慢，时不时闯入眼帘的村庄，晒着阳婆，安闲而清静，只是多了几分萧条。

走近了，村庄也偶尔传出来高高低低的鸡鸣、狗叫，但最吸引我眼球的，还是山头坡峁或远或近拉着铁犁甩着尾巴耕地的黄牛。虽然东山头一片湿土，西山头一声"回——犁——"，春耕显得有些零落，但一犁铧一犁铧细密的耕作，一道坡一道坡弥漫着的新土味，让跟在犁场沟里点一粒种子踩一脚的女人们，韵致未减……

100多里路程，走了整整一上午。盘上一道坡，进入我的邻村姚家塥。突然，飘来一缕读书声，抬头看，是学校。

哦，谁在这儿教书了？

停车走进学校，一处3间盖板平房的小院子。推门，外间墙上抹有水泥黑板的教室空着。再推门，里间地下放着两张课桌，坐着3个学生，炕上一个约1岁大小的孩子，一只小脚用绳子拣着。

我正纳闷，老师推门进来了。呵，原来是我的本家妹子。

"你是这儿的老师?"我问。她点头，拉着手要我坐下。

"就教着 3 个学生?"我又问。

妹子笑了:"都搬走了，这都是 3 个村子的学生。"

我知道这周围共有 4 个村子，都相距不足公里。"4 个村子 3 个学生?"我又问。

妹子边笑边点头。

看着两张白茬课桌，我问:"这是你的办公室兼卧室吧? 为甚不用外面的教室?"

妹子回答:"反正就 3 个学生，里面我边哄孩儿边上课，不误事。"

我顺手抓起学生的课本，原来 3 个学生是两个年级，三年级一个，一年级两个。

"3 个学生还按课时走吗?"我问。

妹子笑了:"基本吧，反正一个学期每门课过一本书就算完成任务。"

再看看学生的书包，扁扁的，只有语文、数学、自然 3 本课本和两三个作业本。作业本比我们小时候的好多了，都是买的现成的，文具盒也是大大的塑料彩盒，挺漂亮。在城里，天天吆喝要让小学生的书包扁下来，可就是扁不下来，而这里孩子们的书包倒是挺扁的，就是扁的不是滋味。

告别妹子，走出教室，看着屋脊上站着的"希望小学"4 个水泥字，心里涩涩的。楷体的红色水泥字被雨水淋没了颜色，又荡上尘土，灰不溜秋。四周静悄悄的，那"希望"能立得住吗?

瞅着，瞅着，突然想起了曾经走村串户被耍猴人用鞭子抽来抽去的猴子……

路下面的土坡上有黄牛在耕地，那"嘎咋呱——"的鞭声响处，飘来了悠扬的山曲子。一眼就认出来是我们村的招成叔在耕地，跟在犁沟后面点种子的是他老婆姬子婶。招成叔大概60岁出头吧。从小就听说招成叔的母亲会唱曲子，还从来没听过招成叔唱曲子呢。于是，站在地塄上静静地听了起来。是甚曲子来？好像从来没听过的曲调。随着一声"回——犁——"，招成叔一抬头，看见了我们，他喝住了牛，细瞅着……

是啊，十几年不见了，他肯定认不出我来。

我问："招成叔，耕地哩？"

"是啊，你是谁？"

"我是爱梅。"

"噢，爱梅，多少年不见了？你才回来？"

"是啊，10多年不见了。招成叔，你唱的曲子很好听。"

招成叔笑了："牛爱听曲子，瞎唱哩。"姬子婶也停下手来，仰头跟我说话。我赶紧踩着松软的黄土走近招成叔和姬子婶。

招成叔说："两个儿子都带着老婆孩儿外出打工了，我们老两口作务着三家的地，你婶身子又有毛病，每到农忙时，都有些照料不过来了。"

我说："孩儿们出去过得好就行了，你能种多少算多少，不用硬撑着，种不了就由它荒吧。"

招成叔说："哪能过得好了？东三天西两天，没个固定的营生，也挣不下个钱，孩儿念书又比人家城里人贵得多。唉，都是为了孩儿们念书才出去的。"

我点点头，不由得抬头看了看"希望小学"。招成叔顺手拉过糖地的糖说："受吧，总不能让下一代再成了我这样没文化的受苦人。"说完，他抬头望着绵延的远山，仿佛走神了。我拉起姬子婶树皮一样粗糙而干瘦的手……

突然，招成叔仿佛自言自语："村里大片大片的地都荒了，出去的人吃一根葱都得花钱买，也不知道这样下去将来会是个甚样子。"

看着招成叔一脸的茫然，我的心沉沉的，不会做答。于是，告别两口子向五爹家走去……

从老家回来，心里仿佛一直有放不下的东西，沉沉的。村学校淋没了颜色的水泥字，招成叔茫然的脸，一得空，就蹦出来了，让我茫然失措地纠结。

于是，第二年七月，我又一次专程回了趟老家，想再看看那所学校。

农历七月，是老家最丰沛美丽的季节。一看就知道年景不错。还是那一条条山路，还是那一座座山头，没了春天耕地的黄牛，有的却是满眼累累的果实。还未到收秋季节，满山满梁渐进成熟的庄稼，齐刷刷像一张五彩的被子，包裹着大地。冠以杂粮王国的黄土地上，此时有多少种作物就有多少种颜色！有多少种绿？多少种黄？多少种红？我不知道，但我想，此时此刻，任凭最优秀的画家都无法真切地渲染出眼前的色彩和风韵。

山路等车宽，车窗外瓜田、果园不时闪过，尤其是站在路边的枣树，似靓丽的少妇，伸出来饱满的枝桠，迎接过往的路人。

那花口口枣儿一串一串轻轻地摩挲着车顶而过，感觉仿佛蹭着脸。车窗敞开着，车里不时飘进来梨香、枣香、瓜香、庄稼香、青草香……让不大的车厢清新甜润，沁脾入骨。

谁说用香火熏过的车才是香车？你感受过来自大自然天来之香熏过的车吗？不用点燃，采集的都是天地间最纯正的芬芳。

我突然冒出一句："法国香水算什么。"

开车的弟弟扭头诧异地看着我。我有些不好意思了，心里暗暗解释：请不要怪我神经兮兮，此时此刻，我真的是情不自禁。你闻，你闻闻这车厢里的香味。醉了，我简直就是醉了！请相信，只有这样无边无际的清香，才是滋养生命最本真的味道。

我确信，越是贴近大自然，人就变得越敞亮、越宽大、越浪漫。脚踏黄土，头顶蓝天，天辽地阔，你与谁狭隘？

谁说人不是一棵树，一株庄稼，一根小草？一阵清风拂过，我和满山满梁的庄稼一起坦坦荡荡，轻歌曼舞……

我早已忘记了自己走得是盘旋的山路，一路开着车窗，路畔就是庄稼地，伸手揽过谷穗高粱穗，那感觉特爽！好几次想停下来赏秋，是开车的弟弟一再提醒：太阳快落了，不早了。

路经村庄不少，却少见人影。曾经的农家七月，原本是比较清闲的日子，锄的锄完了，收的未到时，村里请戏唱秧歌，人们走亲戚逛庙会，媳妇住娘家，婆婆拆衣洗被，村子山路上，到处乡语沸沸，人影绰绰。而今，不见了农家院里搭挂起来的洗物，更听不到邻村鸣锣敲鼓的戏摊子，极目远望，庄稼的声音铺天盖地……

转上一段盘山路，又看见去年那所"希望小学"了。然而，却大门紧锁，"希望"的"望"字也倾斜得快要躺倒了。

为什么要把"望"字躺倒呢？

弟弟笑着调侃说："实在'望'不见了，就干脆躺倒吧。"

莫非已经放学？我猜测。

走到五爹家，一推门，门口的单人床头上方，挂着块一米见方的木头黑板，上面用粉笔写着两道算术题。

我问五爹："您挂着小黑板做甚哩？"

五爹说："教学生啊。"

"咋，妹子把学校搬回家来了？"

五爹笑了："就一个学生了，懒得去学校了。"

我坐在单人床上，看着床对面把缝纫机头翻下去变成的课桌和一张笨笨的木头板凳，想起了刚才看到的、躺倒了的"望"字……

我问五爹："妹子呢？"

"回城里了，孩儿小，女婿在城里上班。"

"学生您替她教着？"我问。

五爹笑着整整自己的衣襟："咋，我不像个老师？"

"像。您本来就是高资质的老师呀。"我说。

五爹真的是高资质的老师，现已退休。他前半生教书，后半生当乡镇联校校长，一辈子都在教育上。

摸着用缝纫机顶替的课桌，我问五爹："一个学生好教吗？"

五爹认真地回答："不好教，没氛围，没规矩，太随意。但有一点，省心，好管理。"

"您是按课时和教学大纲要求上课的吗?"

五爹笑得有些狡黠:"哈哈,你也当过老师,你说呢?"

说真的,我想象不来。

五爹又说:"反正就一个学生,考试时不要拉在后面就行了,至于大纲、课时,都是我俩自己看着定。"

这儿的"俩"中之一,是指学生。

我说:"那您的学生成绩咋地?是好学生吗?"

五爹很自信地说:"当然了,一个学生,他是我的百分百。每次全学区通考,咱这学校总成绩都排在前五名。"

"哈哈,还总成绩呢。"我笑了。

五爹说:"不要笑,这是真的。如果所有的学校都是这个样子,就有可比性了。"

嗯,也是。

五爹继续说:"现在咱这一带,三五个学生的学校比比皆是,一个学生的今年有3所,没有学生的学校也有不少。"

唉,我不知该说什么了。

"不管学生多少,教好了,都是件欣慰的事。"五爹说去年放假,他的学生考得不错,还拿回来一张学区的奖状,家长见到奖状可高兴了,过年还送了他两瓶二锅头。

那天晚上,我和弟弟就住在五爹家,我们谈论的话题大都是农村教育。五爹一辈子都在搞农村教育,我在农村上过学,也教过书。前三十年后四十年,过去现在未来,谈了很多。

第二天,大约9点左右,学生来了。是一个男孩,上二年级。家住石且河村,离五爹家大约一里地。

男孩进了五爹家，见有陌生人，放下书包就躲到院子里玩去了。我走到院里，想跟男孩说说话，而男孩却躲躲闪闪不见我。

弟弟调侃道："这阵儿村里的小孩儿都成稀有动物了，人都不敢见了。"

五爹在一旁感慨道："的确，4个村子也找不到几个孩子。孩子没有玩伴了，这也是一种畸形。"

为了不影响学生正常上课，我和弟弟告别了五爹五妈，返回了县城……

水　水　水

南渠没水了，那是 1996 年的事。

整个冬天，大地冻得硬邦邦的，人们心里嘀咕：难道泉眼能冻住了？

然而，到了冰消雪融的春天，几个井里也没渗出一滴水来。进入夏天，瓢泼大雨时，井里终于有了一点点水，然而，地上的雨水干了时，井里的水也干了。有人说：不抵了，南渠的泉眼干了。人们不相信：这是个到处有泉眼的地方，咋能说没就没了呢？再挖一挖！

南渠是一条黄土浅沟，一眼望到的尽头处，就是麦摊子山。多少年来，溜着山根人们挖过多少眼井，谁也记不清。反正看见湿润、有渗水的地方，用铁锹挖下去，准是一眼井。虽然都是大泥泊子式的井，但正渠有，斜渠也有，且不止一眼。学校以南的人家南渠担水，很近，穿沟沟进来，一二十分钟就担一担水。

走进沟里，两边两排杨柳树，清晰的担水路穿行于林荫间，串联起绿草丛中大小不一的水井。一泊一泊清澈的泉水，担一担流一担，很少见底，也很少漫过井沿。河中间，随着河床的高低，清粼粼的溪流，银蛇一样走过，划出来一条圆润精致的流线。溪流宽处也不过一大步，深浅大都刚漫过脚面。满河里找不到一块石头，担水路和溪流随心所欲地满沟里蹦跳着，溪水洗过的、细绵细绵的沙黄土，赤脚走上去，比踩在地毯上舒服多了。每到夏天，沟里到处是一块一块葱葱翠绿的瓜菜地，人们哪儿需要水了，就近挖两锹，垒堰蓄一汪长流水，肩担手提随便浇；小孩们在溪流两边玩耍，和泥掏窨窨，折柳戴帽帽，很安全，最多也就滚一身泥巴。若遇到天旱，浇地用水多了，井里的水就有些供不上了。走到井边，水不够一担了，没关系，坐在树阴下等一会儿就够了。你能看得见，红泥卵石的清爽处，一股清流汩汩地冒出来。如果把水瓢就到泉眼上，水就直接流到了瓢里，清清的，没有星点儿杂质，端起来喝一口，甜津津，凉爽爽，比现在市场上塑料瓶里所谓的矿泉水好喝多了。

然而，这一次，一连挖了几处，挖了很深，都没见着水。

见不着水的心田，该是多么的焦渴而煎熬啊！南渠没水了，满沟的瓜菜地随之消失，溪流不再浅唱，担水路不再清晰，吃了多少年南渠水的人，只能远远地去前沟担水了。

沙局井没水了，跟南渠井擦前错后。沙局，是地名，在后沟的神头峁山下。沙局井是后沟几十户人家共用的，也是全村最有模有样的水井。井口椭圆形，周长一丈余，深浅四五尺，内井壁用石头砌就。这里泉眼旺，储量足，井口处的排水道，一年四季向外涓涓排泄着扁担粗的一股清流。这么畅快的泉眼，怎么会说没就没了呢？乡亲们不相信：可能是淤泥堵住了泉眼，多年了，也该淘洗淘洗了。

然而，没有用啊，任凭淘井人的汗水从额头流到了脚后跟，泉眼再也没有流出一滴水来。坐在干井沿上的淘井人，抹一把汗水，仿佛蔫了的秧苗，没有了往日一起劳动时的舒畅嬉笑……

不但沙局井里没水了，后沟整条河都干了。从后沟到前沟担水，最远的住户，大概有三四里地。

前沟是三条沟的下游，地势低，历来都是旺水区。这一下，全村人担水都拥到了前沟。然而，也就一年多的时间，前沟用了几十年的老井也没水了。

石且河，一直以旺水著称的村子，眼前却出现了水荒。水是养育生命最基本的要素啊！前沟不能没有水！老井没了，再挖新井。

于是，又往前赶了大概一二里地，在一处曾经常年冒着胳膊粗一股水的泉眼边挖下去，大约挖了两米深，水终于冒出来了，挖井人终于笑了，笑的苦涩而欣慰：老天不同意小村散伙哦！于是，赶紧用石头砌起井壁，再抹一层厚厚的水泥，最后，还加了半截水泥板盖子，生怕一不认真，水一下子又没了。

村里唯一的井总算挽救下了，虽然水不是曾经的胳膊粗了，但供二三百口人吃水，还是可以的。只是，井离村子又远了一二里地。后沟和南渠就更远了，最远的户担水，单程四五里地……

曾经绕着村子长流水的小河干了，曾经沿河道湿洼处绿茵茵的瓜菜地没了，曾经家家户户院里种黄瓜、韭菜、芫荽、牵牛花的花台没了，满村子盘绕着的、最清晰的是瘦瘦弯弯的担水路。

是啊，不管走多远，石且河总还是吃着自己村子的水。而和石且河比肩牵手的邻村——姚家焉和李家梁，就更是望水兴叹了。

从村名就可得知，姚家墕和李家梁在圪梁上，石且河在沟子里。圪梁上比沟子里阔亮、开眼，而沟子里最大的优势就是吃水容易。这也是姚家塌和李家梁两个老村的人口源源不断地往石且河搬迁的主要原因。

我家就是从李家梁村搬迁来的。从我家出发，钻进南渠，爬上麦摊子圪梁，就是李家梁；爬上门口对面 S 形小路，穿过小凡塔，就是姚家塌。3 个村子成三角状，相距都是一二里地。我姥娘家在姚家塌村，我娘娘（奶奶）家、也就是我从前的家在李家梁村。

姚家塌和李家梁分别坐落在两个面对面的山头上，中间一条很深的沟，按前后和深浅分为小沟和大沟。小沟有一眼小井，大沟有一眼深井。说深井是相对于小沟的浅井而言的，深井也深不过五六尺，人工挖下去石头砌起来。从村里下小沟担水，单程一里半，下大沟担水单程二里出头，且上下都是平均四五十度的坡路，很少有人能一口气担着水回家。于是，担水路上，隔一段就有专门摊出来供担水人歇歇的平坦处。

两村同吃一眼井的水，姚家塌的人推门吆喝一声，就能约上李家梁担水的伴儿。小时候，坐在娘娘家街口，我常常幻想：如果在姥娘家和娘娘家的街口，搭一条长板子，平平的，用不了几分钟，就能在两个村转上一圈。

过去，姚家塌、李家梁贫水贫在坡陡水深，而今，陡坡深处也没有水了。小沟和大沟的井多会儿没水的？我不知道。反正 80 年代末，父亲把新宅院修建在麦摊子以后，吃水就得驾牛车到石且河的前沟或桑塔子（另一个邻村）沟的黄泥岩拉了，路程大约10 华里。

进入新世纪以后，乡亲们千呼万唤的吃水问题，终于有了回应：政府要给圪梁上的两个村子解决吃水问题了。石且河村的人第一次羡慕起圪梁上人的吃水来：看人家，马上就吃水不用愁了。

然而，不知是经费制约还是规划使然，解决吃水问题，既没有架管线从沟里往上抽水，也没有勘探打机井，而是号召老百姓满圪梁打旱井，挖一口旱井，政府给补助100多块钱。

您知道何为旱井吗？就是在旱地里稍微低洼的地方，挖下去两三米深的坑，用水泥抹壁，然后，在地面周围划出浅浅的水路，等到下雨时，把地面的雨水汇集储存，供平时使用。

然而，旱井打好了，老天爷却不给往里储水。偶尔储存点，放久了，又苦又涩，根本不能吃，只能喂牲口和洗涮。账簿上，这儿的吃水问题已经解决过了，而老百姓照样还在10里路上拉水吃。

改革开放30年了，很多人的生活变化说翻天覆地一点都不为过，更有不少人当了老板，做了资本家，翻了几重天？无法计算。而老家比肩牵手的3个村子，维系生命的吃水，只是由牛车拉变成了农用车拉。村里有人养着农用车，专供拉水，一车水40担，费用40元。也就是说一担水1块钱，一桶水5毛钱！

这是广种薄收的贫困山区啊，这是一辈子如一日躬耕于黄土地上刨生活的老农民。现如今，在中国，还有比他们吃水更贵的人吗？

看着长长的拉水路，看着黄土地上劳作的、土眉土脸的乡亲们，我哽咽得说不出话来。他们才是这个世界上最厚道、最善良、奉献最多的人。他们用瘦弱的肩膀，粗糙的双手，让贫瘠的黄土地世代繁茂，人丁兴旺。而当脚下的"乌金"价值暴增，财源滚滚从他们身边流过时，他们却依旧两手空空，最后，连养育生命的水都漏没了，只能满圪梁挖旱井，10 里路上拉水吃……

在蓬蓬勃勃的大发展中，这块土地造就了多少煤老板、成就了多少有钱人？而我的父老乡亲却只能守着薄土，望着干河……

我不知道从这块土地下挖走了多少煤？也不知道在经济发展的大框架里，应该拿出多少卖煤的钱，用于改善土地坍塌、水脉断流的老百姓的生活条件？只希望能有更多的人了解现状，关注弱势，让乡亲们早日有一口就近、像样的水井。

2009. 9

注：本文发表后的第四年，即 2013 年，由桑塔子煤窑出资，在姚家坞、李家梁和石且河三村交界处打了一眼机井，结束了 20 多年 10 里路上拉水吃的历史。

乡　浴

农历九月，秋已深了。

生活在城市，繁复杂乱的俗事，像生了锈的雨季，熬煎得满身肌肉都朽了，朽成了没气的车胎、缺氧的鱼。

一觉醒来，听着窗外嘈杂喧闹的车鸣人沸，想着推门出去又是横冲直撞的琐事，你推我挡的车流人流，就突然想了回老家。于是，坐了火车，赶了汽车，憋足了劲儿，往回赶。

当再一次走在童年走直了又转弯了的土路上，已是下午5点多了。

一口气爬上了深深的乡间陡坡，滚身的热汗"吱、吱"地往外冒，连发梢都湿了。吞一口清甜甜的空气，驻足山圪蛋蛋上，捋一把汗津津的额发，畅怀抬头——

哇，好舒服呐，凉风习习，地远天高，绵延尽处，天地相接。一霎时，缠身多日的"绳索"崩解了。从发梢到脚跟，一种从未有过的通透、轻松和开阔，仿佛每一个汗毛孔都张开大口，尽情地吞吐着来自山间乡野清爽甘甜的气息。

太阳就要落山了，西天一片晚霞。我放下背包，昂头扩胸，吞一口凉爽，揽一怀秋风，抖落一身癍痕锈气……

突然，一声悠长的牛哞声从对面飘来，举目处，东山顶上的姚家垴村，整个儿被浸泡在桔红色的夕阳中。从村口飘到沟底的、一弯一弯盘旋着的担水路上，六七头黄牛，摆着舒坦的尾巴，悠悠然然地向着村子走去。跟在后面的赶牛人，肩头挑着一担水，迈着与牛一样坚实而有韵致的步伐。晚霞打出光点来的白铁皮水桶，随了担水人的脚步悠回来、晃出去，频率均匀，节奏流畅。我知道，水桶悠荡的幅度再大，桶里的水也半滴都洒不出来。

这是牛们最舒坦的季节，不仅不用耕地，还吃得最好，既有青草、谷草、豆秸，还有高粱、玉米、黄豆之类的粮食。

姚家垴，不仅是邻村，更是我姥娘家村，我太熟悉村里的起居作息了。每到下午，牛们集合成群，由一个人赶着去井沟喝水。村人们不讲究谁赶的多，谁赶的少，只要到时候了，谁有空，就挑一担水桶，赶一群牛，走二里地，吼一嗓子山曲儿，饮一趟牛。

村子距离我们村2里地，距离我站着的地方直线三五百米，路程4里地。呵呵，怎么解释？两个山头呗，中间是井沟，沟深2里地。置身此地，整个村子，尽收眼底，近在眼前。

10来户人家的小村村，阶梯式的柴门小院，顺势洒落在椭圆形的山头上，四周窜出来的一条条小路，飘带似地系在村子的前后左右。时下，已近农闲，满山满梁的庄稼都已收割完毕，所有的坡沟梁峁，赤条赤背地坦荡着，小路上，有背秸秆的，有赶牲口的，也有扛着农具赶路的……

粮食都归仓了，家畜家禽们也就都自由了。猪，悠闲自在地满村子转悠；羊，满山满坡随便在收割了庄稼的地里寻食；母鸡们不出远门，公鸡只好陪着在篱墙下刨了捡，捡了刨，悠悠闲闲、唧唧咕咕；只有狗和其他季节一样，门口蹲了街口蹲，偶尔也对着哪个路口浅吠几声，以示它们的坚守⋯⋯

夕阳越来越浓了，仿佛一匹浓浓的红纱盖了下来，透过鲜艳的红纱，牛，桔红桔红的鲜艳，猪，古铜古铜的光洁，羊，粉嘟嘟的耀眼。鸡鸣、狗叫、牛哞、羊咩、猪哼哼，还有小孩的嬉闹，大人的吆喝，再加上双扇扇的木轴门，"咯吱嗒、咯吱嗒"，你家开启，他家闭上，整个儿一曲旋律优美的夕下暮乡曲。

我陶醉在曲儿中，坐在地塄上，认真地用眼睛一条线一条线地描摹着村子情境⋯⋯

对坝坝那个圪梁梁上那是一个谁⋯⋯

哪儿飘起了悠扬的山曲儿？这柔美中的高亢，宁静中的嘹亮，让悄然行进中的夕下暮乡曲，仿佛停顿了下来。

翘首张望，不见人影。

曲儿越来越清晰，随着抑扬顿挫的旋律，仿佛对面的整个村子都清粼粼地被唤醒了。小路盘旋，窑洞安恬，人影绰绰，炊烟舒展，活脱脱一幅水墨画，一幅悠然恬淡的自然山水图⋯⋯

我忘记了，忘记了早晨的自己，忘记了小路即将被暮色隐没。转身爬上更高的山头，放眼熊熊蓬勃的晚霞⋯⋯

啊，太壮观了，太美了！登得越高，天地越发辽远。我醉了，醉倒在浓浓的夕阳里，醉倒在天宽地阔、惟余莽莽、丘壑细浪、黄土汹涌的博大雄宏里⋯⋯

于是，伸开双臂，随口吟诵："吟到夕阳山外山，古今谁免余情绕。"然而，声音被无边的夕阳溶化了。交臂拍拍肩膀，仿佛自己已化作一粒微小的沙尘，融入到茫茫无边的黄土中⋯⋯

斯生斯养的我，竟第一次被如此境界震撼了，被天人合一的默契震撼了，被神奇而高远博大的大自然震撼了！

也就七八个小时、300多公里路，也就一个古朴的小村庄，一匹烧透了的晚霞，一片茫茫无垠的黄土细浪，竟淘洗出了我晴朗的心境，崭新的情怀。仿佛整个儿被大自然沐浴了一般，浑身爽朗，六根清静。

什么繁华闹市？什么金钱职务？仿佛隔世的琐碎，不值一提。

轻轻的一个转身，那喧哗，那纷争，那你输我赢，那你对我错，一眨眼，就被这神奇的大自然淹没了，溶解了。

我拢起双手，想再次宽声"噢——噢——"地吼两声，可面对更加辽远的境地，憋足劲儿吼出来的声音，却丝线一般柔弱，飘忽。我笑了，咯咯地笑出了声。拍拍自己的后脑勺，十指梳理一把短发：唉，人啊，真是些渺小的东西，看看远山、近沟、天空、夕阳，有什么不能包容的啊！

西天，已被浸染成拂动的红绸子了，熟透的大太阳，已藏进了黄土高原的怀抱，只露出半边脸来，与我话别。

前方不远处的地坜下，升腾起一缕缕淡淡的青烟。我知道，那是我的村子，石且河。于是，背起背包，迈着轻快的脚步，向村里走去。

边走边想：这才是养神仙的地方呢……

第二辑

老家 LAO JIA

Chapter 2

朋友说

这稀饭真纯

我说

是泉眼流的

朋友说

这小菜很酸

我说

是岁月泡的

朋友说

这鸡蛋真咸

我说

是汗水腌的

朋友说

这窝头很精壮

我说

是骨气蒸的

父亲的黄土情

父亲是农民，一辈子跟庄稼地打交道。

1996 年，最小的弟弟到城里上班后，村里就只剩了 60 多岁的父母亲。老家离县城 100 多华里，且不说医疗条件，在煤窑满地开花的年代里，村里的水井都干了，吃水要到 10 里以外的地头用牛车拉。于是，我萌生了带二老随我到城市居住的念头。

然而，父亲却坚决不同意：有宅有地有粮，往哪儿走？这里的黄土自古都能养活人，偏我们就不能活？不出去，不出去！

第一次动员失败了。

随着父母一天天的变老，这儿真的不是老人们单独居住的地方，万一有个病痛，我们五六百华里的路程，赶回来就误事了。我知道父亲不是离不开清贫，种了一辈子地的他，是离不开土地和宅院。于是，找了个能种地的地方，再次赶回老家跟老父亲协商：城郊有个农场，需要一个既能种地又能看门的人，瓜瓜菜菜任你种，还给开工资。再说，大弟要母亲去带小孩，来了农场既可以种地，又能带孙孙，还能经常和我们见面，一举几得呢。

说到小孙孙，父亲动摇了，呷呷嘴："那就先试试？不行，我们再回来。"

其实，我早已做好了让他们长期随我外出定居的打算。

搬家大概在农历三月，我提前七八天就请假回家了，一是真心想在老家多住几天，安顿安顿心底那份说不出来的不舍。毕竟，父母一走，这老家我还能正儿八经回来住几次呢？二是陪父母收拾东西，能带的尽量帮他们收拾打包带走。

然而，五六百华里的路程，又能带走什么呢？母亲拿起这个，放下那个，这里装一包那里塞一袋，仿佛所有的坛坛罐罐都是她珍藏已久的心肝宝贝。父亲干脆不收拾，每天早早地出去，这个山头转一圈，那个山头瞭一瞭。我问父亲："这阵儿都是些干土圪梁，有甚转头哩？"

父亲说："再看看吧，恐怕一时半会儿见不到了。再说也得找个像样的种地的，虽然谁种谁收，我不要一颗粮，但地不能给我荒了，不然，我就不走了。

找吧，让他合心合意找个种地、看门的也好。"

搬家那天，老公带着大卡车和工具车，粮食家俬，满满当当装了一大一小两车。大车已经出发了，我和父亲坐着的工具车刚启动没走出几米，父亲就急切地叫着："等等，再等等，大门还没关上呢。"

我说："有看门的呢，你不用管了。"

"不行，我得下去，快停车！"他拍着车门非要下去。

没办法，我也跟着下车了。父亲走进院子里，再一次前前后后转了一圈，鸡窝上的下蛋小窑窑，牛圈上的大石槽，他又一一地摸了一遍。当看到父亲用衣袖擦着眼睛颤颤地往出走时，我的心"唰"地疼了起来：是啊，就要离开守候了一辈子的柴门土院，怎能不难舍难分。虽然我亦有同感，但此时此刻，从未离开过老家的父母亲，其离别之情，决非我能全然体味得到。我不知该怎样安慰老父亲，只能拍拍他的肩膀，搀扶着他走出院门，将他扶上了车……

家，实在是精神栖息的大后方，不管在哪里，有了正儿八经属于自己的家，生活才能踏实。我下决心一定要让二老住上属于自己的房子。

于是，第二年，就将父亲的户口迁到了我所在的城市郊区，并审批了宅基地。在兄弟姐妹的共同努力下，第三年，一栋两层8间的小二楼四合院盖起来了。父母也离开了农场，如我所愿地安住在了我为他们安排的地方。

后来有一天，父亲瞅着瓷砖贴面的小二楼，笑着说："都是二女子的点子，这下可好了，我再也回不到老家了。唉，农民住在城市，没地种，真不是滋味。"

想种地还愁哩？于是，我又帮父亲承包了1亩地，买了一辆脚蹬小三轮车。有地种的父亲终于乐呵了，也不再天天念叨着回老家了。虽然两三年后，承包的土地就被城市发展占用了，但父亲已经适应了这里的生活。70多岁的人了，本应该安享晚年才是，可他却总是闲不住，给他买的棋桌、纸牌全都丢在角落里，硬是把弟弟们买下的宅基地整平了，垫上新土，种上玉米、豆角、大葱、红薯……

一个周末，我去看二老，父亲不在家，问及才知道，父亲蹬着三轮车去市场上卖旱烟去了。卖旱烟？他哪来的旱烟？母亲神秘地笑了："种的呗。"

原来，父亲的旱烟都是在路边、地畔、建筑物周围有土的地方种的。一个人悄悄地点种、松土、拔草。父亲住的是农场区域，周围的绿化不是那么正规，再加上城市人少见旱烟苗，很多人还以为是为美化环境种上的花卉呢。当然，旱烟也都能按时圆满地收获。

母亲说："你大（父亲）不让跟你们说，怕阻止他，我们已经卖下100多块钱了。"

哦，我的老爹！我又能说什么呢？孝顺孝顺，顺着才是最大的孝。况且他也没干什么过分的事，只是，毕竟岁数大了，骑着三轮车上市场，人多车多，不安全。

对着刚进大门的父亲，我说："罢了，明儿我请假上市场替你卖旱烟去，要不万一您老让车触碰了，那可咋办呀？"

父亲不好意思地笑了："不用，不用，不去市场了，就这点儿在家里也不愁卖，周围的老汉们都想抽我的旱烟哩，说我的旱烟加工得好。"

父亲这辈子压根儿就不会玩，在他的词典里只有做营生，做营生，还是做营生。他说："土地是活命的宝贝，能种甚种甚，收多收少都得种，不能荒了，荒了、糟蹋了，就是造孽。"听着这话，看着身材瘦小且深深佝偻着腰背的父亲，我突然觉得他一点都不矮小，他真的像土地一样厚实而坦荡。我的父亲，我父亲他们这一代人，对黄土地的感情，对黄土地的爱，是一种习惯，是祖祖辈辈的传承，是用语言难以表述准确的。

记得小时候，我们姐弟几个闲聊起各自的最爱时，姐姐说，她最爱×××买回来的红格子布，做件衬衣真好看；妹妹说，她最爱门口对面S形小路顶端杏树上挂着的黄绵杏儿；我说，我最爱×××家里红油躺柜上挂着的穿衣镜。姐姐问母亲最爱甚，母亲不加思索地：一排溜亮堂的大石窑；我问父亲时，父亲看都不看我们，说，都没出息。像你们这么大时，我最爱的是谁家又买了几垧地。

在父亲心目中，土地是他的最爱，种地是他的事业。父亲是完小生，50年代末期曾做过乡村小学老师。三年困难时期，虽然小地方没有出现过饿死人的现象，但天天起来大跃进，粮食紧缺，物价猛涨，当老师一个月的工资刚刚够买一箩筐山药蛋。于是，父亲对校长说：连命都保不住了，还教甚书哩？我回家种地去了。

有一把黄土就饿不死人。母亲说，父亲离校回家的那个春天，一个人天天扛着一把镢子，无论荒土圪塄还是烂水渠，只要有土的地方，他就掏过、摊开、点种，有甚种子撒甚种子。他不相信脚下有土还能饿死人。结果，当年秋天，零星荒地里的山药蛋、豆子等，收得窖满缸满。也亏了当时父亲年轻，那么多的开荒秋，都是从很远的、没有路的荒地里背回来的。

父亲脾气倔强，性格耿直，好认死理，是毛泽东思想的忠实信徒，地地道道的共产党员。他不怕穷，他相信劳动能改变贫穷。他常说："有人有地要是穷了，那就活该。"在老家，父亲一直是村里的好劳力，种地好手。记得小时候，我家刚离开原籍李家梁村，搬到石且河村时，全家6口人，借住一眼土窑洞。那时候，父母都年轻，他们白天干农活，早晚，在离借居地不远的土崖崖下掏土窑洞。

谁知，费了一个多月的辛苦，还没有掏完，窑洞就塌了。当时，父亲只说是土脉不好，连唉都没唉一声，就又重新选址掏窑洞了。

40天以后，第一眼土窑洞诞生了，收拾出来，随即搬了进去。接着，又开始掏第二眼、第三眼土窑洞。

我家的土窑洞，在细豁子山脚下的红胶泥土层中，也就是学界说的"保德红土"。当时不知道"保德红土"这个概念，只知道红胶泥里有土龙骨。说不定哪一镢子下去，就能掏出白生生的土龙骨来。大人们说，土龙骨是药材，别的功效不知道，止血特灵验。若有了破出血的伤口，碾点土龙骨粉一撒，立马止血。记得我家三眼窑洞掏完后，攒下来一堆土龙骨。后来，还是姐姐背着去供销社卖掉，换回来一块花花布。

红胶泥，黏性大，硬度强，掏出来的窑洞结实，但掏的时候却异常费劲，再加上已进冬季，一镢子下去，巴掌大一片。虽然在大的作业面上，也能用铁楔一大片一大片地往下打。但就用一把刨镢，一把扁镢，一把铁锤，两个铁楔，一辆自制的木轱辘土车子，掏出来八九尺宽、丈数高、近两丈深的窑洞，实在是要付出很大辛苦的。整个冬天，只要有月亮，父亲就总要干到深夜才收工，母亲也边照料孩子边装车铲土打下手。土窑洞坐落在面东南坐西北的土湾湾上，随着一孔一孔窑洞的诞生，院子渐渐地变大。因为掏窑洞掏出来的土，全都一层一层摊开来做了院子。如果第一眼窑洞推着土要走五六米远的话，那么第二眼、第三眼就要走十三四米远了。

现在应该找不到父亲掏窑时用的土车子了。那土车最突出的是车轱辘和车斗子。穿在梯状车架一端唯一的车轱辘，是长尺余、直径六七寸的圆柱体木轱辘，而绑在车架上面的车斗子，是用红柳条编制的直径四五尺的圆形大笸篮。

瞅着那车轱辘，仿佛寻到了发明滚动应运的先辈。那跟轧道机一般的车轱辘，走起来又重又慢，特别是重车时，铁轴和木轱辘的摩擦声"咯吱吱，咯吱吱"，尖细而悠长。父亲猫着腰，后腿蹬地，推着小山一样的土车送出去，挺着腰板，拉着空车返回来……

月光如注，洗涤得山与天相接的缝隙分外清新，逶迤绵延的坡梁沟洼间，洒落着院落、窑洞，仿佛显影水里刚刚显影的风景照，水润而清晰。记不得父亲穿什么衣服，只记得冬夜的月光下，随着"咯吱吱，咯吱吱"不断清脆着的声响，父亲直起腰来的一刹那，头发上和衣领处升腾起一缕缕热腾腾的白色气浪……

终于有了一排溜三眼土窑洞的独家小院了。由于父母的勤劳，虽然我们姐妹兄弟多，但就是在粮食最困难的时期，也没有饿过肚子。父亲说，都是土地的功劳。我们那里荒沟荒坡多，只要肯受苦，掏一个土洼洼就能养活一个人。

"地无三尺平"是老家地貌的真实写照。坡地太陡，不要紧，牛站不住，人能站得住就行。祖祖辈辈与土地为伴的庄稼人，硬是将能站住人的荒坡荒洼，一镢头一镢头掏出来，种上庄稼。黄土坡，土头厚，适宜种山药蛋，只是到了秋天掏山药的时候，要先在地畔上抡起堰来，否则，掏出来的山药蛋，一不小心就滚落到沟底，找不到了。

记忆中，我们村一直有自留地，父母亲总是把地垅地堰刮得平平整整，每一犁都遍种不漏。如果挨着的是荒沟荒坡烂水渠，就会不断地掏圪塄摊荒地，种植面积越来越大。据做过村会计的父亲说，我们村实际耕种土地的面积，远远大于登记在册的耕地面积。其原因就是，所有种地的人，都在不断地修边整堰，没有一块地是越种越少了的。如果谁家的地畔长蒿草了，地塄遭水涮却没人管理了，那是会遭到所有乡人指责和笑话的。虽然黄土高坡上没有平川地带整齐划一的畦地，但父辈们种地，就像女人们做绣花鞋一样认真，经过他们双手耕作的土地，一坡拽着一坡，一梁连着一梁，边是边，堰是堰，远远看去，初耕过的土地上连脚印都是一排一排、整齐有序的。

上学的时候，假期里总短不了下地干农活，尤其是秋假。年轻人，爱干净，干活时总对付着，身上不想沾土。结果，表现出来的不是踩了苗子，就是丢了穗子。作为村干部的父亲，每每此时，总会严厉地训斥我们这些学生："狗屎里扎不了疙针，怕土还能活人？城里的干石头街上干净，它能长出庄稼来？"

当时，我虽然不敢说父亲什么，但心里总想：多管闲事，都是集体的活儿，干么要惹年轻人不高兴呢。

现在才觉得，父亲的话是对的。要做事，就应该用真心。挂羊头，卖狗肉，那不是假冒伪劣么。

前两年，父亲回老家住了一阵子，回来后，动不动就唉声叹气地说："村里的地都荒了，井都干了，煤也快挖完了，人都到城里盖楼房去了。"那满脸的惋惜和无奈，是我从未见过的。他经常问我："你说村里的地都荒了，城周围的地都盖楼房了，不种地，人吃甚呀？"父亲是老共产党员，而我这个也算得上是一线基层小领导的国家干部，却不知该怎么回答他。年前，姐弟们在一块儿，说起移民村的事来，父亲插嘴问："移民村移甚人哩？"

我说："移农民。"

"移民村在城里吗？"

我说："是的，现在都在城里。"

"那移过来他们还能种地吗？"

我说："太远了，大概种不成了吧。"

"那么多人一下子都移回城来，他们做甚养家糊口呀？"

我又回答不上来了。

父亲很愿意跟我聊时事，每当听到电视上说城镇化建设时，他就跟我说："想让村里的人过上好日子，就回农村规划盖楼去，把路、水、暖、电都送到村里，人们既能有城里一样的生活环境，又能种地，那才像回事呢，最起码不用赖地荒了，好地盖楼房了。"

看着他不解且不满的样子，我说："您放心吧，日子会好的。政府有那么多精英智囊团，还想不到个那。您就安心过您的好日子吧。"

每每此时，父亲总是一甩手："我的日子不赖，我不愁。就是怕你们这样糟蹋土地，到时候，后代们连稀粥也喝不上了！"

没办法，父亲是真心过不了好好的土地上盖了楼房或者撂荒不种的这道坎儿。

这不，又到春天了。前几天我去老妈那儿，见老两口又不在家，跑到二弟刚盖起新房的院子里，见父亲又在摊院垫土了。我说："他们暂时又不住，不用你忙活。"

80岁的老父亲抬头笑着说："不管他们住不住，我先垫了种地……"

家族丰碑

——怀念我的大舅刘忠文

记忆中第一次见大舅，大概是六七岁。而想象中大舅的模样，却早已在脑海里形成了。

不是因为大舅是家族中最大的官，那时候小，不懂得官是什么，而是因为大舅的大背头。

小时候，母亲手中一直珍藏着巴掌大小的一个小相框，里面镶嵌着姥爷、姥娘、大舅、二舅、她和父亲仅有的几张照片。照片里的大舅英俊、帅气，高额头，国字脸，浓眉大眼大背头。

20世纪六七十年代的农村，不管穷与富，家家窑洞的正面墙上都挂有一幅毛主席的标准相。相上的毛主席英俊、帅气、大背头。我曾无数次地端着小相框，瞅着正面墙上的毛主席像，觉得大舅忒像毛主席。当时，我不知道毛主席是多大的官，也不知道大舅是多大的官，只在幼小的心目中，觉得他们一样了不起，一样高大可敬，一样的高额头、大背头。

大舅比母亲大12岁，在母亲心目中，大舅是她的最荣耀和最骄傲，她像尊崇长辈一样尊崇大舅。未见大舅之前，我对大舅的印象，全来自于母亲嘴里。

母亲说，大舅14岁就离开家，在另外一个小村村当老师。14

岁的男孩子本就不会做饭，而大舅还想吃得花哨些。第一次吃贴拨股（也称贴尖），由于不晓得每拨一根，筷子必须在水锅里蘸一下，结果干筷子粘上黏面，拨一下，筷子就黏得不能用了，再换一根。最后，一把筷子用完了，贴拨股还没吃饱。

故事可笑，更可爱。

母亲还说大舅回县城工作以后，回家，骑着高头大马，很威风！然而，走一天路，只背着个窝窝头，不舍得买饭吃。那应该是第一次在保德当县委书记时期的事了吧。

大舅19岁加入中国共产党，那年应该是1945年。26岁就是我们县的县委书记。他公道正派，平易近人，有能力，好口才，是我们那一带人人提及名字就竖大拇指的、很有声望的干部。

母亲给我们的讲述都是碎片式的，印象中的大舅是照片加想象中的样子。什么时候能见到大舅呢？

未见大舅之前，我常常一个人站在街口，瞅着门前S型小路的山头，无数次地想象着大舅的样子，想象着大舅回家的场面。

大舅终于回来了，母亲第一时间领着我们到了姥娘家。

正如我想象的，大舅肩宽个儿高，高额大背头，言谈儒雅，待人和蔼。摸着我们这些鼻涕拉唇的小屁孩的脑袋，问这问那，还给我们分吃他带回来的糖果和动物饼干。那亲切的眼神，爽朗的笑，让原本有几分羞怯的我们，顿时变得大胆而活跃了起来。

大舅回家总是匆匆忙忙，和姥娘定下来住着的时候很少。但只要回来了，除了村里的长辈，还要挤时间去看望北塔则村的二姑，东庄墕村的大姑和大姐，以及周围村里的妹妹们。

记得大舅来我家时，母亲高兴坏了，拿出家里仅有的一点点红糖，给大舅冲了一碗红糖水。结果，大舅端起水来，走到放碗筷的盘子旁，拿出两只碗，把红糖水分给了我们。嘴里还说："呵，这个侯生子（母亲小名），我个大人，喝甚糖水哩，给我倒碗滚水（开水）就行了。"

大舅的老家是姚家塔村，标准的一姓村，总计十几户人家。大舅一回家，不大大的村子就异常地热闹了。周围村里的亲朋好友，村里的邻居、本家都要来看望，红火得跟过节一样。

那年月，人们普遍穷，吃食不够宽裕的姥娘，总是乐呵呵地想尽办法做各种稀罕吃食，一做一大锅，让我们这些小外孙们都不想回家了。

现在想来，那时候人与人之间的亲情很纯净。谁也不问大舅在外面当多大的官，放下手头的活儿围拢来，就是为了看一看，聊一聊。大舅也是，步行着去看望亲戚们，土圪垯上席地而坐，握着满是老茧的手拉家常，没有一点点官架子。

1971年5月至1976年12月，大舅第二次在保德县任县委书记。当时，我正在县城的二舅家住。大舅家和二舅家相距不远，没事时我也经常去大舅家玩。但是，一般见不到大舅。除非留着吃中午饭或者过夜，才能见到一面。当时大概没有下饭店一说，身为县委书记的大舅，除出差下乡以外，天天都在家里吃饭。

大舅有五男二女，最小的一对双胞胎女儿，是大舅的心肝宝贝，不管工作多累多忙，每天一进门，总要先一个一个轮流抱着在门口转一圈，然后才上炕盘腿坐着吃饭。说实话，当时我很羡慕两个小表妹有如此慈爱的父亲。

大舅很少管家务事，家里做什么、吃什么、穿什么，一概都由大妗操持。大妗是位贤妻，她深知大舅的工作压力大，所以，在细粮供应比例小的年代里，将不多的白面都给大舅吃了。家里顿顿做两锅饭，大妗、全娥姨姨（大妗的小妹）和大点的孩子们吃粗粮，大舅和两个宝贝女儿吃细粮。给大舅吃细粮是大妗的主张。大妗说：反正他也不管家里的事，每天一进门就吃饭，吃了饭，就到了办公室，根本不在意家里其他人吃什么，我也不告给他。

我们这些小孩子不懂得大舅有多忙，工作压力有多大，反正不见他有星期天，晚上也常常开会学习到半夜才回家。作为县委书记，当时的8口之家（两位表哥不在家），住着里外三间瓦房，里间一个灶台一盘炕，既是做饭、吃饭的地方，又是全娥姨姨和表哥们住的地方；外面两间也是一盘大炕，是大舅、大妗和小儿子、两个女儿的卧室，也是放置全部家当的地方。两三只扣箱，几个大瓮，好像没记得有书桌之类的东西。所以，就是不开会，大舅也是常常在办公室加班到深夜才回家。

记不得是哪一年了，我和二舅路上遇见了大妗，她满脸愁云地对二舅说："天大旱谁有甚办法？可你哥这几天愁得饭都吃不下，觉也睡不着，再这样下去，身体哪能受得了。"

又过了10来天，终于下了一场透雨。中午，二妗回家后就笑着跟二舅说："你哥真像个小孩儿，大嫂说昨天晚上下雨时，他高兴得大半夜一个人披了件衣裳，就跑到黄河畔看水涨了没有，然后，又一个人湿答答地回来趴在窗户上看雨，不睡觉。"

后来我才知道，那年保德大旱，六月天，才下了一场保墒雨。作为想让父老乡亲过上好日子的县委书记，在靠天吃饭的地方盼来了第一场保墒雨，他能不欣慰嘛。当时，10多岁的我，一旁听着二舅和二妗的谈论，脑子里突然就迸出了小学课文里描述的焦裕禄来。

后来，大舅调离了保德县，我也初中毕业后在乡里当了民办教师，能见到大舅的时候就更少了。

1982年一过年，母亲就对我说："走，跟我下忻州看你大舅去。"

我当然高兴了。这是我第一次离开保德县来忻州。

结果，来了的第三天早晨，母亲对大舅说："哥，你看能的话给二闺女转个正，要不年年考学校，眼都瞅瞎了，一说寻人家（找对象）就扭头。"

我这才弄明白母亲带我来忻州的目的。我当时就接过话茬说："不用，大舅，我初中毕业，不像个教书的，我要考师范。如果考不上，民办教师也不当了，回村找个放羊的，肯定没问题。"

大舅听了哈哈大笑，他拍着我的肩膀对母亲说："看看，闺女挺有志气的，让她考学校去嘛，这是好事，找对象还不迟么。"

当然不迟，我才刚过20。可那时候，我们村的女孩大都十八九岁就嫁人了。我下面还有两个挨肩肩的妹妹，跟村里的其他女孩比，我该嫁了。然而，母亲给搭理的对象，我一概不看，着急了，才来向她哥哥求救的。

母亲的目的没达到，大舅却给我讲了好多。他说："年轻人就应该有理想，有抱负，好好学习，不断提高自己。要给学生一碗水，自己要有一桶水。知道这句话吗？"我摇摇头。真的，这是我第一次听到。大舅又问："你够一桶水吗？"我又摇摇头。大舅说："我支持你，回去好好学习。"

1983年民办教师考师范，我们县给了6个指标，而全县有近600名民办教师。也就是说，民办教师上师范的录取率是1%。分数出来后，我是第八名。第八就第八了，明年再考！我早已下定了决心。

过了几天，有些参加考试的民办教师议论：前六名中，最少有两名民办教龄不够3年，而我们那年参加考试的条件是：满3年民办教龄的才有资格参加考试。不够3年考上了，怎么办？我想向上反映，又拿不准能不能反映。于是，一个人来到了大舅家。

当时，大舅是忻州地区行署常务副专员。

大舅一见我就问："考得怎么样？"

我说："要6名，我考了第八。"

大舅笑着宽慰我："只要是考试，就得严格按考分录取。没事，明年再考么。"

我点点头。

一会儿，我问："大舅，文件上规定凡参加考试的，必需要有3年的民办教龄，如果不够3年的报考了，合理吗？"

大舅说："那应该是不符合政策的吧。"

我接着说："今年分数排在前六名的，有民办教龄不够满3年的。"

"是吗？"大舅认真地看着我。定了定，又说："招生政策是严肃的，任何人都不能脱离了政策的轨道。如果真违反政策了，那就得纠正。"

接着，大舅问我："你有依据吗？找过县教育局吗？"

我说："依据就是县教育局的档案。但我不敢找，怕找错了。"

沉思片刻后，大舅给我举了认定老红军的例子。

他说，按政策，凡档案记载 1937 年 7 月 7 日以前（不包括 7 月 7 日）参加革命队伍的就是老红军，7 月 7 日以后的就不是老红军，而是八路军了。因此，界定是不是老红军，就是按档案时间是 6 日还是 7 日而定的。既然政策明确规定了，那就是严肃的，是不允许执行者左右摇摆的。

那时候的我，是个生活在农村的女孩，哪里懂得这么多道理。听了大舅的话，我心里有底了。

我说："我要反映这件事。"

大舅说："可以反映，但一定要实事求是，不能因为你想上学就没凭没据说人家条件不够哦。"

我说："明白，我不想委屈任何人，只想让教育局查实一下。"

大舅说："可以。这事，你首先应该给教育部门反映，让他们核对一下。但我不方便出面，还是你自己反映吧。"

我说："行。"

经查实，前六名中，教龄不够 3 年者，不是两名，而是 4 名。最后，我被录取了，教龄不够的考生被取消了。这件事，我虽然为几位教龄不够者当年没能走进师范学校而深感遗憾，但我问心无愧，因为我主张的是正义，维护的是政策的严肃性。同时，通过这件事，我懂得了很多，也更深切地感受到了大舅做人做事的风范和不徇私情、秉公正直的胸襟。

1985 年，我师范毕业了，终于成为了一名堂堂正正的教师。该找对象了，师范的同班同学一直追求我，但我却拿不准，不知该不该确定下来。毕业离校那天，我把同学带到了大舅家。其目的是想让大舅帮着把把关。见过后，我悄悄地问大舅："怎么样?"大舅却亮着声音说:"好后生,你们合得来就行。"

我对他眨眨眼睛又说:"他家是农民,很穷。"

大舅笑了:"农民好啊,朴朴实实好相处。至于穷,那没有根子。年轻人要自己努力,不要总想着依靠家庭么。"

就这样,我嫁给了我的同学。

老公是静乐人,当时,我父母还在保德农村,路途遥远且交通不便,我又在忻州工作,所以,还是大舅和大妗出嫁的我呢。

老家有一习俗,凡出嫁姑娘,婆家都得带一块儿离娘肉来娶新娘。老公按照习俗带着离娘肉来接我。大舅指着肉说:"茶闺女,干嘛要让人家带肉呢?你妈又不在,这不成离妗妗肉了吗?"

我说:"就是要他带离妗妗肉呢。"

大舅退下来以后,看书、写字、养花、种菜,更有时间和我们聊天了。所以,我经常去大舅家。有时间了去,高兴了去,烦恼了也去。不管有多少难解的结,只要跟大舅聊聊,就通畅了。在忻州,大舅家成了我的娘家,大舅大妗成了我远离家乡最亲的长辈。大妗特别好,虽然也是国家退休干部,却像庄户人家的母亲一样平实和蔼。

大舅给晚辈们传递的永远是正能量。记得一次,跟大舅聊到曾经的一些社会现象和当下人们关注的一些社会问题时,我问大舅:您当了一辈子领导,经历过坎坷、挫折,在现在人看来当时有些偏颇的政策,您当时有过怀疑和牢骚吗?

大舅坐在床上,一条腿搭在另一条腿上,两膝盖几乎对齐(这是他最常见的坐姿),看着我笑了笑说:"没有啊,党是不容置疑的。领会政策精神什么时候都要从大局出发,要有全局观念。谁不愿意自己的国家富强?哪个领导不愿意自己的人民富裕？只要我们在执行政策时本着实事求是，从群众利益出发就行了。干么要怀疑、牢骚呢？如果有不同看法，甚至是意见，可以通过组织渠道反映，谈自己的看法么。"

我懂了，老一辈最值得我们传承和珍藏的，就是他们对党的忠诚和坚守原则的精神。

在忻州，大舅是高干。但无论远亲还是近邻，走进大舅家，都会觉得无比的亲切和舒畅。记得我刚结婚时，老公在静乐县工作，我在地质队子弟学校教书，家在城郊的田村地质队。一次，我正好在大舅家，老公从静乐下来时，大舅家刚吃过午饭。大妗蒸得一大笼屉莜面河捞，我们几个人才吃了一半。老公一进门，大妗就问："没吃了饭吧？"说着就将笼屉放在锅上热了热，端了肉哨子，让老公吃。正是二十几的后生，大妗的饭又很香，不知不觉，老公就把半笼屉莜面吃得所剩无几了。看见老公吃得有些不好意思了，大舅说："好好吃，后生么，我像你那样的年龄，半笼屉根本就不够吃。"大妗也打摞着："都吃了吧，不要剩了，后生家，撑一撑就吃了。"

大舅表妹的闺女利平曾对我说，她第一次去大舅家是傍晚。那时候大舅还没有退下来，在她心目中，大舅是很大的官，以前又没有见过，所以，一进门心里有些紧张，不敢坐。大舅乐呵呵地接待了她和她哥。当她哥把她介绍给大舅时，大舅说："春梅姑舅生了个漂亮姑娘啊！叫什么名字？"

她说："叫利平。"

"哦，利平，好名字么，快坐吧。"

她还站着。

看她不敢坐，大舅也站起来说："走，我领你看看我家的房子。"

大舅亲自领着利平从楼上到楼下，挨挨地看了媳妇、闺女们的房间。这一转，利平不紧张了。大舅拍着利平的肩膀让她坐下后，问："有甚事？"

　　利平哥哥说："没事，利平到劳动大楼上班了，一个人没出过远门，领着认个门，以后还得烦劳您照料着些。"

　　大舅笑着说："那是当然的啰，利平有空就来家里么，有甚事，也可以打电话。"说着，就拿纸写了家里的电话号码，给了利平。

　　大舅当了一辈子领导，仍旧爱种地。退休后，他家那块小院子，除了走路的地方，全部让他摊开来种了地。有苹果树、梨树、枣树、香椿树、葡萄架。树下面又摊成了一堰一堰的畦子，种着茄子、西红柿、小葱、韭菜等等。大舅很勤快，经常一个人作务他的树和菜，只有需要大粪施肥时，才肯叫我老公或者表哥们帮忙。

　　随着身体的不支，晚辈们都劝大舅不要再种地了，他却舍不得荒了。他曾对我说："土地是生命之本。你也是基层领导了，一定要树立长远利益和眼前利益相统一的意识，要爱护土地。"

　　我说："我这样的领导管不了那么大的事。"

　　大舅却认真地看着我说："不能这么说。不能做决定也不可以漠不关心么。要让所有的干部都树立这样的观念，这很重要。"

　　我当时在忻府区南城办事处（后改为秀容办事处）工作。大舅曾多次给我说：忻县是个好地方，人勤劳善良，你要好好跟同事们相处。做基层领导，就是做群众工作，要多关心老百姓的事，只有群众认可你了，你才可能会成为一个好干部。说这话时，大舅语重心长，和蔼却有力。

说起家事，大舅说得最多的是，一辈子忙忙碌碌，没有好好孝敬过两位老人。每每说起，总是叹气，而我却不知道该怎样去安慰他。

不知是人格魅力的吸引，还是亲情使然，大舅退休后，我总想挤时间陪他聊天。跟他聊天，多大的胸怀都不够大，多高的起点都不够高。无论是家庭琐事、国家大事，还是工作上的难事，听他一说，就通透了，明晰了。而且，琐碎的家事没有了纠缠的繁复，空乏的话题能有了脚下生根的稳健。哪怕是生气，他都生得那样的风趣、优雅而豁达。直到今天，我才悟到，其实那是一种修养，一种缘至骨髓的修养。有修养的人，不管你是不是跟他相处，他身上散发出来的智慧之光，都会和煦得让你舒服，使你受益。

我也是大半辈子的人了，见过官，也和有文化的人聊过，而大舅独是大舅的风格。他一生不媚俗，不逐利，不为权贵折服，不以高官自诩。他的开明与睿智，豁达与仁厚，学识与风骨，构成了家族中无可比及的人文丰碑，为后人留下了取之不竭的精神食粮。

永远怀念敬爱的大舅！

未 仁

未仁是我的二姑父，跟我一个村。

未仁姓刘，本是邻村姚家塆村人，20 世纪 50 年代末迁居石且河村。

二姑父中等身材，精瘦精瘦，剃得溜光的头顶上，一年四季箍着一块白羊肚手巾，典型的黄土风情打扮。二姑父的腿有些拐，走路却风快，总也不扣扣子的上衣襟，呼啦啦地招展着，以至于多年以后，每每想起他，依旧有一阵风的感觉。

二姑父不仅走路风快，干活、说话都是雷厉风行，嘎嘣清脆。

冬天的一个早晨，阳婆刚刚撒上窗户，二姑父手抓一坨肉，急匆匆推门进来了。看着刚爬出被窝、睡眼惺忪的我，伸手扭了扭我的耳朵，然后对母亲说："看二女子黄蔫鬼瘦的，给分了点獾肉，你给蒸着吃吧。"然后，回头瞪着我："全部吃了，不好好吃，我割了你的耳朵！"说完，袄襟子一飘，走了。

二姑父的腿是怎么拐的？我曾多次问起，父亲却含糊其词。直到 2010 年，85 岁的二姑父去世后，父亲才向我絮叨起他的经历来——

二姑父当过兵，却鲜为人知！

当年，14 岁的末仁，娶了 15 岁的二姑，成了我的二姑父。当时保德县属于解放区。一年后，地方上征兵，要求兄弟 5 个的二姑父家出一个当兵的。作为家中的老大，他理所当然，应征参加了共产党的部队，大概是 1942 年或者 1943 年，正是抗战如火如荼之时。

当小兵子，就得上前线。二姑父曾在陕西省的米脂、佳县一带打过仗。据说最惨烈的一仗要数打佳县县城了。去过佳县的人都知道那里的地理位置有多特殊。第一回合付出了很大的牺牲，才保住了阵地，赢得了一点时间。然而，还没来得及喘口气，头顶上就又枪声大作了。指挥员火急火燎地带来一拨人，准备再次组织战斗。

在这当儿，二姑父趁人不备，从身边的尸体上拔下一把刺刀，狠劲地在自己的胯骨上扎了两刀，随即，便倒在血泊中。就这样，他离开了战场，住进了部队医院。然而，伤好了，腿拐了，还得回到原连队。当时，大仗小仗不断，一想起战场，他就心慌头皮紧。于是，在一次野外训练时，以解手的名义，逃跑了……

那是战争年代啊，一个年轻的逃兵，从黄河那边的陕西，逃往对岸的山西，真的不是一件容易的事。刚开始，怕部队找到，躲躲藏藏，绕着人烟稀少的地带，昼宿夜行。走得不见人了，越来越荒凉了，却也找不到吃的了。他睡山洞，吃树叶，烧得吃蛇、吃野兔。终于，历尽了千辛万苦，趟过了黄河，回到了老家。

当了逃兵，回家当然不敢露面了，只好带着二姑，走了岢岚山，在那里打工种地。七八年以后，才返回老家。

这样的经历他当然不敢提及，别人也不敢提及。

村人们都说獾子肉养人，黄蔫鬼瘦的弱孩子，吃一次就换了脸色，壮实起来。当时，那是乡间最好的滋补品，有药的功效，所以特别珍贵。

俗话说，十斤獾肉九斤油，剩下一斤是碎骨头。獾肉肥腻，不好吃。为了达到滋补效果，做獾肉时不能放任何调料，把白团团的肥肉，切成指头肚大小的块儿，放在碗里，蒸出来即食。

母亲怕我吃不下，放了一点点盐。然而，还是不好吃，油乎乎的，土腥味特重。硬着头皮往下咽，胃里便不由自主地往上翻。

母亲递过来一块窝头："给，就着吃，不能吐了。掏獾子可费事了，你二姑父他们围堵了几天几夜，好不容易才从山上弄回来。"

当时，我五六岁，很懂事，听话地慢慢往下咽。

獾子是穴居动物，身长不过 3 尺，肉团团的。獾子骨头小，肥肉多，耗子一样柔软，大都住在很深的洞穴里。

掏獾子不仅辛苦，也有一定的危险。但是，为了给老人和孩子们滋补身子，每到冬季农闲，村人们还是经常组织掏獾子。然而，不管谁组织，组织多少次，二姑父都是必不可少的打头阵者。

大冬天，掏獾人几天几夜寻踪迹，找洞口，伺机围堵。既要让獾子感觉到有危险信号，需要进洞躲避，又不能让獾子看到人的影子。獾子很聪明，如果看到近处有人，就不进原来的洞，而是另行打洞了。而獾子在洞外，人是无论如何都逮不住的。所以，掏獾人大都把羊皮袄毛朝外裹在身上，月亮地里，躲在低洼处，羊一样伏在地上，半夜半夜地等獾子入洞。

獾洞一般直径尺余，人要用短柄锹、镢，猫着腰边掏边往里钻。如果獾洞比较深，在掏的过程中也有坍塌被埋的危险。所以，掏獾子既要看地段土脉，又要有掏洞的技巧。

虽然围堵獾子的洞里每隔三五尺就有一人把守，但洞中的人都猫着腰，活动很不灵活。而洞中的獾子却行动自如，伶俐快捷。当把獾子撵到洞掌时，它很害怕，人不动时，獾子也不动，双方对峙着。这时，人必须首先动手，用很重的枣木短棒，瞬间击中獾子的脑门，将其打晕。否则，獾子拼起命来，就会抓人的脸。不管此时洞里有多少人，都无法上手，洞掌上的第一个人受伤就在所难免了。

而每次在洞掌上的人，必定是二姑父。他掏獾子，没出过一次差错。

费那么大劲儿掏下的獾肉，在村里没听说卖过，都是左邻右舍分着给残病的老人和体弱的小孩吃。所以，二姑父在村里人缘特好。

二姑父天性胆大，不管歹人恶霸，还是狼虫虎豹，他都敢面对，是个硬铮铮的男子汉。他不仅有掏獾子的短柄锹、短柄镢子、枣木短棒子，还有打野猪的脑箍，套狐狸的铁夹子，有自制火枪，有杀猪杀羊的一整套工具，还有铲驴、骡蹄子的铲刀，有捅牛鼻矩子的铁杠子，有给大牲口放血治病的三棱针，还有织毛衣的钢丝签子……真的，无所不能的二姑父，不仅会织毛衣，还会蹬着缝纫机做衣服呢。

二姑父尤其喜欢耍蛇。年轻的时候，每到夏天，经常身上揣着蛇。不过，都伤不了人。他要么拔了蛇的毒牙，要么给蛇嘴里喂了烟屎（汉烟锅里沉积的烟屎）。然后，揣在怀里，见了顽皮的小子，就卡着蛇头诈唬。所以，半大小子们对二姑父既害怕又崇拜。在村里，如果谁家的小孩不听话了，当妈的就会说：再不听话，叫未仁去，拿着刀刀，揣着蛇。于是，孩子们乖了。

二姑父怀里揣蛇，还留下了一段风流韵事呢。

据说，年轻时二姑父有个相好的。一次，他逮了一条青蛇，扒开蛇嘴喂了烟屎，盘起来揣在怀里，就去见相好的了。一进门，怕吓着相好的，就悄悄地把蛇放在了炕角。结果，走的时候忘记了揣走，让相好的不经意间一把抓起了绵乎乎的蛇，直吓得哭爹喊娘。最后，大中午还拿红布给叫了一回魂呢。

二姑父杀猪杀羊是把好手，不仅进刀快，杀出来的肉质好，而且头蹄下水、翻肚子倒肠子都做得干净利落。每到冬天，特别是进入腊月，二姑父就忙起来了，东家叫了西家叫。但不管多忙，他从不推托，有时候一天不止一家。杀羊，小事一桩，他抽个空就给办了。杀猪，就费事了，起码得大半天工夫。宰杀场上，他常常上下牙横咬着刀背，手里不停地忙活着。一会儿蜕毛开膛，一会儿抖肠翻肚，清鼻涕眼看就要流到刀子上了。有人在喊："狼吃未仁，快，看鼻涕，鼻涕!"婆姨女子们笑了。这时候，他就一脸贼笑地瞪着笑得最厉害的女人，走到跟前，把衣兜让出来："笑甚哩笑，鼻子都冻麻了，我哪知道它甚时候流出来的。快，给掏掏手绢!"这当儿，女人们也不好推辞，不仅得伸手给掏手绢，还得撇着嘴，亲自给擦鼻涕呢。因为他张着两只油乎乎的手，压根儿就不接掏出来的手绢。

杀猪赚一个猪尾巴，是村里的习俗。然而，宰杀了无数牲畜的二姑父，却是个吃素的。不知是他不吃肉的缘故，还是生性公平，反正自己给自己割的猪尾巴，连主人都总说："小了些吧。"他却不以为然地说："就那个意思，多少无所谓。"干完活儿，要想留他吃一顿糜米捞饭猪肉烩菜（给他烩素菜），就必须早早地生火做饭，再热上一壶老烧酒，他的活儿干完了，你的饭也熟了，他就吃了。否则，干完活儿，看见你还清锅冷灶，他提留起猪尾巴，扭头就走，任你怎么挽留，都不一定能逮住他的后衣襟。

当然，这时候走在街上如果有人问了，他就会哈哈地笑着说：谁谁家婆姨真是个怂蛋邋遢包，我懒得吃她的饭。

二姑不仅人精干，过日子做家务都是一把好手。二姑父有资本笑话那些不够精干的女人。

二姑父好像没念过书，但他却从心底里爱护老师。我们上小学的时候，二姑父是村里的保管员。多少年做保管员，管理着大队的所有粮食、种子等资产，却没有听说过些许造次的话。唯独当他看到学校老师生活拮据时，就偷偷地给送些好一点的粮食。当时，一个窑洞既是大队办公室，也是老师的办公室兼宿舍。有时候给老师粮食时，被学生看见了，也不回避。当然，给老师偏吃一点，村民们不会反对。如果有人敢絮叨了，他就会瞪着眼睛大声说："就是给老师了，咋啦？不能？你家儿孙不念书？又不是拿我家了。"

二姑父心灵手巧，做甚都像模像样。不管搓麻捻线缝衣裳，还是编笸篮、扎扫帚，没有他不会做的，而且出手快，精致顺眼。当然，作为农民，种地他也是一把好手。

在村里，二姑父帮多少人家干过活儿，恐怕没人能说得清楚。小孩大人胳膊脱臼了，脚腕扭伤了，都要叫他。他什么时候学会接骨疗伤的？不知道，也没有人问起过。反正他不仅给人接骨疗伤，还会给牲口看病呢。大集体时，村里的牲口不管什么病，都叫未仁。小牛犊子要上鼻矩子了，叫未仁；骡、驴要钉脚掌子了，叫未仁；毛驴下驹难产了，叫未仁；连五保户老人下世后要穿衣裳了，都得叫未仁。未仁是村里的全才，更是热心肠。而他自己，也满享受这份劳作和付出的。

然而，热心肠的二姑父两口子，却一辈子没有子嗣，这在农村尤其是件不幸的事。不过，这样的不幸，他从来都没有挂在脸上。30多岁时，抱养了他弟弟的女孩儿，两口子对小侄女百般疼爱，视如己出。

二姑父这样一个人为甚就会不生养了呢？于是，就有好事者找到了带有神秘色彩的由头，背地里絮叨："打狐子套狼，一辈子爬场（'爬场'：不如人）。"意思是，无子缘于杀生。

然而，二姑父却不信这些，一辈子都是乐乐呵呵，风风火火，忙忙碌碌，从不因别人的闲话而恼怒，也不计较付出和回报的多少，认准了，就干了，从不轻言放弃。

晚年，二姑父不能劳动了，村里一位叫建刚的小伙子生了一对双胞胎，小两口实在照料不过来。于是，二姑父就主动帮小两口照看孩子，一看就是好几年，直到俩孩子回城上学为止。

建刚小两口也很懂得感恩，每每回村，都要去看望二姑父，或者干脆住下来陪二姑父几天。有时，建刚也接二姑父去他家小住。孩子们见面就一口一个"爷爷、爷爷"地叫着，直叫得二姑父爽爽朗朗地笑个不停。

二姑走得早，养女和女婿对二姑父都不错，但他生性刚强，不想多麻烦女儿。他说："敬老院自在又不孤寂，你们甚时候有空，来看看就行了。"所以，他晚年最后的日子，是在敬老院度过的。

最后一次在县城敬老院见到二姑父，已是80多岁的老人了。然而，头上依旧箍着白羊肚手巾。他耳不聋，腰不弯，只是瞅着我的眼神里，多了几分安静、慈祥，少了几分灵动、明亮……

有妈真好

　　星期五下午去看望妈妈，姐姐也在。姐俩好久不见了，格外高兴。妈妈更是高兴得合不拢嘴，孩子般跑前跑后，问这问那，一会儿给我俩找吃的，一会儿又展示她最新的针线活儿。麻花呀、瓜籽呀、枣子呀，和各式各样的鞋垫、坐垫等等，都一股脑儿地摆放在我俩面前。

　　别看妈妈已是老眼昏花，针线活依旧不丢本色。一堆有大有小的鞋垫中，有满面绣花的，有单色底面只锁花边的，有花色布料做底面手工纳出来的。说花色多样，精致好看，一点都不过。她边展示边介绍：这是大外甥的、那是二媳妇的、这是四女婿的、那是三儿子的，还有小孙孙、小外孙的。每介绍一对，还必须加上成因、起始和图案的意思……整个一通周全详尽的"工作汇报"。看着我和姐姐相视会心地笑着，老妈有了几分不好意思，笑了笑，停止了介绍，改成催促我俩吃东西了，且不断地说："还有甚吃的来？我放好的，怎就想不起来了？唉，我这记性……"

　　父亲推门进来了，笑眯眯的、带着调侃的口气说："你不是给你孩儿抬（藏）着好吃的么，咋不拿出来呀？卖嘴哩？"妈妈却认真地说："是啊，有甚来？我想不起来了，明明抬（藏）着来……"

说笑间，12岁的侄儿杨益推门进来了，孩子一扔书包就冲我和姐姐说："大姑二姑，奶奶还给你们留着个最新鲜的水晶大苹果咧！"

此时，妈妈才咯咯地笑了起来："哦，还是杨益记性好。我就咋也想不起来了。"

她边说边赶紧走进里屋，在柜顶上的小纸盒里，取出一个网袋包装的水晶红富士，然后洗干净了，一切4份。还边切边说：你俩一人一份，杨益一份，剩一份留给二媳妇，她一会儿就回来了。

我和姐姐相视而笑，静静地看着妈妈哄孩子般地用切菜刀给我们分苹果。那感觉，我就是个孩子。捧着妈妈分给的一牙苹果，心坦坦的，甜甜的。

有妈真好！

当时，姐姐50多岁了，在家里，是妈妈，是婆婆，是奶奶。我也四十几岁了，儿子都上大学了。然而，在妈妈眼里，我们都是孩子，老大不小了，竟然堂而皇之地跟12岁的侄儿分着吃苹果。此时的那份温馨、幸福、惬意，是任何环境、任何人、任何物质都敌不过的。

我在分得的苹果上轻轻咬了一口，又送给了妈妈，并咯咯地笑着说："妈，这么好吃的苹果，我可舍不得吃了，还是用纸包住，藏在咱家放麦子的瓦瓮子里吧。"

这是我小时候的行为。

我和姐姐都笑了。母亲却笑得很淡："是啊，你们小时候哪有甚好吃的哩，我卖一回鸡蛋，花 1 毛钱买 10 个糖蛋蛋，得给你们分着吃好几回。"

姐姐边笑边说："妈，这会儿咱们想吃甚都可以吃到了，一个苹果，你还要留着给我们分。"

妈妈笑了："习惯了，看这苹果顺眼，就想给你们都尝尝。"

妈妈就是妈妈，满心装得都是她的孩儿们。

我家姐弟 8 个，4 男 4 女。妈妈 19 岁生大姐，39 岁生四弟，20 年生了 11 个孩子，活下来 8 个。然而，家里地里的活儿，却没见她耽误过多少。当我做了妈妈以后，才深深地感慨，我的妈妈是怎样带大我们这姐弟 8 个的啊！

在我童年的记忆里，没见妈妈睡过觉。

我们这一代人生长在贫穷且商品极度紧缺的年代。1 丈 2 尺布票，360 斤口粮，是一个人一年的全部。我们家孩子多，大人搭小孩，没冻着，也没饿过肚皮。然而，精打细算，缝缝补补，拆棉抵单，却是必须的。在村里，过日子倡导细水长流。妈妈是有名的、会过日子的女人，平时不铺张，不浪费，缝缝补补。逢年过节了，该新的新，该洗的洗，日子总是有模有样。

我计算过，全家 10 口人，就按每人每年穿一双鞋，妈妈一年最少得做 10 双鞋，且还有棉鞋单鞋之分；按每人每年做一身衣服，拆洗一次棉衣，妈妈一年就得做 20 件衣服，拆洗 20 件棉衣。更何况，缝缝补补，改小弥大，是针线活的重中之重。我想象不来，在那个全部由手工缝制的年代里，妈妈一针一线地缝补着 10 口之家的衣物，需要付出多少辛苦！

晚上，一个窑洞，一盘大土炕，睡着一拨溜小崽子，把如豆的煤油灯和妈妈挤在炕头的小角上。黑洞洞的夜，宁静的窑洞，只有妈妈和油灯并排坐着，一起亮着，飞针走线。

黎明，一觉醒来，窗户纸还黑乎乎的，我们睡姿百态，妈妈和她的煤油灯就又亮了，只是从炕头挪到了炕脚。我永远都不会忘记，灯影下，妈妈皱着眉头，拍拍自己的脑门，努力地睁着不断打架的上下眼皮。有时候，妈妈的身边会放一只盛有凉水的碗，她说：瞌睡了，用凉水拍拍脑门和眼睛，就清醒了。

在我的记忆里，我们的穿着虽然旧，大的穿了小的穿，补丁摞补丁，充上棉花做冬衣，掏了棉花做春衣。但是，我们没有穿不上鞋的时候，没有破衣烂衫的时候，没有棉衣贴得变了颜色的时候，也没有春秋冬三季不穿袜子、不穿肚腰腰的时候。

在缝纫机还是乡下稀缺物件的时候，我应该是村里同龄女孩中没有穿过大裆裤的少数。妈妈非常爱美，也心灵手巧，也许受大姨（乡村裁缝）的影响吧，裁剪做衣悟性特好，不学自会，拿起布来就裁剪，没有失过手。

大概在我八九岁的时候，妈妈买了一块蓝花花布，准备过年给我做棉裤。高兴得我一蹦二尺高，合不拢嘴。抱着花布跟妈妈说："妈，我不要大裆裤。让大姨给我做吧。"妈妈说："咱不做大裆裤。大姨忙，妈妈做。"

她把布料铺在炕上，三盘量两等当，就裁成了 4 片。然后，配了别的颜色的裤腰和裤兜，将挪出来的布头和其他布头一搭，裁成了四妹的一条小裤子。

整个下午，我都听话地替妈妈喂羊、喂鸡，到阳婆收工时，我的花棉裤已经可以充棉花了，而裤子大腿上那两条当时流行的、用缝纫机走出来的明线缝，是妈妈用倒针，一针踏一针地、齐齐地手工押出来的，跟缝纫机缝得没什么区别。那是我不穿姐姐退槽衣服后，第一次正儿八经做的新棉裤，也是我最心爱的一条棉裤。

尽管那么多针线活儿，但逢年过节，妈妈经常给我们做绣花鞋。妈妈有个我们姐妹几个都惦记着的红布包袱，里面有做衣服剩下的、从大姨那儿捡来的各色布头、丝线彩线等等。每次妈妈打开红包袱，不是做绣花鞋，就是选各种花布头给我们缝新腰腰、花背心。而这些，又是我们最期盼的。

冬闲了，农家田地里没活儿了，村里闲人多了，好多女人都串串门子，唠唠嗑。妈妈却没有这份闲，她把自己的时间安排得满满当当。推碾磨磨的营生做完后，她的主要任务就是针线活了。每当我们放学回到街口时，就能听到妈妈不高不低、柔美悠扬的山曲儿。而当我们推门进去后，妈妈就不唱了。

我曾说："妈，你再唱，很好听的。"

妈妈不好意思地笑了："好听甚哩，一个人做针线困了，唱着解瞌睡。"

我真的不知道那时候妈妈一天能睡几个小时。尤其是夏天的晚上，当下地劳动的妈妈背着猪菜扛着工具回家后，阳婆已经落得剩下一条红线。忙忙碌碌地安顿我们吃了晚饭后，大家都各自睡觉了，唯有妈妈才开始在院子里的风箱灶上，给猪煮第二天的吃食，天天如此。

月光如注，溶解了锅底下的蓝炭火苗，妈妈和风箱灶腊像一般，蹲在两窑中腿间，只有"呼啦嗒，呼啦嗒"的拉风箱声，告诉人们，那儿还有人在劳作。

如若没了月亮，山村的夜就很黑了。站在院子里，也看不到妈妈和风箱灶的影子，只有随着"呼啦嗒，呼啦嗒"的拉风箱声，灶口吐出火舌后，才能映衬出妈妈的脸。

有时候，睡在炕上的我们，听着"呼拉嗒，呼拉嗒"的风箱声越来越慢，越来越慢，最后，停了。以为猪食煮好了，妈妈该回来了。可是，半天都不见人影，跑出去一看，妈妈早已趴在风箱杆上睡着了……

在我童年的记忆里，没见过妈妈正儿八经吃过一顿饭。

庄户人家，不仅孩子多，猪羊鸡狗兔也是一大群。都是长嘴的，人一顿牲畜一顿，是一年四季不变的程序。那时候养猪、养鸡都是吃熟食，高一锅低一盆都是妈妈的事。妈妈做营生，一般同时最少展开两项，而她自己的吃饭，却从来不在她所排列的事项中。

从春到秋，下地劳动的妈妈一般身上都要挎一个袋子，一边作务庄稼，一边把遇到的猪菜、羊草顺手捡到袋子里。一收工，人们都赶着回家，妈妈却边往回走，边在路边地塄上挽猪菜，捡羊草。一进门，奶小的喂大的，边生火做饭，边喂羊铡猪菜。饭一出锅，全家人都围坐着吃饭了，妈妈却怕浪费了做饭剩余的炉火，又开始忙着给猪、鸡煮食，前炉后灶一起开，添水下料，一刻不停，吃饭都是在出来进去中捎带着的。

最是冬天的闲季，不用挽羊草、铡猪菜了，本该安静地坐下来吃顿饭了。然而，劳碌惯了的妈妈却不在乎这些，饭一熟，高一碗低一碗，端给了一家老小后，猪、狗又开始打门拱圈了。妈妈说："大冬天，外面地冻草枯，要按时喂牲口，不然会跌膘的。"于是，她端着一碗饭边吃边干活，一会儿喂小孩，一会儿喂猪喂鸡，等到全家人都吃完了，她还端着碗满地跑，吃不了一口热乎饭。

我从来没见妈妈玩过什么，也不知道她会玩什么。

父亲一直是村干部，忙田间忙集体事务，妈妈家里地里一肩挑，就姐姐还能帮着做些家务。

1978年春天，父亲在村里买了两眼窑洞，欠了些债。7月份，我初中毕业，考取了高中，中专差几分没有达线。当时上高中，每月要8元钱的伙食费。这对于黄土中刨食吃的家庭来说，是一份不小的开支。于是，我打算放弃高中，来年再考中专。

当我一脸惆怅地回到家里后，妈妈早已把我的被褥拆洗干净，打捆好，准备送我上高中了。父亲说："我没能力让你们补学，但凭你们的本事，考到哪儿，我一定培养到哪儿。"

我的心铮铮地疼着。姐姐已经出嫁，两个妹妹相继进入初中住校了，家里还有挨肩高的4个弟弟。看着劳累过度的父母，我不忍心再给他们添负担了。于是，坚决地放弃了高中，考取了乡里的民办老师。几年后，以民办教师身份考上了师范学校。

很庆幸我们有一对开明的父母，在最困难的时期，村里的女孩子大都出了小学门，就回家帮父母看弟妹、做营生了，而我的父母却始终没有忘记嘱咐我们好好念书。妈妈说，没让姐姐好好念书，是她这辈子最后悔的事。

也是，姐姐是弟妹中最大的，也是付出最多的。她10来岁就放弃了上学，在家里帮妈妈照看弟弟妹妹、做家务。其余我们姐弟7个，都是大一个，离家住校走一个，一点忙都帮不了，还得父母加倍地劳碌，培养我们。

妈妈是个生活情趣极浓的人，她思维活跃，心性灵巧，不管怎么忙，也不管多么累，总是把家的味道营造得浓浓的，从来不会省略哪一个节日该有的习俗。如正月二十五的捏灯盏，五月端午的缝布鸡鸡、搓花绳绳，腊月初八给冰柱冻红帽帽等等。即使身体不舒服了，或是生气不开心了，也照样让节日有模有样。她唯一的理由是：舍不得让孩儿们的节日冷清了。每每逢年过节，我们都会围坐在妈妈身边，看她绣花、剪样儿，捏面人人剪窗花。妈妈捏甚像甚，剪甚像甚。还常常边做边给我们讲关于节日的传说，故事，使我们对每个节日既充满了膜拜，又平添了神秘、期待和快乐。

妈妈是完小毕业生，曾经在公社的硫磺厂工作过，生下姐姐后才回村务农的。我们只知道妈妈吃苦耐劳、过日子井井有条，却不知道她还是个爱读书的人。

随我来忻州居住以后，子女们都成家另过了，没地种，孙子外孙也都入园的入园上学的上学，不用她哄了。我怕他们闷，就买了扑克、棋桌送去，让他们没事时跟邻居们玩玩。父亲一看直摆手："我们可耍不了那东西。"母亲一脸的可惜："谁让你作践钱呢？我们有做的哩。"她扶起枕头让我看她的书，这些书都是平时在我们不要的书堆里捡下的，有杂志、有工具书、还有老家带来的毛泽东选集。

我哑然了。我的妈，我枉做您的闺女了，这哪里像个小棉袄呀。

我说："妈，您想看书告诉我呀，我书可多了。"

妈妈却不好意思地说："唉，我又不是人家有文化的人，要甚书哩。也就是闲时看看书上的故事，解闷哩。"

她哪有什么闲时啊。70多岁的人了，只要她想到的，看到的，就不会让营生过夜。她的勤快早已成为了一种习惯，改也改不过来。

自从上世纪 70 年代中期父亲学会皮匠后，家里就买了缝纫机。从此，父亲做皮子，妈妈做皮袄面子，同时，也给亲朋邻居们做些简单的衣服。裁剪的布料多了，妈妈的红包袱也一天天地变大了。哪怕二指宽的布条都舍不得扔掉。她把各色各样的碎布头，弥缝成各式花样的褥面子、门帘子、小被子、坐垫等等。直到今天，仍旧如此。一次，妈妈用各色布头做了一块午休盖的小被子。说实话，不好看。我跟妈妈说："你有好几块夏凉被呢，缝这个既不好看又费事，别折腾了。"妈妈却固执地说："夏凉被说不定你们以后谁能用得着，我就爱自个儿做下的。"

时代变了，老妈没变，她总是那样克勤克俭，仔仔细细。新的、好的东西一到她手里，就都改姓"放"了，自己舍不得用，一会儿给这个留，一会儿给那个留。留就留吧，只要她开心。

每次去了妈妈那儿，都得认真地听她说东道西，听话地让她给我们分东西吃。偶尔一句玩笑："呀，老妈这花绣得真敦实，跟咱家老四一样样的！"或者："噢，我妈哪儿发财了，这么多好东西？"每每此时，妈妈也跟着我们笑上半天。儿女一群，七嘴八舌，笑语盈盈，其乐融融……

妈妈留给我们的东西也许微不足道，妈妈与我们的问话笨拙甚至幼稚。但是，储存在妈妈那儿的爱，却是天底下最真实、最温馨惬意的；有妈妈，我们就是有人牵挂的人；有妈妈，不管走到哪里，都是天蓝蓝，水依依，爱有源头，妈在家里……

爱我们的妈妈吧，只要她快乐健在，我们就永远是孩子！

/ 第二辑 /

赶牲灵的人

"走头头的那个骡子哟，三盏盏的那个灯，哎哟，戴上了的那个铃子哟，噢，哇哇地的那个声……"

你知道赶牲灵的曲子，响在我们村的那个清晨，是多么的原汁原味、浑然天成么？

土路一弯一弯地盘绕着，铜串铃"嘀铃，嘀铃"地脆响着，那扫白窗纸的悠悠扬扬的山曲子，同样扫得整个村子一阵一阵的清醒明亮了。

睡梦中，听得母亲对父亲说："起吧，拉女子驮炭都起身了。"

拉女子是个男人，一定是他妈妈想生一个女子吧，所以才给他取了这么个名字。

从我记事起，我们村赶骡子驮炭的人就一直是拉女子。拉女子一年四季喜欢穿件白衬衫，脚上的千层底春服尼鞋，洗涮得白底埂埂黑帮帮，杠杠气气，利利落落。然而，最让人忘记不得的，还是他骑着骡子悠扬率性地唱着的山曲子。

山里人，会唱曲子的人很多。但是，没有一个人敢像拉女子那样，旁若无人地敞开了嗓子，从村里唱到数里以外的煤窑，再从煤窑唱回到村里。而且多少年来，曲曲都唱得抑扬顿挫，天天都唱得挨时靠点。

头骡子走来二骡子跟，光棍汉身后孤零零。

是父母早逝无人张罗，还是家境贫穷没人敢跟？莫非只因他的眼睛有些朝天眯？反正白白净净、精精干干的拉女子，却一辈子无妻无子，光棍一杆，孤寡清贫。

男人难活唱曲子，女人难活哭鼻子。光棍汉的日子有多少酸楚，拉女子都用山曲子宣泄。

拉女子天生一副好嗓子，清甜圆润，悠扬嘹亮。他唱曲子大都在清晨和半后晌，也就是驮炭走的时候。当时全村近 300 口人的烧炭，都是拉女子和那两头骡子供着。每天两趟，早晨一趟，后晌一趟，雷打不动。赶骡子驮炭，一年四季都是单来独往，跟他打交道最多的，就是那两头骡子。走的时候，空驮子，他骑着头骡，牵着二骡。回来的时候，重驮子，他赶着头骡，牵着二骡。空驮子，他唱得认真、起劲儿，重驮子，就总是夹三跳二地唱了。

拉女子的山曲子，无论调子还是词，都是他信口喊出来、随心编出来的。民间传唱的曲子有多少，谁也数不清，而拉女子独是拉女子的风格。他既不排斥别人唱溜了的，也不照搬哪一曲现成的。他的曲子纯粹是心境的写真，情绪的宣泄，他想喊什么调子，就喊什么调子，想配什么词，就配什么词。野声嘹亮、信口成曲，高亢婉转、自由流畅，是他最大的特点。骑在骡子背上，嘴里唱，肚里生，悠闲自得。骡子脖子上的铜串铃"嘀铃、嘀铃"地响着，他随了骡子的步伐一颠一颠地唱着，那情境、那韵致，是那样的相融相和、合拍合韵。

山区的天很蓝很高，山区的路很瘦很长。每当曲儿声飘起，那空旷辽远的山野沟壑，便仿佛有清粼粼的精灵在游动，让听闻者享尽田园牧歌式的惬意恬美。

我是听着拉女子的山曲子长大的。因为去扒楼沟国营煤窑驮炭的路，正好从我家门口对面的小凡塔（地名）穿过。清晨，一听到拉女子的山曲子，就知道天要亮了。于是，就有意无意地仄楞起耳朵听：

启明星那个挂山顶哎，就那么一点儿明。想了哥哥那个妹子哟，你就五明头点上灯。

灯树树是那老婆哎，烟锅子是那娃。前半夜那个吹不息灯哎，后半夜呀抽旱烟……

歌声越飘越远了。我知道，他已经翻过姚家墕圪梁，拐到大沟坡了。

清晨，人们有的刚从被窝里爬起来，有的刚开始做营生，听见的是他的调子，不在意他唱的词。半后晌，人们有闲了，听着他酸楚婉转的调子，细想他随口念叨的词，不禁生出些可怜来：

二红崖上那个种稻秫（高粱），啊呀，扎也扎不下个根。多半辈子那个孤零零，谁心疼咱这没老婆的人。

一把把那个湿柴哟，啊呀，点也点不着个火。冷锅冷灶那个冷板凳，光棍咋就这活成？

墙头上那个精（耕）地哟，啊呀，回也回不过个牛，心里头啊呀有你哟，哥哥我说也说不出那个口……

我们一群小孩儿，当然不知道他歌词的意思了，而那些大婆姨小后生们见了就逗他："拉女子，心上又想谁了？再吼两嗓子吧。"这他不含糊，哈哈一笑，随口就来：

驴下那个骡子哟，马呀么马采驹哎，打伙计那个不如呀，啊呀呀，娶呀么娶老婆。

公鸡那个打鸣哟，天呀么天破晓哎，光棍汉的那个心事呀，啊呀呀，你呀么你知道。

大家开怀大笑，他也自得地笑着走了。

拉女子驯导的骡子，就听拉女子的话，挨家挨户送炭，户家街头院路的玉茭子，花台里的韭菜、黄瓜等，得空了，骡子就想叨着吃两口，别人赶都赶不开，火了，它还会踢你一蹄子。而拉女子只要喊一声："黑头，不敢吃!"骡子抬头看一眼拉女子的眼色，就掉头走开了。

拉女子爱他的骡子如爱家人。如果哪个半大小子欺负了骡子，饲养员慢待了骡子，他就会放开嗓门日祖宗操娘地骂。也有人低低的嗫嚅着回骂：寡 B 的，骡子是集体的，又不是你家的。而这骂声，一丁点儿也不敢让拉女子听到了：爷爷赤脚的，还怕你个穿鞋的? 不高兴了，抽你两鞭杆。然而，当人们看到他从衣兜里摸出一颗糖蛋蛋，悄悄送给路遇的哪家小孩儿，然后摸摸人家的小脑袋时，还有哪个人忍心和他计较呢。

拉女子把骡子当孩子来打扮。他的骡子，脖子上带着黄生生的铜串铃，头上戴着头戴。那头戴很漂亮，上面扎着鲜艳的红樱穗，穗下面还有鸡蛋大小的小圆镜呢。光洁锃亮的高头大骡子，"跨嗒、跨嗒"地走在弯弯的山路上，脑门心竖起来的红樱穗一摆一摆，小圆镜一闪一闪，那神情和朝气，和骡背上手甩长鞭的拉女子是那样的和谐般配，任谁都不会把眼前的场景与光棍和清贫瓜葛起来。

然而，他真的很穷。那时候村里口粮都是按人头分，大人小孩一个量。拉女子赤条条一个大人，没有拉挂，口粮本来就凑凑乎乎刚够吃，而不到 40 岁的他，不仅是个男人，还是个有风流情怀的男人。

拉女子光棍一个，却常年穿着轻轻巧巧的白千层底黑春服尼面布鞋。是他花钱买的？还是相好的给做的？人们总是浮想联翩。因此，村里谁家娶回个好媳妇，长大个好闺女，都格外地给他多操了一份心。

不过，在村人的记忆中，从来没听说拉女子强迫过哪个女人。他除了有些眯天眼外，干干净净，能说会道，又唱得一腔好曲子，咋会没有钟情于他的女人呢？

然而，男人风流是需要费用的。

也不知道什么时候，拉女子发现了自己是 O 型血。从此，他就在乡镇的中心医院挂了号，经常卖血，这在我们那一带很有名气。卖血卖得时间长了，也长出了不少经验。比如，家里走的时候不要吃得太饱，背一壶淡盐水，快到医院时一口气灌进去，那样，该抽 300CC，就能抽 400CC、500CC 了。每次抽完血，他就到供销社买几个三尖子，吃一碗面片子，就算是给身体补给营养了。

常听村人们说："拉女子一定是又赶着卖血来，听这曲子都唱得软不拉几的。"

在那个经常吃代食品的年代里，拉女子吃的是冷一顿热一顿的粗茶淡饭，输出的却是鲜红鲜红的 O 型血。几十年来，他抽出去多少血，卖回来多少钱，救活了多少人，没有人统计过。但单单从他精瘦精瘦的身子骨和蜡黄蜡黄的脸色看，就知道他是严重的营养不良。

农村改革以后，大队的骡子卖了，拉女子也分到了责任田。从此，走完了他的驮炭路。当然，早晨、半后晌，那悠扬悦耳的山曲子，也再没有听到过。最起码，他再也没有穿村而过地唱过。

都说拉女子懒，除了赶牲灵驮炭，地里的庄稼活他下不了辛苦。其实，希望才是人拼搏奋斗的原动力，他实在是缺乏一种原动力啊。

我参加工作以后，有一次回家，听说拉女子和一个女人相好了，被其丈夫发现后，追着打了个死败兴。这不是什么风光事，可所有人话里话外无不流露出对拉女子的理解和同情。

拉女子走了，大概60岁出头吧。他是怎么走的，什么时间走的？我没有打听。他有哥哥，有侄儿侄女，他不是五保户，晚年，有亲人们照料他的生活。

我想打听的是他编出来的词和唱过的山曲子。然而，当几十年以后，再次走进村里，走近知晓拉女子的人群时，说起拉女子，大家依旧滔滔不绝，而说起拉女子的山曲子，大家都哈哈一笑：那都是当时情境下随口唱出来的，谁还去记那些呢？笑完了，见我认真，大家又你一句我一句地回忆着，凑着。但，终究也没有一曲完整的。

也许原本就是想一句唱一句，没有完整的呢。大家不得不承认，拉女子确实是唱曲子的料。他脑筋反应快，嘴里唱，肚里生，想甚唱甚，见甚唱甚，从容自然，从不打坎儿。虽然没念过书，可那些比兴句式，却应运得很贴切。

一出大门下了一道坡，想起那凄惶泪两颗。

早知道长成歪脖子树，谁叫你把我收留住……

我在想：假如他不是出生在一个偏僻的小山村，假如当时山村里能走进一位民歌研究者，假如他迟出生上 20 年，假如大队的骡子不要那么早地卖掉，让那条驮炭路走得远些，再远些。那么，唱红荧屏的第一位西北民歌手，就不一定是阿宝，也许是拉女子了。

2010. 7

为娘娘寻娘家

在老家，称奶奶为娘娘。

娘娘 1980 年去世，至今已 36 年了。

直到今天，我都清晰地记得娘娘去世后，父亲兄弟几个访老村，走亲戚，为娘娘寻娘家的情景。

当时，正值秋收季节，放秋假的我，正在地里割糜子。突然，母亲在对面圪梁上吆喝："爱梅，你娘娘殁了，快回家做饭吧，吃了饭你大要出门哩。"

我心里咯噔一下。娘娘殁了？好好的，怎会没了呢？顾不得放整齐割在手里的糜子，抽起镰刀，拔腿就跑。

那年的庄稼长势特好，路经庄稼地，打至肩头的谷穗糜穗唰、唰、唰，直抽打得我脸额生疼。

一口气跑到娘娘家，见父亲、五爹，还有其他几个家人父子，正匆匆忙忙、进进出出。

我想再看看娘娘。父亲却连看都不看我一眼说：娘娘已经入殓，小孩子家，不看了。我抹一把眼泪，回家做饭了。

那年，我们村刚刚实行土地包干。在那个家庭平均 6 口人以上的小山村，人均土地 6 亩以上，像我家这样的人口大户，耕种土地五六十亩。老家以种糜、谷、山药蛋、黄豆为主。"秋风糜子割不得，寒露谷子等不得"，此时正是庄户人家"龙口夺食"的日子。然而，父亲饭后就匆匆地走了，说是为娘娘寻娘家去了。时候大概是下午四五点钟。

在老家，重男轻女的思想虽然严重，但"养女三乍"却也根深蒂固。"三乍"即威风3次。在我们的婚姻文化里，自古都是，男方上女方家门求婚，去女方家娶亲。既然是求婚、上门迎娶，就有应与不应之分。此时，主动权属于女方，也是女方家提条件的机会。如果男方家不满足女方家的条件，女方有权不出嫁，不上轿，让你婆媳妇空欢喜一场。此为"一乍"。

女子嫁给男方生儿子了，栽根立后了，到外孙娶媳妇时，姥爷舅舅是最受尊敬的亲戚，当大戚，坐首席，甚是荣耀。如果外孙家有礼数不周之处，姥爷舅舅翻了你的婚宴酒桌，也是理所当然的，此为"二乍"。

最后一乍，就是女儿去世后的丧葬事宴了。女人一下世，孝子首先要亲自登门报告娘家人。确定丧葬日子后，再次登门，恭请娘家人参加丧葬事宴。事宴上，不管远近亲疏，娘家人一进村口，孝子们就得领着鼓手，吹吹打打去迎接。整个事宴中，娘家人享有最尊贵的礼遇。尤其厉害的是，出殡前夕的央娘家。

央娘家前，孝子们要先请娘家人亲自观瞻死者遗容，然后，在上房请娘家人上坐，面前专设桌子或木盘，摆上茶水、香烟等。然后，所有的孝子都身着重孝，手拄哭丧棒，跪在地上，先向娘家人敬茶，长子双手托起盛有茶盅的茶盘，举过头顶，请求娘家人接茶。娘家人挨个儿接过茶盅后，长子放下茶盘，跪着向娘家人陈述死者生前的生活状况和死因，并向娘家人忏悔自己的不周之处，请求娘家人发落、饶恕等。如果死者生前丈夫体贴、儿女孝顺，央娘家也就是个礼节性的仪式。如果子孙们生前不孝顺，或者死者死因有蹊跷，不孝子孙们就要受到惩戒。娘家人可以在尊长亲朋面前，数落训骂子孙们，且迟迟不接端起来的茶盅，让他们就那么跪着，跪到双腿发麻，跪到膝盖酸疼。如果娘家人不发话"起来吧"，孝子们是不能自己起来的。此时，即使子孙们心有委屈，也不能顶嘴，不能强辩，只有说好话的份，稍有造次，娘家人抽起手中的孝帽子，甩打跪着的孝子们，也没得说。

虽然甩打只是个样子，但对于子孙们来说，却是莫大的不光彩，是在亲朋乡人面前抬不起头来的事，更是损伤名誉声望的事。从此，"不孝子孙"的帽子就这么戴上了。凡带有这顶帽子的人，其人品和德行就都染上了污点。

这第"三乍"太厉害了，简直就是孝文化的一把戒尺。别看穷乡僻壤，孝道却是用亲情、道义和声望凝聚成的做人准则。

如果女人下世没有娘家，虽然缺少的只是一个仪式、是子孙们重重的一跪，但丧事却少了一个核心，仿佛模糊了逝者的来路，欠缺了对逝者足够的尊重。这也是娘娘下世后，父亲兄弟几个一定要为娘娘寻到娘家的主要原因。

为娘娘寻娘家波折不少。几十年了，与娘娘稍近些的族人，早已流落的不知去向。父亲和五爹这村出，那村进，一连好几天，打问同姓族人的流向，探访辈分的远近。最后，终于在娘娘的原出生村访到了一户，经协商，人家同意认这个闺女，于是，行了礼，正儿八经地认了娘家。

娘家终于寻到了。出了几辈？有多远？我不知道，只听父亲

／第二辑／

说，认下的娘家人，只是跟娘娘同姓，整了半天辈分，应该叫娘娘姑姑。

寻娘家归来，父亲和五爹很兴奋，叫来两个哥哥，兄弟4人坐下来，一拍即合，决定先把娘娘沙起来，等秋收后再下葬。其原因有二，一是娘娘在儿女们心目中是功臣，丧葬事宴想办得排排场场、风风光光。而眼下，一来二去，已过去了七八天，地里的庄稼再也不能等了；二是娘娘去世前，83岁的爷爷早已病倒在炕上，神志不清，医生说没几天了。没想到"没几天"的爷爷好好的，没病没痛的娘娘却突然走了。在老家有个规矩，不出百天，坟里不能两次动土。爷爷能撑过百天吗？于是，大爹穿了长长的孝衫，再次登门征求了娘家人的意见，达成一致后，娘家也派人来给娘娘烧了纸，沙了起来。

那年的秋收得草率而匆忙。黄豆还没有入仓，爷爷就下世了。这是人们意料之中的事。真是白头偕老的一对啊，连入土都是相跟着的。于是，整个家族都是边秋收扫尾，边碾米磨面，宰猪杀羊，准备丧葬事宴。

中国传统文化的根在农村，尤其是丧葬礼仪。

爷爷娘娘的丧葬事宴，是我们那一带最排场、最风光的三昼二夜，就是摆宴待客三天两晚，有道士，有和尚，有跑五方、转道场，两班鼓手轮流吹。丧葬议程全部按传统礼仪进行。这也让久违了的传统丧葬礼仪火爆爆地展现在了古老的李家梁村。

按规矩，事宴前，先派人牵着毛驴去请娘家婆姨，而娘家婆姨也按规矩，一进村口，就在毛驴背上"姑呀，姑呀"地哭着进院。一霎时，娘家人的哭声，孝子们的哭声，迎宾队伍的唢呐声，轰轰烈烈地拉开了"三昼二夜"的序幕。

李家梁，典型的一家村，全村十几户一律都姓杨。我家属大家族，爷爷娘娘养育了4儿2女，父亲兄弟4人中，除三爹只有一子外，其余都是六七个、七八个子女。到80多岁的爷爷娘娘下世时，重孙重外孙都有好几个了。所以，爷爷娘娘丧葬事宴最突出的就是孝子多。父亲们也大气，所有侄子、外甥、族人、侄孙、侄外孙等旁系辈，凡参加事宴的，全都穿着打至小腿的长孝衫。

渐进冬季，树枯草衰，褐黄色的山头上，十几户人家的小村村，挨挨挤挤都是穿长孝衫的人，真正是举村在为两老送葬，所有人都在参与操办丧事。再加上周围邻村赶来看红火的人，街头院路垴畔上，到处都人头攒动，让清静惯了的小山村空前绝后地热闹起来。

大事宴有大事宴的铺排，生火做饭的，担水的，搬炭的，打墓的，迎来送往打杂的，都是专门的队伍，孝子们只是守灵、哭灵、迎客，跟着总主持进行各项仪式。

虽然"三昼二夜"的议程排得满满当当。但最亮点的，还是跑五方、转道场，这是近几十年来乡人们不曾见过的。

我说不来跑五方、转道场的要领和具体程序，好像都是为超度亡灵的，但却深深地记得，那彰显家族阵容的宏大阵势。

五跑方、转道场是从午饭后开始，一直进行到傍晚后才结束。首先是孝子们排成几纵队，齐刷刷地按长幼顺序跪在灵堂前，身披袈裟的和尚与身着黑色道袍的道士，神情肃穆，走进灵堂，念念有词地指挥着所有孝子们上香、奠酒、烧纸、磕头。然后，和尚的宽袖子一甩，与道士一道带领着众孝子，边诵经，边绕灵堂三匝。最后，按长幼排序，男女孝子各排成单行队，并排向大门外行进……

最前面是扛着引魂幡的嫡孙，后面依次是和尚、道士、鼓手、孝子。两班鼓手一头一尾。尤其是孝子队伍，太壮观了！印象中，从大门口到平梁大约三四百米，前面的孝子已经在平梁摆开阵势了，后面的才刚刚出了大门。小路弯弯，行进缓缓，整个队伍像一条游动着的白色长龙。时而舒缓流畅、时而如泣如诉的唢呐声前呼后应，将整个小村带入了隆重的送葬氛围中。走在队伍中的我，分明感觉到爷爷娘娘驾着清风，盘旋在清凌凌的上空，瞭望着他们成群的子孙们含笑远行……

观看的人们不断地唏嘘赞叹："真是有功的人呐！活出气势来了，轰轰烈烈的一大家子哦！"

是啊，活出气势来不假。但有功之人，更多的是指娘娘。因为周方邻村的人都知道，娘娘不仅传承了这个家族的香火，而且是家族兴旺、和谐、蓬勃的核心人物。

这样的娘娘却没有了娘家？她老人家的娘家哪去了？直到近些年，我才了解了娘娘的身世。

娘娘是本县桑园塔村人，原本家境贫寒。大概在她四五岁的时候，其父携家带口，来到了李家梁村，在村脚下的桑塔则煤窑掏炭。当时，爷爷的父亲也在该煤窑上干活，两人就此认识。

煤窑上雇人干的活儿，一般是下窑掏炭和背炭。这两种营生，既受罪又危险，用乡民们的话说，是三块儿石头夹着一块儿肉，时刻都有送命的危险。因此，掏炭、背炭的收入要比干其他活儿的高些。

娘娘的父亲是掏炭的，在暗无天日的窑底下，凭着头顶上的一盏蓖麻油灯，一掏就是两年。待他手头稍微有了点积蓄时，却遭遇了连年大旱。在那个以物易物的年代，掏炭背炭赚得都是粮食。地里没了收成，窑上也就自然没了收入。炭卖不出去了，掏炭背炭的也就歇业了。

既没活儿干，又没土地种，穷人的日子可想而知。

一天，娘娘的父亲找到爷爷的父亲，唉声叹气了半天才说：老兄，我知道我的家境配不上你，好在小女还算聪明灵秀，比你儿子小 3 岁，如果你愿意，咱俩结个亲，你早早领过去，也好让小女逃个活命。

天下穷人都靠天。爷爷家当时的日子虽然也过得艰难，但总算是守家在地的老户，勉强能填饱肚皮。也因两人相处甚好，都知道对方的为人，于是就应了这门亲事，并送给娘娘的父亲三块大洋，作为聘礼。从此，娘娘就进了爷爷家，做起了童养媳。

那年，娘娘刚好 7 岁。

娘娘被童养后，她的父母就带着唯一的哥哥离开了李家梁村，来到岢岚名叫黄蒿梁的地方，用微薄的积蓄和许配闺女的 3 块大洋，买了几亩薄地、挖了两眼土窑洞，定居了下来。

然而，好景不长。没几年，娘娘不到 40 岁的父亲就撒手归西了。当时娘娘的哥哥大概十六七岁。从此，母子俩的日子便每况愈下。后来，娘娘的哥哥总算娶过了一房媳妇，但最终也没有生出孩子来。到娘娘的母亲下世时，她哥哥竟然穷得没办法安葬老人。不知是谁出的主意，他居然决定先把老人沙起来，到口外打工赚钱后，再回来安葬老人。没想到，二月走了口外，三月便传回了死在口外的噩耗。娘娘痛哭之后，和爷爷一起驮着粮食拿着钱，去黄蒿梁安葬了老人。从此娘娘就没了娘家，那年她大概 30 多岁。

在父亲的记忆中，娘娘一辈子没怎么住过娘家。哥哥去世后，也没有娘家门上的亲戚走动了。对于一个女人来说，这实在是件痛苦的事。然而，在晚辈们的记忆中，没见娘娘在人前哭哭啼啼过。我小时候，隐约听说了娘娘的身世后，曾小心翼翼地问起过娘娘："您的大大妈妈、哥哥弟弟呢？"娘娘连看都没看我一眼，平静似一湖清水，半天，只淡淡地说："都死了。"

是过早离开父母淡了感情？还是痛苦太深不想触动？抑或是年近70岁，早已淡漠了生死二字？

娘娘的脚很小，是典型的"三寸金莲"。虽然从我记事起，娘娘就是个老婆婆，但看上去，个头在一米六以上。瓜子脸型，皮肤白净，眼睛不算很大，却俏薄细长，一笑，弯弯的，很喜气。方邻的人们都说，娘娘年轻时，真正是小脚妙手的好媳妇。

然而，人们称赞更多的，不是娘娘的人才，而是她的品行。

你能想象到三寸长的尖尖脚，在梁梁峁峁松软的庄稼地里是怎么干活的吗？走一步，摆三摆，一脚一个土窟窿。

是谁倡导了女人缠脚？真是作孽！据说，演变到后来，衡量女子美丑的标准，不是身段和脸蛋，而是蒙着脸，揣一把脚的大小，就做了决断。拿绣楼小姐的标准，去要求农家女人，实在是有悖现实！

小脚，就娘娘而言，仅担水一项，就是超强度超难度的挑战。李家梁坐落在山圪蛋上，吃水要到沟底去担，垂直距离一里半。我没记住那条瘦长的担水路是用多少个 S 形从沟底盘上来的，但单程总长，不少于 2 里地。一路上，除专门修出来三四处能放平水桶歇歇的地方外，其余都是瘦长瘦长的弯弯坡路。娘娘的"三寸金莲"就是在这样的担水路上担了一辈子水。

娘娘童养到爷爷家，总算逃了条活命，虽说婆婆待她亲似闺女，但童养媳就是童养媳。不知是特殊的成长经历养成了忍辱负重、任劳任怨的秉性，还是天性纯朴善良，大人大量？

爷爷是个典型的大男子主义，在他的概念中，男人才是一家之主，男人想做什么、怎么做，不需要女人过问。爷爷一辈子做过壮丁，跑外种过地，窑上掏过炭，酒坊蒸过酒，赌场赌过博。但是，爷爷一辈子却没有积累下多少财富，反倒变卖了一些老爷爷积攒下的田地。然而，不管爷爷赚了、赔了，还是挥霍了，娘娘都没有埋怨过，更没有吵闹过。听长辈们说，爷爷赌得最厉害的时候，常年不回家，娘娘一个人在家里种着地，侍奉着老人，照料着孩子。有一年，好长时间不回家的爷爷突然回来了，娘娘很高兴，正忙着给做饭，爷爷却不声不响地拿着口袋，跑到前院的窑洞里，把娘娘攒了好久的一瓮麦子，一粒不剩地背着打了赌债。

母亲曾跟娘娘絮叨起陈年旧事时说："他一年不在家，你种的麦子，为甚让他背走？"

娘娘却说："背走就背走吧，咱的人欠了人家，迟早都得还。麦子是人种的，只要有地，我还能种出来。"

爷爷兄弟两个，他是老二。直到娘娘生下第二个孩子，一直都是三代同堂的大家庭，在家里娘娘是最吃苦耐劳的那个，她整天地里忙了家里忙，还得带孩子，而大娘娘偏爱打牌。经常把孩子留给她就打牌去了，就这样娘娘都是每到做饭时，总要放下手头的活儿，专程跑到牌场问大娘娘："嫂嫂，咱吃甚饭吧？"得令后，再回来做饭。

都是爷爷不争气，他总是欠赌债，最后大爷爷提出来要分家。分就分吧。分家时，大娘娘要这要那，娘娘却说："嫂嫂，你要甚就拿吧，我那人不争气，总也破费。"

这样一说，大娘娘反倒不好意思了，于是说："还是让妈妈给分吧。"

在娘娘的包容下，一个锅里吃饭多少年的两妯娌，连脸都没有红过。

娘娘13岁结婚，18岁生孩子，一共生了15个，活下来6个，其余先后夭折。然而，对于娘娘来说，生孩子是女人天经地义的事情，不能耽误做营生。

大姑曾给我说，娘娘生我父亲的时候，正值初秋，感觉肚子疼了，才想起家里没有吃的山药蛋了。于是赶紧担起箩筐，拿了撅头，跑到前峁刨山药。肚子管肚子疼，她管她刨山药。当担着一担山药蛋走进院子时，顾不得放好，就迫不及待地推门往炕上爬，然而，紧爬慢爬，刚到炕沿，孩子就从裤管里漏到了地脚旮旯……

还有，大概是生我五爹的时候，七月天，阳光正好。突然，娘娘肚子疼起来，她知道要生了。然而，当她腆着大肚子走进家门时，爷爷正和他的朋友盘膝打坐地在炕上喝酒聊天。当时就那一眼住人的窑洞，娘娘不好意思撵走爷爷的朋友，又且身边已有了5个孩子，她摸着肚子，心里想，这穷兮兮的日子，你又来做甚了？于是，转身走出家门，一个人来到前峁的场堎窑（打庄稼场地边掏出来放工具的小土窑）生了孩子，自个儿断了脐带，又用衫子包住孩子，放在避风处，起身回村了。

一进村口，遇到了大娘娘，大娘娘见她衣服上有血迹，再看大肚子没有了："哎哟哟，我的小冤家，把孩儿生外头了？"于是，转身回到场垴窑抱起孩子，扶着泪眼潸然的娘娘回了家。

娘娘一辈子满脑子装的都是别人，怕别人吃不好、喝不上，怕别人受委屈，唯独没想她自己。年轻时，有一口好吃的，第一份、第一碗都是恭恭敬敬地送给公公婆婆；到老了，这个分给孙子，那个留给儿子。就老两口的细粮，也基本上都是爷爷一个人吃了。我们经常见娘娘一个锅里蒸两样子饭，一半莜面，一半高粱面，莜面是爷爷的，高粱面是她的。爷爷也习惯地认为，他就该吃好的，娘娘就该吃赖的。为此，我们这些孙辈们，还常常替娘娘打抱不平，不愿意跟爱训人的爷爷亲近。

娘娘一辈子养成了一个改都改不过来的习惯：给别人端饭。她却从来没有正儿八经地坐下来吃过一顿饭，灶台和炕的连接处，是她坐了一辈子的餐座。不管锅里有多少饭菜，也不管炕上有多少吃饭的人，每顿饭她都要一碗一碗盛上，一个一个挨大排小地端到手上，而她自己，就只能边端饭边抽空吃，或者别人吃完了，她再吃。以至于媳妇们过门后，一动手迟了，娘娘就把饭碗端到了她们手上。为此，媳妇们不止一次说："妈妈，不要为我们端饭，我们是媳妇，该我们给您端的。"

娘娘却总是笑着说："习惯了，记不住。端了你们就吃，一家人没那么多讲究。"

娘娘有 4 个儿媳妇，都在一个大家庭里生活过，除大妈年龄稍大些，其余都年龄相仿。在那个物质极度匮乏的年代里，针头线脑、零碎吃食，都是妯娌之间闹情绪的由头，而娘娘的 4 个媳妇之间却没有任何说辞。连村人都知道，这多半是娘娘的功劳。她是那个在背后悄悄补公平、消情绪的人。每每有外人说我们是个和谐的大家庭时，媳妇们都会毫不犹豫地说："我们有个好婆婆。"

一个好女人，可旺夫家三代。娘娘就是这样的好女人。

娘娘走了 30 多年了，随着时间的推移，她在后人心目中却越发地高大起来。不仅家族中，就是在周围邻村的乡亲们中，每每遇事，大家总是习惯性地把娘娘搬出做榜样。这真的是娘娘这个寻不到娘家的童养媳所不曾想到的。

人活名头，树活阴凉。娘娘辛劳一生，却也享誉一方。值了。

2016. 10

五爹和他的五条沟

　　在老家，兄弟中排行老几，侄儿侄女们就叫几爹。五爹，当然排行老五了，是我父亲的弟弟。

　　五爹退休前是乡镇联校校长，在我们那里也是正儿八经的文化人。村里人把有工作、挣工资的人，都叫做当干部的。五爹自然也是当干部的了。

　　可五爹确实不像个干部，就是上班时，平日里也都是穿老式中山装或四吊兜，动辄就穿上了桃疙瘩扣子的对门门中式装。反正西装打进中国来，从高层到农村，火爆了多少年，我没见他穿过。他的家一直都在村里，多少年来，他都是穿布鞋、走山路，周末回家周一走。路来路过遇见村里人，地圪坶上一圪蹴，家常农事，聊甚都投缘。

　　别看五爹不像个干部，可工作起来却一点都不拉跨。一到单位，进门前拍拍拍拍身上的尘土，往办公桌前一坐，初中、小学，老师、学生，一扒拉，工作安排得头头是道，妥妥帖帖。

　　其实，连老百姓都明白，无论在哪个群体做领导，不是看你派头足不足，谱摆得正不正，而是看你有没有工作能力，能不能服众。而服众的核心要素，首先是德行，然后是能耐和懂行。五爹从小学老师到乡镇联校校长，一直都在教学一线，也从来没有离开过农村，他当然知道怎样安排农村的教育教学才更合理、更见成效了。

也许源于五爹是父辈中的文化人，而我又是个怪想法不断的人，所以我俩在一起，话题就特多，往往谈到深处，都想探听对方内心的所想。

记得大概是轰轰烈烈的"普九"之后不久的一次见面。当时，我真的好想知道深居简出、身处农村的五爹，对当下一些现象的看法。于是就故意问："五爹，您也该退休了，还整天和老师们东村出西村进，张家长李家短，很辛苦的。这些年，一会儿'普九'，一会儿改革，那么多现成的管理制度都在墙上呢，不管用吗？坐在办公室用制度考核，多省事？"

五爹看一眼我，有些戏谑地说："鬼才知道那制度是给谁看的。对于山区学校，没用。其实，只要目标明确了，因地制宜，因材施教，才是根本。"

突然，他话锋一转，问我："你也当过老师，现在又是政府部门的小娄娄，你们墙上的制度少吗？管用吗？"

贼聪明！我被五爹击穿了。我笑了，五爹也笑了，父女俩用爽朗的笑，把各自的答案抛洒在了从天窗射进来的那束阳光下……

五爹是黄土地上成长起来的联校校长，他的心思，始终如黄土地一样实在坦诚，他的眼睛，永远关注的是老百姓的居家日子。

记得还是"进城潮"猛烈冲击农村学校的时候。一次，跟五爹说起当时农村教师管理的话题时，我问五爹："现在农村的学校，学生越来越少了，老师越教越没兴趣了。您是怎么样面对这些问题，管理人心浮动的教师队伍的?"

五爹皱皱眉头，略一沉思，说："这是大气候，不是教育的问题，也不单单是教育上能扭转的。眼下这现状，无论怎么管理，农村教育都有'夹生饭'，难有起色。"他停顿了一下，看着我又说："但有一点是肯定的，这些现象不能怪老师，谁不愿意自己的付出有回报? 工作有色彩? 不管什么环境，老师永远是最惦记学生的人。"

我接着问："那您是怎样把老师的惦记落实在行动上的?"

五爹盘腿坐在土炕上，瞅着天窗说："想办法，让老师和学生家长、家庭的接触多一些。"

这是我没有想到的答案。

五爹转过脸来，再次看着我继续说："凡是留下来的学生，都是穷人家的孩儿，作为老师，当面对一个穷得没指望的家庭和一个智商还可以的学生时，他内心深处最柔软的东西就被触动了。这时候，哪怕只剩了一个学生，老师也会想办法让这个家庭唯一的'明气'在自己的手上延续。唉，其实，机械地管是没有用的。让所有人的工作行为变成自觉自愿的行动，才有用。"

哦，面对五爹，我肃然起敬! 给他一个联校校长，小用了。

他甩开那么多所谓的制度，用自己的脑子去思考、去面对遇到的具体问题，用老家的话说，真的是个好干部。

俗话说：秀才不怕衣裳破，就怕肚里没有货。

在我的心目中，五爹是"肚里有货"的人。他平平走起，慢慢停下，收获的却是一方百姓中的声望和信誉。

2012 年秋天，我再次回到老家，五爹已退休。一眼看上去，已然是一个地地道道的农民了。黑喷喷的脸膛，满手老茧，一身比农民还农民的行头，见人就乐呵呵地说时令，说庄稼。

五妈告诉我，别看五爹70多岁了，精神头仍旧十足。常年不是扛着镢子，就是拿着锄头，这道圪梁转，那条沟里走。无论甚时候，见到甚人，三句话不过，必定要告诉他经营的土地。这块儿是新开的，那块儿是种熟的，这儿适宜栽豆子，那里正好种玉米……也不管人家爱不爱听，逮着人，就想说。

是啊，周围几个村子，也住着没几个人了，好容易逮着一个了，就让他说吧。

五爹说，退休后，他一心种地，很少踏进农村学校，他怕看到空寂聊赖、荒草漫漫的校园。还是看着庄稼舒心，今儿拔节，明儿抽穗，挺有成就感。

我在五爹家住了一晚上。晚上聊到半夜，第二天一醒来，五爹早就不在家了，翻身下地，背着相机追出去。却见垴畔梁上，五爹正拿着箩筐给我们摘海红果呢。

那海红果真漂亮，朝阳下，熟透的深红色跳跃在舒展的枝头间，晶莹剔透，鲜嫩水灵。远远地，淡淡的清香就丝丝缕缕地弥漫过来，熏染着清凌凌的早晨。我站定了，静静地欣赏着，打开相机，为五爹和海红果定格了最美的瞬间。

五爹古铜色的脸膛，在朝阳下笑得爽朗而烂漫。他又跟我说起了他的庄稼。昨晚就说他新开了5条沟，长势喜人。看他那兴致，我说："走，五爹，看看你的5条沟去。"

五爹笑得更灿烂了，把摘好的海红果放在树底下，染了一身芬芳，和五爹一起欣赏他的5条沟去了。

这个季节，山头都熟透了。于我，纵横的沟岔，绵延的梁峁，哪一处都熟悉、都亲切。穿过高粱地，走进谷垅前，捧起硕大而洒脱的糜穗子，踩着少水而松散的沙黄土，呼吸着清新而芬芳的庄稼味，跟五爹随心所欲地聊着子种，聊着收成，聊着农人……那一份惬意与坦荡，任凭走遍全世界都无法找得到。真的。

五爹一家住着一道圪梁，而他所说的 5 条沟，分别在家的前后左右。

我问五爹："您的地还不够种吗？干么还要开荒？"

五爹说："种是足够种，这阵儿到处都是撂荒的耕地，想种哪儿都能。"

他随手给我指点着一片一片荒弃了的正耕地，满脸怜惜地说："这阵儿没人心疼土地，更没人经营管理了。好好的地，年年崖塌水涮，渠越来越深了，临沟的地越来越少了，看着真让人可惜……"

看见五爹开垦的沟了。说是沟，其实说渠，更准确些。都是坡与坡之间水土自然流失形成的沟涧。

五爹治理的每一条所谓的沟，都是从沟底开始，把缓坡上行的土渠，像修梯田一样，一堰一堰坝起来，摊平了，一层比一层高、一堰比一堰缓，直到和渠顶端的耕地相连接。

我说："五爹，您这也属于小流域治理吧。"

五爹笑了："你还知道小流域治理？"

我强辩道："当然了，我既是这儿长大的，又是做过农村工作的，咋能不知道小流域治理？"

五爹又笑了，以赞赏的目光看看我。他告诉我："这样既开垦出保土保水的梯田地，又能保护临沟的坡地，一使两得。"

我点点头，联校校长就是联校校长，连种地都跟常年窝居山村的老农不一样。

又走了两步，五爹转头看着我问："你说这会儿的人整天嘴里就喊着一个钱字，农村的土地都荒了，城市的土地都盖楼房了，连活命最需要的东西都越来越少了，那钱赚得再多也是虚的吧？"

我由衷地佩服着这位窝居山村几十年的退休老联校校长。我说："现在人家不指望种地，山区卖矿藏、城市买楼房，已经肥得流油了。"

五爹叹了口气，没做声，自顾自地前面走。

一会儿，他又站住了，转头对我说："那都是在糟蹋土地！民以食为天。土地都不能长庄稼了，楼房和矿藏能吃？看看咱这儿，地下都被挖煤的掏空了，到处都是塌陷区，水也漏没了，地也不能种了……"

看见五爹沮丧的神情，我赶紧赶前来说："五爹，您比现在那些坐在办公室里整天谋钱谋官、喝香吃辣的官老爷们既有责任意识，又有经济头脑。"

五爹不好意思地笑了："呵呵，我在的环境不一样，整天看着成片撂荒坍塌土地，不得不思考；如果让那些人也来这样的环境中，也许很多人会改变。"

这我相信。不吃梨子谁去品评梨子的滋味呢。

我理解五爹他们这一代人对土地的感情。父亲不也经常给我念叨土地么。虽然他们这一代大部分时间是从合作化、人民公社的历程中过来的，但是土地一直是他们生命中最宝贵的资产。五爹虽然有工作，有工资，但他的心从来就没有离开过土地。

退休后，孩子们要五爹老两口随着去城里居住，五爹不同意。他说，他走了，家里的地就彻底荒了，他不想看见荒地。城里干石头街上有甚好的？出门连个青草味都闻不到。村里，一出门，撒把种子，要甚有甚。

五爹的5条沟合起来也就三两亩地，且都种着玉米。但他却满自豪地、不断地欣赏着。他指着一条瘦瘦的沟渠说：不要小看这点地，保墒又耐旱，特别适合种玉米，产量比坡上的正耕地还要高呢。

看着5条荒沟变成的5条一堰一堰的玉米地，我心里说不出来是敬佩，还是心疼。毕竟70多岁了，这5条沟硬是他一个人用锹镢，一镢子一镢子掏出来，一坝一坝打起来，一堰一堰种上去的。那得使多少劲、流多少汗哪？

我说："五爹，人家过去治理土地，集体有专业队，一个冬天百十亩地就出来了。现在就您一个人，费半天劲，弄这么点地，那能管甚用啊？您钱够花，粮够吃，快不用受这罪。"

五爹却坦然地笑了："我这哪里是受罪？这阵儿，村里五天也见不到五个人，坐着闷得慌，掏些地，种得花花样样，今儿开花，明儿结籽，挺有意思的。而且，你看我这身板，不受不是白浪费了。"

我笑了。是啊，五爹不像70多岁的人，腰板挺直，神清气爽。难道这也是勤于劳动、亲近自然、亲近土地所得的益处？

扛羊铲铲的老兵

二寿子有大名，叫刘智武。

这是他去世很多年以后我才知道的。村里人都不叫他的大名，兄弟中排行老二，叫他二寿子。

在南渠，末梢第一家是二寿子家，第二家是我家。他家坐东南向西北，我家坐西北向东南，中间一条小河流，下雨时水大，不下雨时水小，干旱时没水。

平时，从我家到他家跨一步，就过河了。若大雨过后，一步过不去了，有话就隔着小河喊着说。如果有事必须过去，抱一块石头，往水中间一放，一踮脚，就过去了。

小溪流是一条纤细的带子，将我家街口和他家大门口的小路搓在一起，又汩汩汩地送向远方……

早晨，太阳从他家的垴畔梁露出笑脸时，就照着我家的窑洞、院子。此时，他家背阴的垴畔上、果树圪泊里，或者大门口，总能看到二寿子不紧不慢、高挑而又灰褐色的身影。真的，邻居多少年，在我印象中，没见他穿过其他颜色的衣服，闭眼一想，一个黑灰色的身影。

如果起个大早，总能听到二寿子接连不断的咳嗽声，尤其是冬天。大人们说，他有肺病。

二寿子很少说话，好像跟大人们也话很少。反正在我的记忆中，他最清晰的声音就是：咁——樵，赶羊的声音；圪抵，公羊；还有就是：弟则——弟则——弟则是他侄儿，名叫存弟，他亲得叫他弟则。

二寿子放的是村集体的羊，好大一群，应该有大几十只吧，白的、灰的，还有黑色的，都是山羊。

也许是做得营生不一样吧，整天一个人赶着一大群羊，跟谁说话呢？他说的最多的，应该是羊话。

秋冬季，回坡的羊群大都拉成羊皮一样的长条纵队，挨挨挤挤地在没有庄稼的小河两岸，顺沟而行，羊群在前面，二寿子在后面。羊群活蹦乱跳，二寿子不紧不慢，只是隔一会儿就圪喝：黑头，顺、顺、顺……

后来才知道，"黑头"是领头羊。

也有从小凡塔回坡的时候，当羊群走到他家垴畔梁杏树圪嘟那儿，就暂时不再前行了，而是撒开在一面斜斜的坡上，任其羊儿捡食树叶、枯草和秋收之后的庄稼叶子。此时的二寿子，就抱着羊铲铲圪蹴在圪梁梁上，像一个粗瓷坛子，一动不动。夕阳笼罩了整个山头，也笼罩了二寿子。涂了古铜色夕辉的二寿子，仿佛周身荡漾着一晕一晕棕褐色的光圈。而他"囄、囄、囄……"的圪喝声，也随着光圈荡漾开来，于是，羊群闻声便流成了一条线，流到脚下的小河里，喝水去了。

到了夏天，羊群回坡就不那么自由了，一律走沟里。由于小河两岸有庄稼地、菜地，羊群就只能走路上或者河道里。反正河水总是清清浅浅的，羊儿穿两只"泥鞋鞋"就能悠闲自在地边走边吃水沟沟边的嫩青草。此时的羊群，拉得最长，仿佛一条细细的线，游动在小河里。二寿子还是走在羊群的后面，离头羊很远。已经脱了黄色、很旧了的草帽下，晃动着牛皮鞭子和长柄羊铲。此时，他更多的是用号令指挥羊群，一会儿"顺、顺、顺……"一会儿"咃、咃、咃……"尤其那羊铲铲，随便在地面上剜一小块土坷垃，隔着那么远的距离，总能打在抬头想吃路边庄稼的羊头上。

我常常一个人站在街口看二寿子的羊群回坡。在羊群面前，他高大而威严，仿佛一个将军，就连每一个口令的声重、声轻、声长、声短，都会在羊群中产生不同的动静。我不懂得放羊，想必那都是他与羊群约定的语言吧。要不然，那么大一群羊，在他的指挥下，怎么就能那么整齐而乖顺地路经庄稼地却不吃庄稼呢。

二寿子话不多，却热心帮人。记得我家的母羊每年都在二寿子的羊群里捎上一段时间，直到怀了小羊羔才接回来（羊群里有公羊）。这期间，公羊跟过没有，是否怀羔了的信息，全凭放羊的提供。

那时候村集体有好几群羊，而悄悄在他羊群里捎母羊的人家应该不在少数。母亲经常念他的好，有时也会脱口而出：唉，可怜的二寿子，光杆一人，心里苦着哩。

是啊，光棍汉的日子哪有不苦的。

二寿子原来是有妻室的。是什么时候、什么原因妻离家散的呢？我不知道。只记得他一直跟存弟家一起生活，一直是个放羊的。

存弟是他四弟的二小子，比我稍大些，一直陪着他。

直到 2018 年回村后，正巧碰到了存弟，才有幸了解到关于二寿子的一些过往。

原来，二寿子是被国民党抓壮丁抓走的老兵。

二寿子兄弟 4 个，他是老二。大概是上世纪 30 年代初吧，一次，国民党部队在村里抓壮丁，抓住了二寿子的哥哥——印寿子。印寿子当时已有 4 个孩子，家大人多，走了怎么办？而二寿子只有一个刚出生不久的女儿。为了照顾大哥，二寿子替哥从军，一走就是 10 多年。

这是何等的担当和牺牲精神。那时候的替哥从军，等于是替哥送命。能做出这样决定的人不是一般的胸怀。

10 多年有多长？对于一个还在花季的小媳妇来说，日子有多难熬？没人替她体会。况且，那时候的当兵，一走杳无音讯，传来的只有此起彼伏的战火信息。于是，期间，独守空房的花季媳妇生下了一个娃娃。这在当时的村里，是不可饶恕的，也是最见不得人的。在众多的指责和白眼中，自觉没脸面再待下去的二寿子媳妇，要求离婚，离开这个家，离开这个村。

当时老家已是解放区，"结婚志愿，离婚自由"正在倡导中，于是二寿子的弟弟、也就是存弟的父亲替二寿子与二寿子媳妇一起去村公所离了婚。待二寿子回来，早已是空屋冷灶，妻女全无了……

如此境况，九死一生回来的二寿子是何等的绝望、痛苦。

据说二寿子是偷跑回来的，当时正值春天，大概二三月。反正身穿背上露棉花、小腿大胳膊露肉的衣服，蓬头垢面，一瘸一拐，看上去比乞丐还乞丐。进村口遇见亲弟弟和侄儿，都互不认识。二寿子只管低头走路，弟弟和侄儿转身看了半天，还嘀咕：

"是疯子还是讨吃子？竟如此行色匆匆？"

待晚上推门进家时，才看见那"疯子""讨吃子"就坐在自家的炕头。

是啊，怎么能不成为"疯子"和"讨吃子"呢？

据存弟说，二爹是从内蒙古的五原、临河一带逃跑的。五原临河距保德县少说也有千里地。一个逃兵，无钱无粮又得偷偷摸摸地走，要走多长时间，要经受多少磨难！

而所有这一切，他却从来避而不谈。刚回来时，由于是国民党的兵，村里乡里怀疑他是国民党特务，问训过多次。但他除了承认是国民党的兵，是偷跑回来的以外，其余什么都不说。由于他家庭成分好，后来也就不再追问了。就是在"三反五反""清理阶级队伍""文革"等运动中，都没有找过他的麻烦。

存弟说，他天天晚上跟二爹睡一个土炕，白天经常跟着放羊，二爹却从不提过去。有时候想听二爹打仗的故事，但缠过多少次，只讲过一句："一次战役中，打了败仗，撤退时把大炮都扔到了沟里。"

据存弟说，他二爹是傅作义部队35军的炮兵，其上司是董其武。

二寿子当兵10多年，时间大概在1933年或1935年至1945年或1948年期间吧。其间，是华北土地上硝烟最浓的时期，军阀混战、对日抗战、伪军之战、土匪战等等，仅董其武率部参加的大战役就有绥远抗战、百灵庙战役、忻口战役、太原战役、包头战役、绥西战役、五原战役等。据记载，解放战争之前，35军败仗很少，只有解放战争中1948年1月的涞水战役和同年12月的新保安战役，35军惨败。

二寿子说的败仗是这两次战役之一吗？应该不是。他回村时，应该在 1947 年或者 1948 年。再说二寿子是从内蒙古的五原、临河一带逃脱的，距离涞源、新保安很远。

那么，上述这么多大的抗日战役，二寿子肯定参加过。参加过哪些？有没有过战功？从傅作义和董其武两位将领的资料看，他们的部队是正义之师，是抗战的功臣。那么二寿子应该也是共和国的有功之人吧。

可惜他是从部队逃跑的。

为什么 10 多年的老兵要逃离部队？是战事太残酷？环境太恶劣？还是出了什么事？抑或单是思念妻女太重？不知道。但那时候的当兵，大都是无奈之举。作为没有文化的小兵子，没人想过要在部队上发展，担心的只是哪一战，你就回不来了。所以，有机会就逃跑，不稀奇。

按说，二寿子人才、品行、家庭都不错，但是回村后却再无成家，一直跟他四弟也就是存弟家一起生活。存弟说，他们兄妹几个都是二爹哄大的。

我们不知道二寿子当兵走时跟妻子有过什么约定或者交代。是他深感愧对妻子？还是对妻子的辜负冷透了心？莫不是我害你毁了名誉，我将用一辈子的孤寡向你赎罪？不知道，一切都不知道。回村后才 30 多岁的他，从未提及再成家。他用沉默和冷峻，把所有的难言、无奈和痛苦压在心底，一个人扛着。

我在想，假如二寿子不逃跑回家，又会是什么样子呢？其实 1945 年日本投降以后，从 1946 年开始，时任国民党绥远军政最高长官的董其武，已审时度势，接受了中国共产党和毛泽东以和平方式解决绥远问题的主张了。此后，虽然 35 军参加了涞水和新保安之战，但距离休战已一步之遥。作为小兵子，不打仗，少打仗，就能活下来。

我们村还有一位叫刘牛仁的，可能比二寿子小几岁，家境相仿，也是原为晋军，后驻归绥。归绥和平解放后，分配到地方上工作，在我们邻村娶了小他很多的小老婆，后做到呼市公安局局长职务，一家老小其乐融融。

而二寿子，却在部队看到光明的前夜离开了，回家后，妻离女散。赶了一群羊，在贫瘠的土地上，度过余生，去世时年仅61 岁。

俗话说，人的命天注定。老天有时候也不勤政。这样一位懂孝悌、有担当、讲奉献的人，老天爷却不关顾一下，让他前半生替哥从军，枪林弹雨，不明不白；后半生与四弟一起养家，和羊群天天对话，孤苦终生。

心里想

心里想是人名，姓刘，叫刘心里想，是我们村的地主。

听老人们说，心里想家算是我们村最原始的住户了。

都知道，好多村庄缘于田庄子。在土地可以自由买卖的年代里，人是跟着土地走的。有点积蓄的人家，集中起来连片买地，然后，在土地的周围，选一处有水、有路、适宜居住的地方，挖井、掏窑，安居下来。居住久了，人多了，就形成村庄了。

心里想家甚时候开始成了我们村的地主？我不清楚，也没有资料可查。但村中间、阳圪堎上的那一排溜最豪华的枕头窑、厦子院、大瓦房、砖圈大门的宅院，就是他家的。

据说，心里想几岁时就没了母亲，父亲刘关子又从黄河那边娶来了继母。心里想是跟着继母长大的。

都说心里想娶了个漂亮老婆，毛花眼眼，细高个儿。到1947年村里搞土改时，他已是有妻有儿的人了。

也许是继母天生个性强，或许是性情有些傲，反正在村里得罪过一些人。所以，在那场洗心革面的土改运动中，有人就借机变着法子整治报复她。

有一次斗地主，有人竟在院子里撒上炉渣瓷轱辘，让只穿一件单汗衫的心里想继母仰面躺在上面，肚上再坐个女人，另外几个男人用绳子栓着她的胳膊和脚，来回拉。那是怎样惨烈的场面啊，拖拉中，炉渣瓷轱辘挤嵌进肉中，那撕心裂肺的惨叫，让村里大部分人都回家关了门……

随后，心里想家的土地、财产以及阳圪垴上原有的宅院，就全都分给了穷人，他家又住进了原来王渠的老土窑洞。一夜间，财主变成了普通人，且是有罪的普通人。那落差有多大？只有心里想家的人知道。

为了全家生计，父亲刘关子下煤窑背炭。没过几年，就被煤窑塌方打死了。

父亲的死，让这个家庭失去了大梁。当时，家里不仅有继母，还有继母所生的两个妹妹一个弟弟，加上他自己的一儿一女，一家8口人的生活担子，理应由心里想扛起来。

然而，作为地主少爷的心里想，从小衣来伸手、饭来张口。据说父亲曾为他在外面置买了田庄子，他都不愿去打理，他能扛得动这个家吗？

父亲去世后不久，继母就与心里想分门另过了。待两个妹妹相继出嫁后，继母便带着弟弟，远嫁他乡……

比起父亲的勤快和谋略来，心里想差的不是一星半点。继母走了3年后，老婆也因病去世，留给他一个儿子、两个女儿，小女儿大概刚满2岁。

老婆的去世，让原本就有些木讷少语的心里想，更像泄了气的皮球，整天蔫蔫的，做什么事都有气无力。倒是在动荡中长大的儿子，比他爹更坚强更有出息，十四五岁就跟心里想一起养家，早晚照料妹妹忙里忙外，白天给别人家放羊。村人们常常能听到他儿子在山上放羊时唱起的山曲儿。

突然有一天，有人喊：心里想，快，你儿从山崖上摔下来了。心里想闷闷地盯着那人愣了半天，然后爬上山头。儿子当时性命无忧，只是腿摔断了。他背起儿子，一拐一拐地回到家。

那年月，无论经济条件，还是医疗条件，都几乎是零，有病有灾都得拿命扛着。炕上躺了几个月，儿子终于可以挂着拐杖下地了。谁曾想，下地没多久，孩子就喊胸口疼，接着，浑身水肿得像发酵的面粉，冷汗一身一身地出。

山里的医生给孩子吃着汤药……

但是，没有用，不到半年，一个水葱葱的大后生，最终还是走了。那年，大概18岁。

大女儿是什么样子？什么时候死的？怎么死的？没听人们说起过，村人们印象深刻的是小女儿的死。

有一年，山洪暴发，石且河是季节河，洪水哗啦哗啦地从后沟翻滚而来，打得河渠两面的石塄嗵嗵地响。心里想怀里抱着已经五六岁、病得奄奄一息的小女儿，在前阳圪塄上来回晃悠着……

今儿不知谁打扮了小女儿，虽然病魔让孩子脸色黑黄，奄奄一息，但两根红洋绳绳扎起来的小辫，一双大大的、毛花花的眼眼，仍然掩饰不住可人的模样。有人见心里想木头一样瞅着洪水，就提醒他说："心里想，不敢茶做，快抱着孩儿回圪吧，这病见不得风。"心里想不说话，不看人，抹拉一把脸，继续沿着河渠子来回走。突然，他站住了，蹲下来了，待人们回头再看时，他已经把怀里的小女儿，扔进了奔腾的洪水中……

有人说心里想疯了，也有人说不是疯了，是蓝倒性子了。是啊，哪有亲爹把孩子扔进洪水里的？可人们都知道，那孩子得的是溺煞病，已奄奄一息，就当时的条件，应该是治不好的。

不到 10 年时间，心里想就由一个 10 口之家的财主，变成了赤条条一个光杆司令。

都说父亲一死，这个家的大梁就倒了。也有人说，都是命，心里想是看破世事了，所以才破罐子破摔，一直顺坡坡往下溜。

然而，谁又知道心里想是怎么想呢。

确实，当年村里的好几户地主、富农都被分了财产，挨过批斗，可人家都不是他这样啊！心里想独是心里想。当现实和脾气性格相碰撞时，其状态是不一样的。

就像下湿湾湾的灰菜一样，心里想是不耐摔、不抗打的。我说不准什么是命运的决定因素，但心里想的命就活成了心里想的样子。

从我记事起，心里想就是个老头模样。在他的所有行为、表现、表情中，看不到仇恨、责怨，也看不到喜怒哀乐。胖胖的五短身材，慈眉善目，大方脸上永远挂着仿佛木刻的、无法定义的、非笑非恼的表情。他从来不跟人念叨家常往事，谁也不知道他甚时高兴，哪时痛苦，更不知道他心里究竟想些什么。他经常一天都懒得吃一顿饭，有时候软软地依着半截墙头或者哪盘石磨，坐在街头或者院子里，死猪一般地闭着眼睛。只有走近了，才看得见他还在呼吸。

心里想天生慢性子，干活不紧不慢，不管给集体还是给自己，都一样。别人不跟他计较，他也不在乎别人说好说赖。他走路的频率很慢，短粗的身子摇晃着，脚后跟总也不离开地面。他无所谓吃得好与不好，穿得烂与不烂，一件分不清颜色的棉袄，胸前总是粗瓷片一样，斑斑点点地透着亮。他无所顾忌，本能地填着肚皮，裹着身体，延续着生命。以至于在以后的"三反""五反"、清理阶级队伍、"文革"等等运动中，村里的其他地主、富农都得挨着批斗，他却没有人记挂着，一个人自由自在，爱干啥干啥。

农业集体化以后，心里想天天跟着村集体劳动，赚他的口粮工分。然而，村里谁家有什么营生叫他，他都会帮忙，他有的是苶力气，赚得是两顿饭。

一次，给集体背石头，轮到他了，撬下来一块一百大几十斤重的大石头来，心里想没有躲避，凑过脊背来准备背，被我父亲推开了："你背小些的，这个我来。"

过了几天，父亲出前沟遇到心里想，他紧走几步赶到跟前，从衣兜里掏出几颗枣来，塞进父亲手中。父亲伸开手一看，是几颗保存不错的枣，取出一颗放在嘴里，其余的又塞到心里想手里，并打趣道："是哪个女人给的吧？你吃吧。"心里想低头淡淡地笑了笑，又把枣装了起来。

我9岁那年夏天，和小伙伴们一起掞羊草路过心里想的家进去过。那是他离开王渠后，自己在后沟选址掏出来的土窑子。土窑地处村边上斜穿进去的小土渠，出眼很窄，站在门口，平视不足10米就碰到了土山。窑洞是吊在半崖上的，没有院子，距离地面有两三米高。细细一条土路直通家门。为此，村里还留下了一句歇后语：心里想掏窑——没怨（院）。

心里想的家门从来不上锁，外出时两扇门从窗眼中穿一根绳子，一捆，就行了。我们想看看心里想家，于是解开绳子就进去了。

土窑门窗很小，下面两扇门，上面两边两个角窗，中间一个天窗，都很小。推门进去，右面一个水瓮，水瓮紧挨着灶台，灶台连着的是靠窑掌的土炕；左面放着两三只大瓮，土炕上堆着一堆分不出颜色来的铺盖，窑顶的楦木上，吊着用绳子捆着的棉衣。土窑的进深大概3米多。

也难怪他不锁门。心里想最值钱的东西应该是粮食，而粮食他又很少在家里放。多少年来，一到集体分口粮时，他就东家寄一袋，西家存两斗，寄存在他认为信得过的人家里，至于他怎么取，取多少，取成品还是取原粮，没人关注过。

反正，在那个口粮刚够果腹的年代里，每年一到春耕时，集体劳动都是一早出工，晌午才回家吃饭。早饭，有条件的往地里送，没条件的就带些干粮和水。干粮就是窝窝头。心里想当然没人给他送饭，也不见他有窝窝头。于是，每到吃干粮时分，他总是一个人躲在一边，空着肚子，闲着嘴巴。人们看他可怜，就今天这个叫，明天那个叫，你一条条他一块块地分着给他吃点。

有一次，姐姐收工回来说：今儿几个人逗心里想逗过头了，被谁谁谁骂了个狗血喷头。

原来，休息时，有人开玩笑说："糜子窝窝干了像牛粪片子。"

有人反驳："那你咋不吃牛粪片子还吃窝窝？"

心里想插话了："那不是一球样样的些东西。"

有人辩白："一球样样那你不吃牛粪片子？"

心里想又说："吃甚都一球样样的。"

"一球样样你吃啊，吃呀！"年轻人们起哄起来了。

谁知，心里想真就在地里捡了一块干牛粪片子，张口就吃。

牛粪里尽是草渣子，根本吃不下去。他使劲地咀嚼着，两只手不断地往嘴里塞，两腮憋成个圪蛋，眼泪都憋出来了……

人们惊呆了：心里想真的吃牛粪了！

一位老者见人们起哄，赶过来一看，劈头盖脸骂了一通带头起哄的人，然后用手从心里想嘴里掏出牛粪来……

在村人的印象中，心里想不茶，但也没人把他当精明人看，谁到了他名下，也都谦让些，一是可怜，二是觉得不值得跟他计较。

随着心里想的日益变老，不到 60 岁，就被政府五保了。到村里实行土地联产承包责任制以后，他的承包地一部分让别人种着，一部分随便撒一把什么种子，秋天收多少算多少。他烧炭村集体供，烧柴自己捡，吃盐、点灯，有政府的五保款。

然而，老了的他，更懒得经管米米面面了，一年到头，有多半年以乞讨为生。

不过，心里想乞讨基本不出村，村里的人们也习惯了有个心里想，谁家碰见谁家给吃，到冬天还要叫回家里来坐下吃，吃了晚上的，带点早上的。一进腊月，他就东家出西家进地溜达着，你给一个馍馍，他给两个糕，他也就有年食了。

大概是 1980 年以后的一个腊月，前半个月人们还看见心里想出来进去地走动，大队还给了白面和油，到二十七八反倒不见了。南渠的人以为他在后沟，后沟的人以为他在前沟。家家都忙着准备过年，谁也没有认真地去注意过心里想。

年过了，初一没见心里想，初二也没见心里想，这不符合常规呀。往年，一个正月，他都是满村子转，基本上不在家里吃饭。于是，村里派人去看：呀，我的妈，太惨了！他是哪天死的啊？脑袋，已被老鼠啃掉了好大一块……

2010. 11

梅　林

梅林今年 60 多岁了，我们家的远房老亲。

梅林脸蛋不是多漂亮，但弯眉大眼白皮肤，细溜溜的身材，一米六七的个头，说话流利爽朗嘎嘣脆，做事雷厉风行敢做敢为。我第一次见梅林，她就是个大姑娘，两条乌黑油亮的大辫子拖在屁股后，一甩一甩的，很好看。

梅林的村子距离我们村大约 10 多里路。然而，小时候却很少能见到，不是不想见，是不大不小的两座山横在两村中间，母亲不让我们独自走。所以，第二次见梅林时，她已经结婚了。

梅林嫁到了离娘家十几里以外的村子，丈夫是煤矿工人，赚钱多些，可一年到头也回不了几次家，家里家外都是梅林一个人扛着。我没见过梅林的丈夫，听说生性老实憨直，不善言语，跟梅林的性格差异不小。

梅林和我姐关系好，因此，随着我的长大，也和她有了些交道。

梅林的第一次婚姻是媒妁之约。

大概到了上世纪 70 年代中期，梅林离婚了，丢给丈夫一对儿女，自己带着不到 2 岁的小女儿，嫁给了比她小的同村村民。

当时的农村，离婚是一颗重量级的炸弹，加上二婚丈夫家穷，更让梅林的再婚引来了不少沸沸扬扬的风言风语。为此，一家人还生了不少气。

然而梅林性格刚强，主意铁硬："谁想认我就认，谁嫌丢人就不要认。我的日子我做主！"

再婚后，梅林两口子没带一砖一瓦，离村迁居到离县城不远的一个村子落脚，开始了白手起家的艰辛治家。

梅林心灵手巧，肯吃苦，家里家外一把手。她的手头针线活、裁缝活人人喜欢；就是下地锄苗子、担水推磨拉碾子，都是利利索索，井井有条。他的第二任丈夫也生性聪敏、能干。搬迁到新地方不到两年，他们就审批了宅基地，砌了一眼新石窑，在无根无基的新环境里，有了属于自己的窝。

然而，让梅林没想到的是，离婚两年后，在一次煤矿事故中，前夫遇难了。这让她伤心了好久，毕竟夫妻一场。尤其是留下的两个孩子，一下子成了少爹没娘的孤儿。梅林曾悄悄地对我姐说：××也是个可怜鬼，原想他离家远，我走了，他在煤矿周围再找一个，守家在地，也活得舒心些，没想到……

没办法，跟现任丈夫几番协商，又把两个孩子接了回来。新人家，没有家底，再婚后又生了一个孩子，一家6口人，日子过得紧巴巴的。

大概是30多年前的一个初夏，我因事去了梅林村，顺便去看她。其时，她已住进了新砌的石窑。宽宽敞敞的大石窑，被她收拾得井井有条，干干净净。午饭后，梅林说要陪我上街转转，看看他们的村子。

结果走出家门没多远，就遇到一个吆喝着卖菠菜的人。梅林走过去一问，人家是整车批发的。满满一三轮车菠菜呐，梅林竟跟人家搞起价格来。几分钟，就以每斤不到一毛钱的价格搞定了。

当时，菠菜刚刚上市，价格还不错。于是，一三轮车菠菜随即卸下来，摆在路边，梅林坐摊开卖了。

梅林笑着说："这，不抵了，你只能和我卖菜了。不过，没事，这是大路，应该马上就能卖掉。"

当我反应过来后，就只剩点头的份了。一斤好像能卖两三毛钱。利润对半还多。

那毕竟是村里，虽然临着一条去工厂的大路，菜却卖得一点都不快。午后的烈日下，眼看着菠菜一点点的蔫了，梅林有些着急了，她开始放开嗓门吆喝着。亏她嘴快，见人就打帮，还动员邻居们在村里给她吆喝。到最后，只要有人站住了，给点钱，就给人家一堆菜。

天黑了，我和梅林抱着剩下的菜往回走。我问："姐，咋样？赚了吗？"

梅林笑得前仰后合，指着我和她抱着的菜："这不是赚下的。闹个屁股不疼。不过，下一次我就知道该咋做了。"

梅林天生是个大把式，不管赔与赚、穷与富，她都懒得计较三毛两角，一股子汉子气。就连路过她家门口，都能时不时听到她高频率的说话声和爽朗的笑声。所以，无论干活还是做买卖，她都是红红火火、人脉兴盛。

梅林共生了5个孩子，前夫3个，二婚两个。那些年，她除了生孩子、养孩子、做家务以外，还做裁缝、种畦地、卖菜。瞅着了，还刁空做一些小买卖。真的，没有她不会干的活，整天风风火火，忙忙乎乎，乐乐呵呵。

梅林的丈夫早先到处打短工，跑过工程、捏过瓷、烧过窑。有了点积蓄后，买了台小拖拉机，在周围跑小运输。小运输跑得不错，换成了小型工具车，再后来，换成了大卡车，跑大运输。

随着孩子们的渐渐长大，也正逢了老家挖煤的大兴盛，梅林家的带挂大卡车，由一辆养成两辆，由两辆养成三辆。房宅修了一处又一处，子女们该聘的聘，该娶的娶。转眼间，梅林已是做姥娘、做奶奶的人了。

日子总算熬出头了。梅林终于长长地出了口气，曾经的伤口渐渐愈合。

后来，随着我离开老家外出工作，跟梅林的走动也越来越少了。

有一年，姐姐跟我说，梅林有两个儿子染上毒品了。

哦，那可怎么整呐？

2010年春天，我在县城亲戚家的事宴上遇见了梅林……

呀，我的妈！没几年，活蹦乱跳的梅林咋就变成这样了？曾经灵动闪烁的眼神不见了，嘎嘣清脆的声音没有了，满脸飞扬的笑容找不到了。呆呆的神态，沙哑的声音，木木的、黑瘦黑瘦的脸上，仿佛蒙了一层纱，那原本细柳柳的大个子，已成烧焦的树桩子，弯弯地驼着……

没待我开口，梅林一把攥住我的手，一个劲地说："唉，我可不想活了，我可活够了！"

在人群熙攘的场面上，我不知该怎样安慰她。得知她就在城里租房住着时，便决定饭后随她一起去家里看看。

一个阴黑的西阁楼里，外面一间放着饭桌、柜子、凳子等，里面两间是卧室。

梅林指给我："这一间是我的，那一间是他的。"

这是告诉我，夫妻俩分居了。

梅林的卧室，很小，三分之二是炕，剩下不到一米是地，刚好能开了门。

梅林端来一杯水说："就喝点白开水吧。前几天买了一小袋苹果，没看住，让那侯爷爷偷出去卖了。"

她说的"侯爷爷"是指她的小儿子，这是老家骂人的话。小儿子30岁出头，有妻有子，却染上了毒品，自己赚的钱花个尽光，还动辄就来她这儿要，要不到就拿东西出去卖，逮着甚拿甚，看都看不住。

梅林哭诉着："这阵儿，家不像个家，城也不像个城了。街上到处是卖料子、吸料子的，我三个儿就有两个料子鬼，还有一个外孙也染上了……"

老家人称毒品为料子或料面，吸毒者为料子鬼。

说起料子，梅林靠墙站住了，两手紧攥，那悲若死水的目光，呆若木头的表情，让我的心一阵阵地生疼。

梅林说："大儿吸，三儿也吸，都让逮进去好几次了。我倒说逮进去让住上几年吧，出来我也不省心。可媳妇们不行，每次都寻死觅活的，逼着我花钱往出捞人。没办法，几番几折，这几年养车赚下的钱都花光了，原来的宅院也卖了，还欠了不少饥荒。"

说着说着，梅林就呆了，面无表情，仿佛在说天外的事。

她说的大儿子，就是前夫去世后接回来的。

我拍拍她的手背，她才又抬了一下眼皮，说："这会儿，我赚不动钱了，人家赚了钱，也不让我知道，我也就有个柴米油盐钱。都是我那些孽障们害的。"

她说的"人家"，是指丈夫，而"孽障们"是指两个吸毒儿子。

5个孩子，两爹一娘，再加上孩子们不争气，夫妻间有矛盾也就在所难免了。

"孩子们咋能惹上毒品呢？那可是败家伤人的东西啊！"我说。

梅林说："都是养车惹的祸。咱县到处都是拉煤的大卡车，再加上河对岸的N县，大概有几千辆吧。开大卡车的司机们，就是卖料子的重点培养的对象。"

大车司机是个赚钱又受罪的行当。司机们常年生活在车上，很少能在家里吃饭、床上睡觉，生活枯燥而辛苦。而毒品有提神解乏的作用，所以毒贩子们就瞅准了这个群体。他们有送货的、有卖的、有牵线的、有推销的，有告发的、有收钱捞人的，整个一条流水线。到最后，司机们罪没少受，钱没攒下，人都变成了料子鬼。

唉，咋会这样呢？我的心沉沉的，像压了石头。

我问梅林："城里究竟有多少卖毒品的？"梅林说："人们都知道的也有两三个吧。至于急着用钱，临时卖的，那就不知道了。"

我让梅林数一数，她家周围有多少吸料子的。

梅林说："多呢，数不清。"

"你试着数一数，从你这个巷子开始，数你知道的、认识的。"我说。

梅林抬起头来，皱了皱眉头，定夺了一下说："前巷子A家二儿子，挨过来B家孙子，东大门C家媳妇……"

在梅林数的同时，我也在数，因为我知道，我的亲戚和老家进城的人中，也有不少年轻人吸上了料子。几分钟，仅仅几分钟，梅林就数了十几个。

我说："姐，不用数别人了，数数咱们亲戚中的和咱那一带的吧。"梅林看我一眼，掰着手指头和我一起数起来。

12个，12个呐！这是我俩知道的、认识的。那么不知道、不认识的还有多少呢？

梅林哭了，我也哭了。

梅林说："吸料子的大都是年轻人，一是父母进城打拼，生活基本上温饱了，但孩儿们却没条件好好念书，长大了，又没正当营生，游手好闲，被卖料子的盯上了，就很少能逃脱。再有，就是刚结婚的年轻人，想赚钱治家，进城开大车，结果意志不坚定的，都成了卖料子的财神。现在，脸色蜡黄、蚰蜒鬼瘦的人，街上多着哩。每到晚上，料子鬼们就幽灵一样，游来游去。9点以后，千万不敢上街，万一遇到毒瘾发作的人，首饰、包包就不用说了，就是一件衬衫，他们也能剥去了，换着吸一两口。"

我蔫了，蔫得少气无力，瘫坐在炕沿上。脑海里浮现出曾经的农村，尤其夏天，街头院落的女人们，三五成群地坐在小板凳上、石板上、树墩上，卷起裤腿搓麻捻线做针线，想说就说，想唱就唱的场景来。我不知道，假如梅林不进城，不养大卡车，没有赚下那么多钱，会是今天这样吗？

梅林说："前几年卖料子、吸料子还是偷偷摸摸的，这阵儿，都明了，不遮不挡了。"

是啊，天阴就怕连阴雨。谁都知道，贩毒、吸毒是犯罪。但人少胆怯，有伴胆壮，人多成势。也许，这阵儿在某些人群中，已经成势了。

我曾专题走访过一个吸毒者，他亲口告诉我，开始有人免费让他品尝，谁知尝着尝着，就离不开了。现在，走在他们中间，你若不吸，他还会笑话你：球势吧，连个这也消费不起，还混社会呢。

愚昧，变态，正不压邪！

我的老家和黄河对岸的 N 县，虽然都是小县城，却都是煤炭富集区，规模性的机械化开采，小打小闹甚至是偷偷摸摸的小煤窑开采，几十年此起彼伏。满沟流了一股黑水，却只富了少数人。现在，煤炭资源虽然整合了，整顿了，但一煤独大的老家，挖煤运煤依然是一大景观。一年到头，昼夜川流不息、绵延几百公里的运煤车流，数以万计的大车司机，送出去的是滚滚原煤，挖断了的是地下水脉，创造了的是惊人的 GDP，成就了的是少数暴富者和一大批料子鬼！

我不知道，毒品在老家这么个小地方，怎就屡禁不止了呢？

梅林一直在说着，我在听着吗？当然，当然在听着。我的心已被她深深地摁进了冰窖。她在说，她怎么样卖车、卖房、看守儿子、痛打儿子，如何上门痛斥毒贩子，怎样组织人围困公安局逼迫其逮捕卖毒者……

说着，说着，她的嘴唇就颤抖得咬不准字音了。我抓过她的手，只见五个手指僵硬地攥在了一起，我使了劲，才掰开。那冰凉冰凉的手掌心，有粘粘的汗，又像是泪。我又哭了，她伸手给我抹眼泪，可那手指，却冰冷僵硬得像木头棍子划过我的脸……

梅林抽泣着说："不瞒你说，我也卖过料子……"

我顾不得流泪了，瞪着眼睛看她，她深深地低下了头，好一阵子，才清清嗓子，又说——

那是 3 年前的事。大儿子因吸料子被逮进去了，我原想，这次进去了就让他好好戒吧，我管不了让公家好好管管吧。可转眼就进入腊月，大孙女病了，媳妇带着两个孩子找来了，说她实在没钱了，问我咋办呀？能咋办？给钱呗。

没过几天，又带着孩子来了。说她照料不过两个孩子来，也过不了年，要我把儿子寻出来，她管着、逼着他戒毒。

我知道那很难，在眼下这种环境中，料面就是瘟疫，试过多少次了，有用吗？我坚持不同意。媳妇看我铁定了主意，又哭又闹。正巧此时，儿子打电话来了，在电话那面痛哭流涕，一个劲儿地表决心，说他出来一定戒掉。要是他出不来，孩子有个三长两短，他就不活了。

我知道，儿子已经给媳妇打过电话了。如果儿子回来，还能继续跑车，小家庭多少总会有些生活来源，而回不来，娘儿仨确实没有生活来源了。我抱着电话，默默地流泪，儿子那面：妈妈，求求你了，妈妈你想想办法，三两万块钱，我出去了，好好赚，一定还你。

就是我同意，那得花钱啊，走时候万数多块的戒毒费，也是我出的，我哪有那么多钱啊！

儿媳见我不表态，一甩手，丢下两个小孩就要走。我撑不住了。然而，几万块，就是把我手里的全拿上也不够啊。人家你姐夫也不管，大腊月，借又没个借处。无奈，一狠心，就找到了卖料子的，跟他说：你批价给我些吧，我实在不能活了。如果不给，我就到市里、省里告你去，反正我活着还不如死了舒坦。那人了解我，没讲任何条件就给我了。

拿着东西，我却不敢卖，又不敢往家里放，只能谨慎地揣在怀里，向河滩走去。

大腊月，天寒地冻，西北风呼呼地吼着。别人都在办年货，我却鬼一样，在昏暗的路灯下，满河滩串。我认识好多吸料子的，但是，看见那些小孩儿和打临时工度日的人，实在不忍心卖给他们。

那我又卖给谁呢？父母当官的？有钱的？

这样太慢了，甚时候能凑够钱啊。难道我不卖给，他们就不吸了吗？要丧尽天良就一便丧尽天良吧。我把自己手里的零花钱都拿出来，天天数一遍，到第三个晚上，钱终于凑够了。那天，我进门，你姐夫正一个人嗑着瓜子，我把钱往桌上一甩，掏出怀里的东西，扔进炉火里。那东西真燃火，随着"轰"的一声燃烧，我浑身散架了一样跌进了卧室。你姐夫猜到我做甚了，却没有问。

到过年，大儿子回来了，我也病倒了，那一次，床上躺了20天……

说完，梅林抬起头来，长长地呼了一口气："我说出来了，我终于说出来了——"

第二句"我终于说出来了——"她几乎是吼出来的。吼完了，便一头扑倒在铺盖卷上，失声痛哭起来。

我将了将她的头发，拍了拍她的肩膀，给她端了一杯热水，含泪离开了梅林家……

梅林没有送我，她知道我该走了，再迟了，我一个人就不敢在街上走了。

时候已近晚上9点。

2010 年 12 月 18 日午夜

三　狗

三狗，兄弟中的老三。

名字告诉你，三狗是农家孩子。

三狗有大名，叫刘存富。不过，大名是给外人叫的，自家村里，打小叫惯了，改不过来，一直都三狗三狗地叫着。

三狗比我小几岁，上小学，没在一个教室；上初中，我出校门，他入校门。村里通往中学的那条土路上，我们也没有相互照面的机会。再以后，我上学、工作，离开村了，他也外出打工、做生意。我们各奔东西，没在一起相处过，所以对三狗，我不甚了解。

记忆中的三狗，是个十四五岁的男孩子，不善言，却很捣蛋，眼疾手快，聪明伶俐。他的目光，永远只停留在他感兴趣玩的地方，一定只有他才能找到更好的玩处。所以，别看他个头不高，却是玩伴中的头儿。

写三狗，缘于2017年的一次回老家。

之前就有人给我说，三狗要帮助村里修一条路，还要修一个广场，让汽车直接进村。

这是好事啊！祖祖辈辈沉淀在沟子底部的村庄，石沟石岔，修路很不容易，就是在政府村村通的大潮下，一条瘦瘦的水泥带子，也只通到前沟的村口，距离村中心还有一截子路，且停车处在小河岔口，七高八低，三辆车都不好放。

三狗从事了什么职业？一定是很有出息了。我想见见他。

秋天的一个上午，我们通话了。电话那边的声音依然亲切，然而话语却不多。

嗯，是三狗的性格。快40年了，我们都已不再年轻。三狗变成什么样子了？我想象着。我想，他也一定这样想象着吧？应该说，这是一次很期待的见面。

没在村里生活过的人，是很难深切地体会村子和老乡这些词的滋味。

不要说抬头不见低头见，也不要说远亲不如近邻。那都是些概念。真正让人一直怀想的，感觉亲切的，是瘦瘦土路上行走的你我；是瞅着朝阳以不同的神态和呼唤孩子回家吃饭时不一样的声音；是一群人坐在同一个阳圪崂里漫无边际、你一言我一语的场景；是田间地头相互打闹的朗笑；是担水井上你一瓢我一瓢舀起来的清泉。还有，你家烟囱冒烟，我家烟囱也冒烟；你家窗口飘出来大烩菜的味道，我家门缝里钻出来蒸莜面的清香。尤其是月没星稀的夜晚，看不见山，看不见沟，站在自家街口看到的，是一孔孔远近高低的、煤油灯烘托出来的、圆圆的、暖暖的窑口子。而那圆圆的窑口子，暖暖的灯光，是那样的踏实而温馨，仿佛一根杆儿上熟透了的高粱穗，有你，有我，有我们大家，缺一粒，都觉得不够完美。

而且这种滋味，离开得越久，味道就越醇、越香，仿佛粗瓷老坛里的烧酒，只用眼珠子一触碰，味道就会弥漫了你的天空。

也大抵缘于此，老乡，才成为了一个永远带有体温的词。

我一定变得更多、更老，反正三狗已由一个毛头小伙子，变成了一个沉稳而厚实的大男人了。当我们面对面坐在一起时才发现，原来所谓的采访话题，三两句就说完了。尔后，话锋一转，还是童年，还是童年时候的石且河。

也许这才是我们永远不老的话题。

村里的孩子才有放纵性格的童年呢。上树掏鸟，窜沟沟偷杏儿、摘果子、滚铁环、溜冰车、打纲，跳绳、踢毽子、抓骨头籽籽、跳方……然而，不管怎么玩，都有两个阵营，一个男孩子阵营，一个女孩子阵营。两个阵营玩的项目不一样，玩的风格也不一样，男孩子喜欢挑战性的攀崖上树，偷杏儿摘果子；女孩子喜欢打开圈坐下来抓籽籽，跳绳等。两个阵营各玩各的，谁也不跟谁正儿八经说话。然而，却又你瞅着我，我窥探你，相互议论着对方。偶尔，也有男孩女孩相互打斗的时候，那样，不论大人还是孩子，都会把责怪一股脑儿堆给男孩子。也许有委屈的时候，但是也不争辩了，谁让你是男孩子呢。

男孩子与男孩子玩恼了，动辄就打得鼻子出血了，仍旧攥着拳头不哭，不回家；而女孩子与女孩子玩恼了，就哭着鼻子，边回家边说：再也不跟你耍了，尔后，好久不说话……

呵呵，那样的童年真过瘾！动不动就玩忘记了上课的时间。当大汗淋漓地赶回学校时，正好让老师罚站。站就站呗，站在那儿趁老师不看，还得给同伴做个鬼脸呢。

在同龄的孩子中，三狗算捣蛋的，也算有磨难。家中兄弟姐妹7个，他是老五。15岁那年，病魔夺走了他的父亲，16岁初中毕业后，就再也没有踏进校门。听村里人说，自从父亲走后，三狗就不甚捣蛋了。唉，生活才是成就人性格的最终老师！

随着姐姐们的出嫁，小小的三狗便逐渐与哥哥和母亲一起担起了养家的担子。最起码，他得为自己闯出一条路子来。

三狗在县电石厂做过临时工，在乡镇煤矿下过窑。然而一个没有任何依靠的农家小子，不管怎么努力，脚下总是土薄雨少收成差，一时找不到可以迈开步子的路径。

有人说，东戳西拐，穷家薄业，谁家的姑娘肯嫁他？又是一个光棍预备队员。然而，偏偏就有一位眼睛里有水的姑娘，毅然决然地嫁了他。

俗话说："宁娶有福的，不娶肯做的。"不知三狗媳妇是否肯做，但肯定是有福的。结婚以后，小夫妻俩勤俭持家，夫唱妇随。1995 年，三狗揣着向众人凑得的 17000 元，跑回县城，3 人合股买了一辆华西中巴车，跑太原长途客运。这是他创业的第一步。三狗是客车的主要管理者，从协调各方业务到运行管理，都是新课题，他得从头学。

三狗没念下多少书，却有灵活的脑子，有肯吃苦的劲儿。两年时间，他的每一天，除了睡觉的几个小时外，不管天阴下雨节日假日，都和面包车滚战在一起。那时候，路况远不如现在，他生怕经营不好，出点差错。票价 20 元的 19 座中巴车，两天跑一趟太原，利润真的一点都不可观，他不敢有疏忽！一年四季，饿了，路边的小饭店喝一碗面，或者车上带个干饼子；困了，就在车座椅上随便眯一会儿。

听到这里，我真的为当时只有 30 岁的年轻人，能有如此定力和毅力感动着。

世上无难事，只怕有心人。就那么点薄利，几年以后，3 个合伙人，就又腾挪转借，将 19 座的中巴车换成了 32 座的宇通大客车，路线还是太原客运。这一跑就是 7 年。客车由一辆到两辆，再到三辆。

合伙生意要做好，吃苦耐劳，公平厚道，明理清醒，看大容小，都是必须有的。养车多年，三狗一直是跟车管理，这差事很辛苦，联上跑下，安排业务，给乘客解难答疑，搬运行李。几个股东多次提议给他增加工资，都被他以效益不好而婉言拒绝了。他常和大家说的一句话是，只要大家团结一心，做好生意，算总账，钱不会少了。

都知道，跑长途客运是高风险行业。三狗非常侥幸，10 年，没有出过大的事故。然而，期间几次差点酿成大故事的经历，让他什么时候想起来，都觉得后脑勺凉飕飕的。他真的想换个行当，想松一松绷得太紧的神经了。

2005 年，几个合伙人一拍掌，卖了大客车，计划着购买城市公交公司。这是个大胆的计划，因为当时巴掌大个县城，三五百米长的一条街道，公交市场很局限。然而三狗天生有个不信邪的倔劲儿，他的过往经验告诉他，"逼着鸭子上架"时，也正是探见前行路径时。

当市场测算、双方议价等一系列动作完成以后，65 万元的股资就该到位了。这不是个小数字，他拿不出来。怎么办？其实这之前他早已开始拆借资金了，只是一直无果。三狗是个不善言辞、不多求人的人，而为筹够股资，他已吃了不少闭门羹，说了不少好话。那段时间，他经常早出晚归，满脸愁云。

媳妇看着心疼地说："三狗，凑不够钱咱不要了，让给别人吧。"

三狗瞅一眼媳妇，满脸坚定：会有办法的！

终于，通过朋友帮忙，贷款 40 万，公交公司到手了，还取了个响亮的名字：新生公交公司。

刚开始，五六辆车，上车 6 毛钱，两条路线，三四公里路程，跑好了，刚刚够成本。但是，他们相信，管理出效益，发展促效益。

也就正常运行了不到一年，2006 年，县城大兴城建，到处修路，且每条路一修就是大半年。原本就稀缺的线路越堵越短，黄河那面的府谷县也过不去了。公交车，不出动赔钱，出动更赔钱。然而，赔钱也得出动，因为你是城市公交。就这样，公司不仅没有利润，每个月还得往里贴钱。

积蓄全部用尽，贷款还得付息，老婆没有工作，孩子正在上学。怎么办？

活人还能被尿憋死？一个堂堂大男人能让老婆孩子生活没着落？三狗习惯性地扭头瞅一眼黄河对岸，不信邪的倔劲儿又上来了。

2006 年秋天，三狗暂时放下公交公司的事情，背井离乡，只身来了一次新时期的走西口。在朋友的帮助下，他来到内蒙古丰镇市与朋友一起打理混凝土搅拌站，这一打理就是 6 年。期间的酸甜苦辣，自不必细说。

2012 年，保德县城的城市基础设施建设已经发生了根本性的改变，旧街延伸了，新街开通了，道路修好了，原来半山坡上的住户，随着旧楼改造，相当一部分也搬到平坦处了……

该是公交车显身手的时候了。三狗结束了西口之行，重回公司。

抓机遇，扩规模，促发展。说干就干。5个月内，他们的公交车由原来的5辆增加到了18辆，里程由原来的3公里增加到了7公里。公交公司终于像个规模了。

近几年，随着县域经济的快速发展和县域建设的深入推进，城区居住人口不断增加，城市公交越来越成为广大居民出行的首选，客流量翻了好几倍。当然，效益也翻了几番。

"要做，就要努力做到最好，能够引领时代。这不仅是政府的主张，也是我们这些做企业者的目标。"三狗说这话时，我愣怔了。一个经历波折、为生计闯荡的农村人能有如此概念，真的出乎我的意料。同时，也让我从中窥见了他的思维空间和事业前景。

三狗是个做事情的人！

2016年，三狗被推选为县政协委员。别说这是一个徒有虚名的幌子，其实，它更是一个瞭望外面世界的平台。干事业，需要相当的视野和一定的平台。

新生公交公司和神龙出租汽车有限责任公司，是保德县城市公共交通的两大阵营。两个公司，两支队伍，各谋其职，多年来，经常出现拉锯现象。当公交兴盛时，出租车市场就受到冲击。为此，运行中时有小摩擦。

统领县域全部公共交通，让两块营地同步发展，协调经营。这是他们的初衷，也是有关部门的愿望。

2014年，三狗又参股购买了保德县神龙出租汽车有限责任公司三分之一的股份，实现了统领县域全部公共交通的梦想。

争一流，提高城市品位；谋发展，打造品牌企业。2016年，新生公交公司响应国家节能减排政策，一次性将公交车全部更新为纯电动公交车，且车辆增加到了23俩。

摊子大了，事情多了，管理更得有板有眼。当谈到城市公共交通管理时，三狗深有感触地说："一个县域的公共交通都交给我们来管理，就不仅仅是赚钱的事了。车好了，路好了，城市好了，城市公共交通这个窗口不能不好，必须好好做。很多事情不是别人骂坏的，是自己没做好，只要你做好了，大众就会有公正的评价。最起码，不会被人骂。"

我没有插话，只静静地听着。我知道三狗不会说大话，更不会说官话。什么绿色公交，信息化公交，微笑服务，爱心服务，什么树立行业新形象等等，他都不会说，但他却做到了。一个偏远的小县城，满街跑的都是崭新的、不冒尾气的无人售票公交车。上车整洁干净，文明温馨的自动报站、问候语，不仅靓丽了这个窗口，也将偏远山区的百姓渐渐地带进了现代城市文明的氛围之中。

三狗成长了，成长为一位有德行、有胸襟、有见识、有能力的企业家。

2017 年深秋，我们相约回村里走了一趟，车子直接开进了村里新修的广场上。

广场就在原来学校和大队院子处，做了涵洞，拓了街道，比原来大了两三倍。

坐在广场边固定的塑料座椅上，想让三狗谈谈为村里修路的事，他眯缝着眼睛瞅着他家的老宅院，反倒有些不好意思了。踌躇了半天，只轻描淡写地说："就是觉得村里连个车也进不来，遇到个红白事宴，连个平整的场地也没有，很憋屈。好不容易上面给点钱，我再出一点，要修就修得像个样子。"这话，朴实得像前沟里的石头河床，坦坦荡荡，本本分分。

"你赚钱也不容易，一下子拿出七八万元，家人会同意吗?"我问。

"是啊，我这钱真正是一块一块赚下的。"三狗笑着说。"不过，老婆没有硬阻拦，只是说这么做也不知值不值。我坚定地说，那地方把我养这么大，你说值不值? 老婆不说话了。说实话，只要我愿意做的事，老婆从不强行阻拦。至于家里其他人，做做工作，也就过去了。"

看着宽宽敞敞的水泥广场，我不由地感慨道:"这应该是方邻几个村最大的广场了。你是咱村第一个自己掏腰包做公益事业的人，咱村的人应该感谢你。"

三狗笑了:"赚钱就是为了花么。自己觉得花的有意义就行了。"他看着我说:"跟你说句不该说的话，我出钱资助修路时，村里还有人说我是另有所图呢。"

跟我一起回去做节目的电视台小李开玩地笑问:"那你真的另有所图吗?"

三狗温和地笑着:"唉，如果非要说另有所图，那就是图村子能荒败得慢些，图我们想回村时能方便些。别的，我实在不知道村里还有什么可图的。"

看着我还在等他说话，他又顿了顿，不好意思地说:"不管别人说什么，自个儿问心无愧就够了……"

不早了，该带着客人返回县城了，而三狗却小孩子一般，坐在老学校教室的窑腿子下，眯缝着眼睛瞅着细豁子山，走神了，那神态，活脱脱十五六岁时的样子……

第三辑

老家 *LAO JIA*

Chapter 3

割一刀离娘肉

让母女别离有了粘皮扯肉的疼痛

打一块腊八冰

立起来天地间晶莹莹的仁心

点一盏米面灯

照亮恩泽万世的路径

捏一个素面人

塑造善恶分明的秉性

石磨不在了

老鼠抹一把眼泪

再也找不到娶媳妇的殿堂

花绳绳退色了

人类却怎么也想不起

铜狗跪在谷穗下磕头的虔诚……

哦，土地上长出来的叹息

大千沃野游动的精灵

来路上亦步亦趋的脚印……

穿在针线上的大新正月

老家人习惯称正月，为大新正月。

大新正月，是新一年的开启，也是人们期许最多的时段。

小时候，吃食简单是因为穷，而正月里的各种忌讳、规矩，却没有因为穷而省略。

整个正月，从吃什么到做什么，从走亲戚到逛庙会，甚有甚的日子，甚有甚的讲究，且都有出处和理由。就连常年针线不离手的女人们，也有了忌针日。

常听母亲说，今儿不能缝，明儿不能补。为了弄清究竟哪天是忌针日，还特地专门请教了母亲、姑姑、姨姨、婶婶等老一辈忌针的人。

在村里，女人是年前年后最忙碌的人。一进腊月，推米、磨面、做豆腐、擦家、贴画、剪窗花、蒸花馍、炸麻花、擀豆面，还有全家老小的缝新补旧、洗衣拆被，忙得她们起早挞黑，累得她们腰酸背疼。

年三十儿的火笼（旺火）一点，麻炮一响，即使有没做完的营生，也打包高搁，不做了。女人们又转入了下一步铺排：哪天吃甚，甚会儿做甚。

初一饺子初二糕，初三起来呵（蒸）油糕，初四莜面窝窝羊耳朵，初五一大清早，里里外外大扫除，不见太阳倒穷土。然后，包包子，包角子，有白面的用白面，没白面的用红面、莜面，豆芽豆腐地皮菜调馅儿，把"穷"填进去一顿吃掉，这叫填穷、送穷。从初六开始就要忌针了。

忌针就是不能缝针线。

不能缝有不能缝的理由，缝有缝的理由，且大都编成了顺口押韵的句子，好记易背。比如，缝初六要害六（害六：害骨子，即现在所指的肿块）；缝初七跌圪膝；缝初八跌圪膊；缝初九（老鼠娶亲日子）害鼠疮；初十（十籽节）扎乱谷穗头；十三扎瞎羊魂眼，羊群不识狗和狼；十四扎瞎麻雀眼，糜谷熟了不用看。所以，十四好好缝。十五到十九，不忌针。到了二十又开始了。二十小天仓，缝针动线生天佬儿（粉红脸，白眉白发怕见光）；二十一动针害单丁（鸡眼之类的）；二十二动针害双丁；正月二十三，镰头小斧子不敢砸，老驴老马也歇一天；正月二十四，一扎一个黑毒刺（出门容易遭遇蛇蝎）；正月二十五，老天仓（也叫仓官）节，不能缝，怕刺伤天仓爷爷的眼；正月二十六，一缝害盘六（盘头疮）；正月二十八，缝了生个秃舌舌（口齿不伶俐的孩儿）；正月二十九，缝了害上尽头疮（女人私密处）；二月初一月对月，对口疮儿（背心对肚皮的疮）缝不得。从二月二开始，忌针日解除。

二月初二龙抬头，狼生崽子不出行。女人们可以早早下地捡地皮菜，回家包角子——填狼嘴。这一天不能担水，怕担回狼儿子来。吃了角子，就拿起针来使劲地缝吧，缝住狼嘴，让它不得祸害人畜。

小时候，民间习俗的传说故事，于我们，就像今天孩子们书上的童话故事，很有吸引力，每有节日忌日，总要缠着母亲讲故事。

现在想来，那些故事大都归为两类，一是祛邪避害警示，二是感恩纪念。

比如正月二十四的忌针。传说，古时候有个媳妇贪玩又倔犟，常常不服婆婆的管教。有一年正月二十四，街上敲锣打鼓，准备二十五的红火。年轻媳妇家里坐不住了，想上街看去，婆婆不同意，从躺柜里拿出做好的鞋帮鞋底，往炕上一扔：给，上鞋圪吧。媳妇满心的不愿意，站着不动。大新正月，婆婆不想骂，于是，自个儿也坐上炕，拿起针线做起来。媳妇没办法，只能和婆婆一起上炕做针线了。听着外面的红火，媳妇身在曹营心在汉，有情绪又不敢说，所以，每扎一针就在心里愤愤默诵："二十四，一扎一个黑毒刺！二十四，一扎一个黑毒刺！"

过了正月，草刚发芽，婆媳俩相跟着下河里担水，刚走到半道，一条乌蛇拦住了去路，婆婆在前面左躲右闪躲不开，最后跪在地上求饶。这时，蛇发话了："正月二十四，你用针扎伤了我的刺，我必须吸你的血才能治好。"婆婆一听，瘫软在地。这时，媳妇走过来跪在乌蛇面前说：不怨我婆婆，是我的过错，要吸就吸我的吧。说着，把自个儿的胳膊伸给了乌蛇，乌蛇吸血而走。当婆婆抬头时，媳妇已遭蛇咬而死。婆婆追悔莫及。从此，正月二十四，女人们都忌针一天。

二月二，民间也叫青龙节。传说，大唐时期武则天做了皇帝，自造了一个字，将日、月、空合在一起，读作"照"，作为自己的名字，意思是日月当空，普照天下。这事，惹恼了玉皇大帝，你自比日月，我往哪儿放呀？一怒之下传旨四海龙王，三年之内不得降雨。眼看人间颗粒无收，生路断绝，司管天河的玉龙按捺不住恻隐之心，悄悄给人间降了一场好雨。这让玉帝气上加火，一怒之下，将玉龙打入人间，压在大山之下，并立牌告诫：孽龙违旨遭罚，永世受罪天涯。若想翻身回天，除非金豆开花。人们为了报答玉龙的救命之恩，每到二月二这天，就烧火炒豆子，玉米、黄豆一抄一笸箩，尤其玉米，一定要爆出花来，为的是让玉龙抬头。

豆子炒的多了，吃不了，就磨成面，叫炒面。而炒面正好是春忙季节很好的方便食品。由此，老家一带二月二好多人家都有炒炒面的习惯。

每一个习俗，都有一段传说故事，每一个传说故事，又都会告诉你一个道理。

走进村落，走进百姓，走进不同地域的民间，所有的乡风民俗、传说故事，无不镌刻着敬天守道、惩恶扬善、仁爱孝悌、诚实守信、知恩图报的做人法则和行为规范。看上去零零碎碎、神秘虚幻的习俗故事，却以一种特殊的方式，深深地根植于民间，注入到每个人的血液中，成为千百万年来教化人性，健全心智，传承淳朴善良、聪慧勇敢的传统价值观的重要手段，也是人类从蒙昧到文明进程中留下的清晰厚重的脚印。

我越来越佩服我们的老祖宗影响人、教化人的聪明才智，他们不讲理论，没有教程，也不用填鸭式的方式让人们去学习、去写心得体会，而是用最贴近生活、最亲近人心的小故事，用口口相传、辈辈承接的形式，一代代完成着教义。

我小时候，虽然已进入破旧立新、破除迷信的年代，但因为是小村子，跟形势不太紧。"大年三十不停工，正月初一开门红"的要求，村干部们也是灵活掌握着。大都是过了初五、送了穷土，男人们才上工，女人们更迟一些，大部分过了十五才上工。她们在家里，除了变着花样给全家人做吃食外，就是按照习俗完成着祖辈相传的每一个俗成动作。比如正月初七的"人节"晚上，必须早早地把孩子和男人叫回家里，不能乘着夜影子走路。

每到忌针日，女人们放下手里的针线活，悄悄告诉女儿们："今儿忌针，不敢缝。"为了求吉祥、祈平安，妈妈们不仅要身教，还要极尽所能地把所知道的习俗传说故事讲给女儿们。这是整天跟着妈妈们学针线活儿的女儿们非常乐意的事了。这一天，女孩们不仅可以放下手头的针线活儿，串串门儿，聊聊天儿，玩自己想玩的，还能东家出、西家进地听长辈们讲故事。

我母亲是个严格守忌的人，也是个不得闲的人，她总是把营生安排得满满当当，搓麻、捻线、打衬、粘鞋帮、垛鞋底……忌针日，不用拿针，也营生满满。这让我姐也难以有串门、聊天的时间。有时候，跟着妈妈打衬、粘鞋的姐姐，做着做着就忘记忌针了。看到女儿动了针，母亲赶紧拿过针来，在空中画一个圆圈，然后，双手合十默许片刻。那一份虔诚和用心，仿佛冥冥中真有神灵在左右着什么。

我数了一下，从正月初一到二月二，忌针的日子有 16 天，不忌针的日子也有 16 天，且大都是相互间隔着，仿佛整个正月都是串在针线上的，今儿该缝，明儿不该缝，后儿又必须好好地缝。而串在针线上的这一串日子，又带着一串故事，教化着人们将开年第一月的每一天，摆放得周周正正、精致有序！

老鼠娶媳妇

你见过老鼠娶媳妇吗？我的老家就有老鼠娶媳妇一说。

正月初九，所有人家都不准推磨，女人们不能做针线（忌针）。农家小院，家里家外打扫得干干净净，一整天都安安静静地等着老鼠家娶媳妇。

老鼠家娶媳妇在晚上。

传说，正月初九晚上，星全了，毛朝外披上狗皮或者羊皮，蹲在石磨盘上，透过石磨眼，就能听到老鼠家娶媳妇吹吹打打的唢呐声。如果赶对了，凑近石磨眼，还能看到老鼠家披红挂彩、红火热闹的娶媳妇场景呢……

好神秘的故事。天上的星星都出来了，一眨一眨的。静谧的、黑漆漆的夜晚，披着毛乎乎的狗皮或者羊皮的人，蹑手蹑脚走进磨道，爬上磨盘，凑近磨眼，听磨眼里传来的唢呐声，看磨眼里的灯火通明、披红挂彩……

有静有动，有情有景。老鼠家的披红挂彩该是怎样一番景致啊！

从听到故事的那一刻起，这种神秘就一直诱惑着我。好多个正月初九，我想去石磨前听老鼠家娶媳妇，都被母亲挡住了：小孩子，魂不全，不能看。

终于等到魂全了（7 岁）的那个正月初九，又想去看老鼠家娶媳妇，母亲却悄悄给我们讲了一个有名有姓的故事：

从前，有一个叫黄毛的人不信鬼神。有一年的正月初九，他坐等星全了，拉起炕上铺着的狗皮，毛朝外披在身上，一个人蹑手蹑脚地跑到院里的磨道上，粗气不敢出地靠近了石磨盘，再慢慢地凑近了石磨眼，平心静气，侧耳细听……突然，不知是天上的哪颗星星闪了一道光，顿时，磨眼里传来了嘹亮的唢呐声，仿佛还有老鼠"吱、吱、吱"的叫唤声呢。黄毛慢慢地凑近石磨眼：我的妈呀！他傻眼了，眼前的石磨眼变成了硕大的厅堂，厅堂里灯火通明，一个身披大红袍的身影后面，拖着一条细长细长的尾巴……

黄毛看到老鼠娶媳妇了，他一夜兴奋难眠。

第二天天刚亮，黄毛推门走上街头，无比兴奋地逢人便说，他见到老鼠娶媳妇了，并绘声绘色地描述了他的见闻。结果，3天后，黄毛无端地死去了。

我终于明白了为什么家家院子里都有一盘石磨，却不见有人去听、去看。只是天一黑就回家关门，然后一家人静静地坐在炕上，静候这一时段的过去，就连说话的声音都比平常低了很多，好像怕惊扰了什么似的。

再稀奇的红火也不能把性命搭上了。从此，我再不敢有看老鼠娶媳妇的念头了。

随着我的长大，小时候的好多神秘故事都渐渐隐去了，唯有老鼠娶媳妇依旧深藏在院子的石磨眼里，挥之不去。虽然时代已进入"大年三十不停工，正月初一开门红"的浓烈氛围中，但是每到正月初九的晚上，全村都静悄悄的，没有一点杂乱的声音。多少次，我都远远地瞅着院里的石磨，想象着那个神秘的场景。

直到有一天，父母准备离开老家随我外出居住，计划将那盘陪伴我家几十年的石磨送人时，我才又一次回过神来，细细品味起故事的滋味来。

搬起石磨的上扇，伸手抚摸磨脐和磨得不再尖锐的磨齿，我在想：先人们为什么要将老鼠娶媳妇的传说寄居于石磨上呢？是磨眼下面一块一块排列有序、迂回脉通的磨齿图案可以寄予丰富的想象呢？还是经常使用的石磨，上下磨扇间总留有磨粮食的磨底，不至于使爱偷吃的老鼠挨饿？不得而知。反正，老鼠娶媳妇的故事，多少年来，一直在石磨眼里神秘着所有的乡人。直到今天，上年岁的人正月初九仍旧不动石磨，不动针线，任由老鼠家安安静静地娶媳妇。

都知道，老鼠给人的印象不好，不受人类欢迎。为了制止老鼠偷吃，人们养猫专逮老鼠，制作各种各样的老鼠夹子、老鼠笼子、老鼠药，一心想要置老鼠于死地。然而，世世代代，老鼠难灭，鼠害仍然是人们必须面对的。

尤其是农村，看看秋天打谷场的场塄畔，一排溜的老鼠洞，在洞口稍微一掏，就能掏出来一大堆糜穗谷穗豆荚等，揉了，足够一斗杂粮。

农家的土窑洞，经常被老鼠挖得到处是洞。更有甚者，年久的土窑洞，被老鼠挖得洞多了，里外串通了，夏天灌了雨水，很容易破损或者坍塌。

老鼠祸害人，不是一惊一乍，而是偷偷摸摸。一个土窑洞被它洞成筛子，也都是在你不知不觉中完成的，当你发现大都为时已晚。

在农村，晚上睡在土窑洞，半夜里常常能听到窸窸窣窣的动静，那必定是老鼠在打洞或者搬粮食。家家户户放粮食的地方，动不动地上就堆出一堆粮食来。它们不仅吃了、洞走，而且还在粮食中尿了、拉了，使得好端端的米米面面、高粱、豆子，都搅和起来，里面还稠密地搅拌了高粱粒大小的老鼠粪。这实在是令人气愤至极的事。你吃就吃呗，为甚要如此搅和呢？每每此时，恨不能马上逮住老鼠，将其一撕两半。

然而，老鼠是不容易被人逮住的，你只能往老鼠洞里灌开水，放老鼠药，然后再用碎石填了洞口。不过，没用，只能解解心头恨，老鼠的嗅觉特别灵敏，心性也很狡猾，只要发现人动过它的洞口，就是放了好吃的，成年老鼠都不会吃，也从此不再走此洞口，而是另辟蹊径，重新打洞找出口。反正老鼠最擅长的就是打洞。村里的土窑洞，它想从哪儿走就从哪儿走，想吃什么就能找到什么，不管人怎样防范，都难免鼠害。不是有"贼眉鼠眼"一词吗？就因为老鼠遭人恨，所以是贬义词。但这里的"鼠眼"是比喻眼睛明亮敏捷的。

过去，我家的粮食就在不住人的窑洞土炕中间，打一个席囤放着，囤子周围收拾干净，不放杂物。母亲说：老鼠长得是夜眼，暗地里视觉特别好，有光的地方却看不见。没有暗道，老鼠一般不去。而靠墙根放着的纸瓮、布袋之类的，常常被老鼠咬得到处是洞。

您一定见过瓷瓮和瓦瓮吧？那是放粮食最好的器皿。其好，主因是老鼠啃不动，所以过去老家的一般人家，都有瓷瓮和瓦瓮，且视为放粮食的必备品。如果是富裕人家，粮食多，就用木

227

头仓。木头仓又以蔡木、榆木为上乘。因为这两样木头硬，老鼠啃不动。

到了上世纪七八十年代以后，村里开始有了水泥。而水泥最早的用途就是打水泥瓮，或者垒水泥仓子放粮食。无论瓷瓮、瓦瓮、木仓，还是水泥仓，设置的第一目标就是防鼠。

尽管鼠害一直伴随着人类，防鼠也是人类煞费脑筋的一项，但是正儿八经说起老鼠来，人们好像并没有恨，反倒把十二生肖的第一把交椅给了老鼠。不管十二生肖鼠为大的故事民间有多少版本，而故事主基调都是平等生存和谐相处。

几千年来，人与老鼠，一个在明处，一个在暗处，一个在地上，一个在地下，相生相克，生息繁衍。

您一定会说，人与老鼠不能相提并论，人是统治者，有灭鼠的能力和愿望。是的，也许正因为人有灭鼠的能力和愿望，老鼠娶媳妇才更值得深思。

我不知道故事编撰者的初衷是为了正月初九这一天不推磨、不做针线活，让人们痛痛快快地歇一天呢？还是要告诉人们：所有的生命都是平等的，都有生存的权利，都必须生息繁衍，必须保持一种顺其自然的状态。作为人，不仅要维护对你有用的生命，也要包容对你有害的生命。

如果是前者，美丽的故事传达的只是一个朴素而聪明的愿望；而如果是后者，那么，故事的缔造者，将是一位伟大的智者！

民俗中的好多故事，蕴藏的不仅仅是小人物的追求与愿望，更有贯穿生命始终的大哲理，大智慧。就像老鼠娶媳妇，尽管人们都知道，老鼠娶过媳妇就会传宗接代，就打不尽死不绝，就会继续祸害人。但是，照样一代代训教后人：不要期望老鼠能绝尽，它们也是年年娶妻生子，代代生息繁衍；人类要包容它们带来的麻烦。这是天意！

天意是什么？不就是自然规律嘛。

敬畏自然，恪守规律，尊重生命，包容共存。一则小故事蕴藏大哲理。

深省，我被先人的智慧深深地折服！

遗憾的是，随着农村的快速衰败，好多美丽而智慧的故事正在被丢弃、被淹没，民间文化面临断层。

都说随着人的撤退，乡下的老鼠少了很多。是农药、除草剂的误杀？还是石磨退场了，老鼠娶媳妇没有了殿堂？站在荒草漫漫的土路上，周遭一片寂静。回望山乡老屋，瓷盆瓦罐，感觉那才是生命的出发点，是人间烟火点燃的地方，是生命智慧的生发地，是人类与其他生命相生相伴、生息依存的大后方。不知下一步农村会走向何方，但愿老鼠能尽快找到新的殿堂，早日娶妻生子。

面　灯

点面灯，是老家的乡俗之一。

记忆中，正月二十五我们那一带家家户户点面灯，而二月二是养羊户和县城一带点面灯。

为什么要点面灯？同一县域点面灯的时间为什么不统一？养羊户点灯又有什么说道？为此，我走访了好些上年纪的老者。

传说，上古辈子，地上没有五谷，五谷种子都保管在天仓里，人们以狩猎为生。有一年，一个小伙子决意要从天仓盗回种子，造福万民。于是，在公鸡和狗的帮助下，历尽千难万险，于正月二十到达天仓，准备盗种。结果被看守天仓的百谷仙子发现了。百谷仙子见小伙子诚实憨厚，且是为民冒险，就偷偷送给他几粒谷种。然而，回到人间后才发现，带回来的只是夏粮种子。

怎么办？人间可是一年四季哦。于是，正月二十五，小伙子再次闯天仓取谷种。百谷仙子被他百折不挠的精神深深地打动，于是舍弃天堂，带着所有的种子来到人间，与小伙子结为夫妻。从此，人间有了五谷，有了农耕，百姓吃到了五谷粮食。

这是多大的功德啊，人间理应感恩供奉。于是约定每年正月二十为小天仓节，正月二十五为老天仓节。从此，每到正月二十五，百姓家家户户都添油点灯，以祭祀天仓爷爷和天仓奶奶。

而养羊户二月二点灯，说是祭祀山神。二月二龙抬头。冰消了，雪融了，地开了，草尖冒出来了，羊群的好日子来了。然而，自古狼是羊群的天敌，而山神的职责就是管理狼。所以，养羊户为山神点灯，是祈求山神看好狼群，锁住狼嘴，保全羊群的平安。

至于县城东关一带，为什么将天仓节的面灯点到二月二？没有出处。据陈秉荣老师的资料，县城一带和北面一些乡镇将天仓节和青龙节混为一体，天仓节的民俗活动都移到了青龙节二月二。我想，是否与东关正月二十五的古庙会有关？东关的正月二十五古庙会，自古便规模盛大，火树银花，香火甚旺，几盏面灯在如此规模的灯火面前，显得有些不够分量，所以才移到二月二？一点推测，有待进一步考证。

随着漫长的时间演进，点灯已不仅仅是祭祀，也增添了驱邪祛毒祈求平安的意思。

而将点灯演变成点面灯，我想，正体现了劳动人民的聪明与智慧。

都知道，点灯是需要灯盏的，而最初的灯盏是烧制的陶、瓷灯盏（灯瓜瓜），后来是铜、白铁、铁等材料制作的。在制造业相当落后的年代里，一个灯盏都是非常金贵的。想要同时点好多盏灯，造气势、承期许，一般人家的灯盏就成问题了。于是，面灯便产生了。面灯既经济又实用，既可以随意捏成心中想要表达的形象，点完灯，还是一道美味食品。

在老家，面灯点了几世几代？不知道。但如今却罕见了。前几年回村后问起乡亲们，都说：这阵儿还想点，只是村里只剩了些老汉老婆子，没人气。有时候，也捏上三盏五盏点点，但大多数时候懒得点了。

是啊，怎能不想点呢？曾经的正月二十五，是何等的盛况而喜庆啊！

记得小时候，过罢年，最期盼的就是二十五了，点面灯、吃灯盏。为什么不盼正月十五，独盼二十五呢？有人问我。正月十五是户外活动，镇子里有唱戏、扭秧歌的，村里却没什么活动，最多自家吃一顿油糕粉汤，晚上街口点一个火龙。而正月二十五却不然，捏灯、散灯、收灯，我们都参与。吃灯，就更是了。整整一天，不仅东家出西家进地看灯，还跟着妈妈亲自捏灯呢。什么天仓爷爷灯、满炕炕灯、鸡笸篮灯、猪灯、羊灯、鸭子灯、蝎子灯、老鼠喝油灯、单灯、双灯、月子灯……各式各样，有大有小。

尤其是晚上散灯的场面，童话般美丽，让人永远记忆犹新。

面灯是糕面混合小米面捏成的，不仅好看、好玩，而且米香软精，很好吃。

正月二十五的前一两天，妈妈们便开始准备捏灯盏的面了。把软米和小米泡湿了，再晾干表面的水分，然后，用石碾子或者石碓臼加工成面粉。

您还记得捣碓臼吗？我们村的碓臼，在学校垴畔的侧面，俊梅家大门外的路弯子上，村人们叫此处为碓臼弯子。那可是个不小的碓臼哦，外径约3尺余，内径1尺大几，臼深2尺余，状似碗托的石杵上，装有近米长的木柄。碓臼多半截埋在地面以下，露出地面不足尺。碓臼四周放置着树墩子、石凳子，以及石块大泥垒起来供人坐的泥榻榻等。

正月里的阳婆，暖洋洋地晒着碓臼弯弯，婆姨们摆开筐箩簸箕，把黄灿灿的米倒进臼里，然后怀抱碓臼，双手握着石杵柄。随着石杵的一升一落，"咚——咚——咚——"的捣米声，震得细豁子山上的崖娃娃也"咚——咚——咚——"地跟着吼……

闭目细想，那俯仰有致的捣米身影，升降合韵的捣米声，仿佛带你走进了先祖自然天成的石器生活场面。

正月二十五到了，妈妈们今儿不出门，早早地和面，上炕捏面灯，也叫灯盏。

我们家弟妹多，灯盏也捏得多。吃罢早饭，妈妈的主要营生就是组织我们捏灯盏。金黄灿灿的面，一和一大盆，簸箕、棒拍子（高粱秆编制的锅盖）一溜儿摆开好几个，捏灯盏开始了。

妈妈是师傅，我们是学徒。捏灯盏真的是一项很赋予想象力的技巧活。别看妈妈的手粗糙，一块儿面团在她手上，三团两揉，就捏猪像猪，捏狗像狗，老鼠爬篓尾巴细，天仓爷爷必须带上瓜皮帽……

所捏灯盏，除了各种动物灯以外，还有月灯和满炕炕灯。月灯是在单灯上捏角，两个角的是二月灯，三个角的是三月灯，依次一直捏到六月灯。因为黄土地上的农人们，最关心的是前半年的雨水量，尤其是春雨量。据说，蒸灯盏一揭锅，首先看月灯，哪盏灯的灯钵钵里有水，或者水多，就预示着现实中的哪个月份有雨水，或者雨水多。

然而，最有意思的还是晚上点灯。灯盏一出锅，妈妈左手拿着龙须草和麻纸穗（麻纸剪成）搓成的灯捻，右手拿一把剪子，一插一剪，不一会儿，所有的灯盏，就齐刷刷地长出了2厘米左右的灯捻儿。该添灯油了，就是每天做饭用的食用油。这营生妈妈当仁不让，她怕别人添多了费了她的油，那年月的油，金贵着呢。妈妈端着碗，拿着小勺，一盏一盏地添油。每盏灯，大约添一杏核皮。真的太少了，点一会儿就息了。有时候，妈妈添完油，放下碗，姐姐闪她不看，拿起小勺，说不定给哪盏灯，再添点。

有油有捻的灯盏，仿佛有了灵气。我们高兴极了，蹦跳着，取碗、取盘子准备散灯。

满炕炕灯：一个圆圆的面饼上，中间放着一盏灯，周围站着一圈手拉手的娃娃。放炕中间，预示着人丁兴旺。

鸡筶蓝灯：一只背驮灯盏的大母鸡卧在筶篮里，周围有好多小鸡和鸡蛋。放在躺柜前或大瓮夳旯，预示当年多孵小鸡。

天仓爷爷灯：一个头戴瓜皮帽的老头，怀里抱着一盏灯。放粮囤上或粮柜上，看管着粮仓。

老鼠喝油灯：一只尾巴上翘的老鼠，爬在油篓式的灯盏上，放库房或者家私板上。

猪灯：一头肥胖胖的猪，背上驮一盏灯，放猪圈的外墙上。

羊灯：尾巴肥大的绵羊，背上驮一盏灯，放拴羊的桩子上。

鸭子灯：脖子细长、尾巴翘翘的浮水鸭子，背上驮一盏灯，放水瓮里。

双灯：一个长条形椭圆的两端，放两盏单灯，放门头上（老家土窑洞都是双扇扇门）。

还有灶爷爷灯、月灯、单灯、狗灯、牛灯、蝎子灯等等，全部散放在家里、院里的各个位置。

该点灯了，一霎时，炕上、地下、门头上、水瓮里、圪娄里、磨盘上、牛槽里、牲口圈墙上……家里、院里到处都是灯。

虽然油灯如豆，但一盏一盏连起来，一个院子一个院子连起来，在那没有通电的乡野，说灯火通明，是非常贴切的。尤其是空气中弥漫着的灯盏米香味，和点灯燃出来的油香味，使整个山村变得明亮亮、香喷喷的。

面灯点多点少都由着主人，但蝎子灯是必须点的。蝎子灯送出去，不能拿回来，所以捏得很小，寸余长的蝎子背上，一盏小指头肚大小的灯盏，只滴一滴油。蝎子灯是第一个点的，点着了，赶紧端着跑，放到街外十字路口的犄角旮旯，或者离院子远一些的圪塄坡下；若走慢了，赶到地点时灯灭了，还得重新添油再点。把蝎子灯送出去，预示着家里院里一年无蝎，无毒虫。

既然满家、满院、满村都是灯，那么，看灯、偷灯便也是这一习俗自然派生的乐趣之一。在村里，有兴致者，专门偷灯，且大都是成年男人或者半大小子。每到点灯时候，人们三三两两相随着看灯去。说是看灯，其实就是偷灯。有人走进院子里，看见灯，捏起来就吃，主人瞅着了，也只是一笑而过。也有人一眨眼，捏灭了灯，将灯盏揣进了袖圪筒或者衣兜里带走了。主人看见了，也不能说，就让你偷呢。这既是展示被偷者的人气，也是体现邻里和睦的乐事；而偷灯者，也不视其为偷，转身就把偷来的灯盏，分享给了别人，并且说：尝尝，这是谁谁家的灯盏，看好吃不。

常常因为我家是末梢户，不在村中心，很少有人来偷灯，还老感没趣呢。

二十五的夜，没有月亮，很黑；而山乡村野却灯火通明，热闹非凡。站在街头放眼全村，一座座敞口土院，一孔孔麻纸糊窗的窑洞，是那样的温暖而安详！以至于 40 多年过去了，每每想起，都让我无限的依恋与怀想。

面灯大概点一袋烟的时辰，油干了，灯自然熄灭。点完后的灯盏，灯捻要一根一根拔出，烧掉（不能随便扔，否则会遭蝎子蜇），然后全家人围坐在炕上吃灯盏。灯盏原本就是糕面和米面捏成的，再加上添了食用油点燃了一阵子，灯瓜瓜里被火烤得油光微黄微脆，咬一口，软、精、脆、香，味道美极了！

水悠千

这里说的悠千，是老家的地方语，各地大都叫秋千。所以，老家叫荡秋千为打悠千。

没找到悠千两个字怎么写，只是从清明时节，人们坐在悠千上，边优哉游哉，边随口吟诵"过清明，悠眼明，清明下来吃煎饼"的民谣中，觉得该是这两个字。

为何将秋千叫作悠千？找不到出处。但，秋千就是悠千，悠千也是秋千，这是肯定的。据本人知晓，在忻州范围内，好多县域，都称秋千为悠千。

据资料介绍，秋千起源于上古时代。到春秋时期，我国北方已有悬于木架上，下有踏板的秋千了。后演变为宫中、闺中女子的游戏和传统节日的竞技活动项目。秋千从汉唐盛行，一直风靡华夏南北。

而水秋千，据介绍，出现于宋代，从汴梁的金明池兴起，南北盛传。

保德，宋代置军治，为保德军，"民保于城，城保于德"的保德之称，即从此时开始。作为州府的保德一带，既是大宋时期朝中功臣杨家活动的区域，又坐落于黄河岸边，先行传入水秋千，也在情理之中。

如果不是"秋千者，千秋也。汉武祈千秋之寿，故后宫多秋千之乐"的牵强出处，单从这一游戏运动的形态特征而言，觉得老家的悠千更贴切些。

因此，我偏爱叫悠千。

在老家，悠千盛行城乡，入村进户，是清明节必不可少的活动项目。一般从清明节的前几天就开始了，到清明节这天达到最盛。

当然，老家的清明节自然也少不了上坟祭祀、捏寒猪寒羊、禁烟火、吃煎饼（冷食）等节日习俗。但让我更记忆犹新的是打悠千，尤其是打水悠千。

水悠千，顾名思义，在水上打悠千。这是保德县东关镇特有的一种悠千。曾经的东关，坐落在煤灰沟两岸，沟里的水流穿街而过。每到清明节，冰消雪融，水流汩汩。于是，有挑战意识的人在水流两边栽起悠千架，拦坝截水，形成了威武高大的水悠千。

我是在东关的舅舅家见识水悠千的。那时候我还小，不敢玩水悠千，只有挤在人群中看的份儿。

当时的东关后沟，属于老居民区。居民中有种地种菜的，有在黄河上扳船做河路的，有建筑工地干活的，也有在机关单位上班的……快到清明节了，村里的组织者一挥手，行动便开始了，一群不分职业、不论老少的人，扛着铁锹，跟在组织者屁股后面乐乐呵呵地干了起来。

那时候的河流两边，已不适合拦坝截水栽架子了。于是，选一块离水较近的大场地，挖一个长一两丈、宽八九尺、深三四尺的大方土池子，池子两边的中间，人字形各栽起两根直径六七寸、长一丈五六的木头杆子，再用铁丝和粗麻绳捆绑住，然后上面横搭一根直直的、粗细均匀的木头横杠，横杠上有固定的、系绳子的大铁环。小孩儿胳膊粗的麻绳，栓在横杠的铁环上，中间再穿一块烫了窟窿眼儿的、两人可站、一人能坐的叫悠千板子的木板，悠千架子就做成了。

　　池子挖好了，架子栽好了，该往池子里注水了。几十担水桶一起出动，有担河水的，有担井水的。一整天，男女老少，川流不息，车水马龙，远远看去，那阵势，像开了大的工程。别小看那一只只水桶，虽然开始十担八担水倒进去，被黄土池子渗得只湿了个地皮，但只要人多，半天工夫，黄土池子里就明晃晃地积了半池子水。人们还在继续不断地担水，直到水面离池沿尺许，才算完成。

　　那是多么高大而威武的水悠千啊！仿佛矗立起来的简易牌楼，与不远处的居民瓦房相比，拔地凌空！而明晃晃的一汪水面中央悬挂着的悠千板子，平衡在麻绳上，离水面也就2尺多高。

　　打水悠千的大都是成人。那阵势和惊险，绝不亚于高山滑雪。站在悠千架子下抬头仰望，有人咂嘴生畏，有人跃跃欲试。好悠千者拿根带钩的长杆子，把悠千板子勾到"岸"边来。然而，这儿是有组织秩序的。组织者要选一个技术过硬的人，先上去试试悠千架子是否稳当，是否结实，是否好用，然后才能让别人上去。

　　这样规模的水悠千不是村村都有。一村有了，邻村的人都来玩。悠千架子一落成，悠千场子里就热闹非凡了，场地里人挤人，圪塄上人挨人，过会一般。有了这样的好场地，比赛自然是少不了的。

这儿没有选定什么人可以参与，什么人不能参与，新手老手一起上，有老汉，有后生，有小媳妇，也有大婆姨（小孩儿不准上去）；这儿的比赛规则是自然形成、大家议定的，不需要严正宣布，都能自觉遵守。我没记得，有过颁奖仪式，也没听说有过奖金。就是张三是悠千大王，李四是悠千皇后的美誉，也只在人们的心目中、口碑里。

那个时候好像没有什么钱的概念，挖池子、栽架子，都是自愿义务劳动。大家共同劳动，争相参与，一起乐呵。

不上悠千的女人们，在家里也坐不住了，割一把用草帘子覆盖着、提前长出来的过冬嫩韭菜，坐在场地里，边拣韭菜边看红火。那韭菜的味道真是太浓了，有那么三两个拣韭菜的，就满场子都是鲜嫩嫩、扑鼻鼻的清香。

突然间，场子里传来一阵哄笑。不用问，一定是有人下悠千时，没跳到"岸"上，而是跌到水里了。水不深，底子也是软泥的，就是扎进去，也摔不疼，只是从水里爬上来时，一定是个湿漉漉的"泥猴子"，只有咧开大嘴露出来的两排白生生的牙齿，证明他是高兴的、快乐的初学者。

老手们上了悠千，单人也不用推送，完全靠自己往起撑。两脚站在悠千板子上，两手把绳，随着悠千起落，落时往下蹲，升时往起撑，一蹲一撑，悠千便一截一截地升高了。

悠千大，架子高，绳子长，悠头大。三蹬两脚，便撑到了与拴绳子的横杠一样的高度了。悠千上的人，降落时哗啦变大，升起时霎时缩小。此时，满场子的人都屏声静气，只有随着悠千的升降发出来"噢""呀"的惊呼。

我舅舅家的邻居，一个叫桃桃的女人，就是悠千皇后。清明节那天，她穿一件桃红色的外套，且解开衣扣，上了悠千，像凌空飞舞的一抹火焰，画出来一条灵动的弧，染得悠千下面的池水，一道一道地飘着红影子，美极了！她在悠千上，地面爆出来的不是"噢""呀"的惊呼，而是刺耳的尖叫声、口哨声，和一阵阵的掌声。

水悠千不仅单人打，也可以双人打。两人面对面，四脚一插一地站在悠千板子上，一递一下往起撑，转眼间就撑到了半空中。

打悠千的人，习惯解开衣扣。是想要飘逸的身影呢？还是想拥有长出翅膀来的感觉？反正，当悠千升到高空时，抬头看，悠千上的人，仿佛是张开双翅的雄鹰，矫健而勇猛。尤其是双人悠千，一升一降，两人的衣襟子都粘贴在一起，把两个身体紧紧地裹住，那样子，像双头鹰。

双人打悠千省力。有双男双女合作的，也有男女搭配的。男女搭配大都是夫妻俩。也有不是夫妻的，不是夫妻的，人们就要悄悄地指指点点，有一点诡笑的味道。比如舅舅家的邻居桃桃，虽然已是徐娘半老，但就有很多男人想跟她上悠千。桃桃泼辣，不怕别人指指点点，不就是打个悠千嘛，老娘行得正、走得直，还怕你们把嘴巴扭到后眼窝。当然，桃桃也是大家公认的悠千教练，跟她打一回悠千，也是男人们好几天都乐不完的话题。

除了水悠千，还有旱悠千。旱，就是没有水。随便找个有横杆的地方，拴一根绳子，就是简易的悠千。

每到清明节前后，城里、乡下，数不清的树杈上，大门横梁上，房屋的门头上，到处拴起各式各样的小悠千。不仅孩子们玩，大人们也该坐上去"悠悠眼明"。老家人说：清明节打悠千，可以驱邪治病，一年顺当。尤其对眼睛好。

不仅水悠千可以架高绳长，旱悠千也可以，好多村子里就有栽大悠千的习惯，供全村人共同活动。

不过，没记得我们村有过大一点的悠千。所以，我们家的门头上，院脚下小河边的两颗树杈上，年年都是我们打悠千的场地。坐在悠千上，闭着眼睛，悠荡着，鼻子里钻进来一股一股的新草味，那感觉，忒美！

现在想来，打悠千真的是一种极好的运动，往起撑悠千的过程，实在是腹肌和膝关节锻炼的极佳动作。

"悠眼明，过清明，清明下来吃煎饼。"那年月，白面少，会过日子的婆姨们，用高粱、玉米精磨细罗，加工成细面，再搅一点点白面，摊成煎饼。圆圆的煎饼上，均匀地撒着嫩绿嫩绿的韭菜星，然后包上豆芽、豆腐、地皮菜等拌成的馅儿，那样的美食，别说一天不动烟火，就是 3 天，我也不反对。

跳下悠千，卷一个既有饼香又有菜鲜的大煎饼，那滋味，你能忘记得了吗？

离娘肉

在老家，只要你走到卖肉的跟前说："割一块肉，娶媳妇用的。"卖家就会把一扇子猪肉，从中间拉开，割一条腰窝肉。按买者要求，多则十几斤，少则三五斤。这，就是离娘肉。离娘肉必须是腰窝肉，是闺女出嫁那天，男方家托娶戚随花轿带给女方家的。

都说女儿是娘的心头肉。莫非你娶走我的心头肉，就得回送我一块腰窝肉？不知出处。但听起来，总有几分酸楚。

小珍出嫁，是我见过的最完整的一次嫁闺女。

时间大概是上世纪 70 年代前期。

一大早，唢呐声就满沟里蹿，闺女媳妇们赶紧梳洗打扮，去小珍家看聘闺女。当然，也少不了我们这群孩儿。

半崖崖上掏出来的两眼土窑洞。院子不很大，也没有围墙和大门，敞敞亮亮，整整齐齐，干干净净。这就是小珍家。

院子里，两眼窑洞中腿间，不大的火笼（也叫旺火）被吹唢呐和看红火的人围得严严实实，淡淡的蓝烟从人丛间袅袅升起。

小珍家就两眼窑洞。此时，一眼敞开着门，准备迎接客人和做饭。家里热气腾腾，门上人来人往，连敞开着的天窗，都腾腾地往外冒热气呢；另一眼，就是待嫁姑娘小珍梳洗打扮的地方了，也算是临时的闺房（小珍姐弟六七个，平时轮不到她有自己的房间）。

两三个女人和小珍的好朋友陪着小珍，准备梳洗打扮穿衣裳。门，紧闭着，虽有人来回走动，却总是匆匆关闭，显得有几分神秘。我们凑到门口，想趁开门闭门的空儿，从门缝里瞅一眼。然而看不清，门开闭得太快了。于是，干脆悄悄爬到窗户上，用舌头舔破窗纸，往里看。看小珍梳了甚样子的头，穿了甚颜色的衣裳，看娘家的陪嫁物，看小珍哭不哭……

那时候的农村，闺女出嫁，哭，还是一定要哭的，这是规矩。

老话说，闺女出嫁时哭得越痛，过门后两口子感情越好。呵呵，天知道！因此，如果出嫁时闺女不哭，负责照料闺女的人就得劝其哭，或者想办法让其哭。尤其是临走时，闺女一定要哭，还得真哭，要让人看得见哭。否则，人们就会以嘲笑的口吻，没完没了地用那句"大红公鸡尾巴长，有了女婿不想娘"的顺口溜，戏谑闺女家。更有甚者，还用不屑的口气说：甚闺女？离娘前也没掉一滴泪！话题会成为一段时间内，村里女人们的谈资。

闺女家，哪肯留下这样的话柄。所以，即使不想哭，也得装扮着哭一哭。当然，出嫁小珍那阵子，已经有出嫁时不哭的闺女了。尤其是念过书的、有工作的和城里的闺女们，她们不哭，人们能包容。好像她们是时代的引领者，守护传统，不指望她们。还振振有词地替她们解脱：新社会有文化的女子，都是自由恋爱，没有不满意，怎能哭得出来。

是啊，既然都是新社会了，为什么偏偏要求农村的女子必须哭呢？都是自己给自己的不公平。

闺女出嫁时哭，原本不是形式，是真实。

旧社会，女孩子出嫁早，又都是父母包办。一般十二三岁就得离开父母，去一个陌生的家庭里，与一个从未谋面的陌生男人一起生活，且不知道这个男人是狼是虎。这样的境况，给我，就是现在也得哭。因此，那时候女孩的哭，是按捺不住的伤心、害怕和担忧，而不是该不该哭、能不能哭的问题。我想，那时候出嫁的女孩子，不仅当天哭，大概出嫁前的一段时间里，早就哭上了吧？

因此说，新中国解放最彻底的，莫过于女人了。

到小珍她们那一代，农村闺女的婚姻也早就不是父母包办了，她们大都是经媒人介绍说合，闺女后生相互看好、相互同意后，先订婚，相处一段时间后才结婚，甭说害怕、担忧，大都可以说是两情相悦的。十七八岁的闺女，嫁给自己的如意郎君，为什么还要求女子出嫁时哭呢？

长大后，回想当年人们说这些话时的语气和表情来，我揣测，莫非人们早已把闺女出嫁时的哭，偷换成本分、不贪欲（是否有禁欲思想的阴影）的概念了？

小珍哭了吗？我们爬在窗户上看，没有。只见她面迎窗口盘腿坐在炕上，屁股下垫着一块叠得四四方方的红花被子，一脸的茫然，东张西望——是啊，大姑娘上轿头一回，她怎能知道自己该做些甚呢。只见两个女人正在挖炉灰、缠线团、备热水，准备给她梳洗打扮。

虽然当时没有今天名目繁多的化妆品，但乡村自有乡村的打扮风格。首先是缠黄毛。缠黄毛就是揪脸上的汗毛。这是闺女出嫁时必须有的程序，村人们叫开脸。缠了黄毛，一出嫁，女孩就不再是黄毛丫头，而是女人了。

村里的女人，大都有缠黄毛的技艺，她们先用毛巾把长头发索到头顶，再用锥子把发际线剔得整整齐齐，然后蘸上炉灰，长的用手揪，短的用线缠。您见过缠黄毛吗？两个女人面对面坐着，一个索着头发仰着脸，另一个，一根长长的线，嘴里叼一个线头，左手揪一个线头，右手拽着线的中间一绕，做成剪刀状。随着两人上身子一摇一摆合拍合韵的节奏，剪状线在被缠者脸上、额上，噌噌噌卷起来一串串细汗毛。小媳妇大婆姨们经常用此法相互修脸、修眉毛。

还真别说，缠完黄毛后，面容光洁而红润，实在是一种清纯自然的美。

听见小珍叫唤着，不让揪长的汗毛，嫌疼。而那女人却边揪边逗小珍："那不行，小乖乖，要揪得干干净净、整整齐齐才行。从今儿起，你就不是个女子，而是个婆姨了。"

小珍嗲声嗲气、娇羞地推搡着女人："不许你胡说，再说，我不缠了。"

"不说了，不说了，来，慢慢揪。第一天，一定要让女婿看到最漂亮的脸蛋哦。"

几个女人的笑声从屋里钻出来……

那年月的香皂真香。一定是缠完黄毛洗脸了。我们爬在窗户外面，都能闻到一股一股的清香味。眼睛贴在舔开的窗户纸上一瞅：果然，脸已经洗完了，小珍正从红布包着的木头方盒子里取出白色的小瓷瓶，打开，用小指头勾着，一点一点往脸上抹。我知道，那是雪花膏。小珍天生丽质，平日里就是美女。虽然脸上隐隐撒了几粒蚕疹，但丝毫掩不住俏俏的瓜子脸上白里透红的细腻，尤其那双忽闪忽闪的大花眼，仿佛会说话一般。

该梳头了，今天的头不用自己梳，她只管端着镜子，有专门梳头的。大梳子一遍，蓖梳一遍，把头发梳得溜溜光。除前面稀疏地留着几根刘海外，头顶一分两半，顺溜溜编成两根齐肩小辫，然后用缠了红毛线的皮圈儿扎起来，青春而稚气——是当时最常见的打扮。

小珍本来也就 18 岁左右，粉红衬衫，大红棉袄，嫩嘟嘟的脸蛋，怎么看都是个小女孩。她端着镜子照了又照，然后把梳头盒、镜子等洗簌用品，分开放进两个红色带花的唐瓷脸盆中，再用两张大红花布包袱皮子包住，四角别针一别，就是全部的陪嫁了。

记住，包袱四角，一定是别针别，不能结疙瘩，这是忌讳。

"娶媳妇的来了！娶媳妇的来了！"院里有人吆喝道。

我们风一样拥到街口。只见前沟河岔口的小路上，一行两人，牵着一头背上搭着大红花被子的毛驴，向小珍家方向走来。不一会儿，街口下，两声硬硬的麻炮声——娶亲的报道了。霎时，咯呗呗的唢呐声猛力地吹起来，欢快的旋律拍打得窑面子上的土屑，都乐呵呵地蹦了起来。

人们簇拥着。娶戚者一副新亲派头，走进院子，手里拎着一条用红绳子串着的猪肉，上面贴着红纸剪出来的大红"囍"字。只听一旁的女人们悄悄地说："足有 10 来斤吧？看来小珍寻了个好人家，挺大气的。"

真的，那年月，那么大一块肉，确实让人羡慕！娶戚者被迎进家里，毛驴拴在院角的柱子上。一切井然有序。

然而，娶媳妇的那头毛驴，个头真的不够大，再加上背上搭了一床厚墩墩的大红花被子，显得有些不协调。小珍的堂弟端了一笸箩草料，走到驴跟前，拍一把驴屁股，调侃道："你家那是甚村子？长出这品种来？还不如我们村的猫大呢。"

众人开始说笑了："人家离娘肉可大哩，顶平了……"

小珍一定是听到外面人们的说笑了，只听得屋里有人劝道："悄悄的，这阵儿不要哭，都挺好的。"

在我们那一带，嫁闺女摆的是嫁闺女宴，不是回门宴。闺女出嫁后，在婆家住够 7 天，才能夫妻两相跟着回娘家。小珍出嫁，正赶上农业学大寨大干快上的时期，人们都穷。当天，小珍家是三元盘、油糕粉汤、老白酒。所谓三元盘，就是三凉三热，即粉丝调豆芽一盘，凉拌猪头肉一盘，凉拌萝卜、土豆丝一盘；猪肉炒扁粉一盘，羊肉炒圆粉一盘，白菜炖豆腐一盘。饭吃的简单，也快。娶戚放筷子一溜地，女方家就该准备送闺女了。

老家有个习俗，不管男女两家愿意程度如何，娶的这一天，女方家总会提出这样那样的要求或不满意，这是该有的。养女儿三乍，这是第一乍。因此，娶媳妇这一天，女婿不上女方家门，娶戚一般都是男方的叔叔或舅舅中选一个懂行的、能说会道的。当然，大部分人家，诸事都提前商量好了，娶的当天一般只是走个形式，有什么要求和不满，三句五句就扯平了。但也有个别的，比如女方家长不同意的，或者女方家茬儿硬的，如果遇上个没经验或犟八头的娶戚，三句五句闹僵了，不愉快了；或者磨到天黑，女方家也不让闺女起身，无奈，娶戚只能赶着毛驴返程了。

当然，这是极少数的。不管女方家摆的是三圆盘还是顺六碗，作为媒戚，一概不贪杯，不多言，一切按程序进行。除了想生儿子的在酒桌上偷两根筷子，想生女儿的偷一个酒盅外，不管女方家所提要求和不满是否合理，媒戚都要不焦不糊地应付，引导亲家早点打扮姑娘，送上花轿，圆圆满满娶回媳妇。至于媒戚当天答应下的事能否兑现，那是日后两亲家理论的事了，媒戚不管。

小珍家最不满意的，就是毛驴个儿太小了。

出嫁当日，闺女上轿脚不沾地，怕带走娘家的财。由送戚——女方的叔叔或舅舅抱上轿。

当然，抱着小珍肯定不是上轿，而是上驴了。

小珍上驴背时哭了，是真哭。叔叔抱着她往驴背上放，她穿着大红裤子的两脚扑腾着，边哭边说："我不骑，不骑，猫一样大的个驴，我怕压死了。呜、呜、呜……"

小珍的姐姐赶紧走过来："呸呸呸，不要说不吉利的话。驴是小了些，可已经来了，又没地方换，咱妈已经数落他家半天了，乖乖走吧。"

一旁的婶婶们也劝道："不要闹了。驴是小了些，可人家的离娘肉挺大的，长短相补吧。"

媒戚瞅准了机会，以大人哄小孩的口吻说："好闺女，不要哭了，驴是村集体的，满村就两头，不由咱。这两天村里正忙着闹会战呢，原来村干部还说不出驴呢，是咱好说歹说，好容易说成了大驴。大驴是头老驴，还是灰色的，但不管怎样还大些，原计划给它缝个红头戴，谁知那灰驴昨儿黑夜生下个驴驹子，没办法，只能用小驴了。总算这头驴年轻，又是黑驴，好看。反正驴就这驴了，就是我这阵子返回去，也牵不来一头大驴。"

真是一张好嘴。在场的人都被他驴来驴去的说笑了，小珍也憋不住破涕为笑了。

他接着又说："倒是离娘肉是咱自家的，拿多少也由着咱。要不，这阵儿我再给你回拿肉去?"

小珍叔叔开口了："好了，不说了，赶紧走吧。"随即，把小珍抱上驴背。

那是破旧立新的时代，小珍没有盖头，只脖子上围了一块红头巾。就要起身了，小珍的姐姐扶起头巾，在小珍的耳朵孔里塞了棉花团，衣兜里装了煮鸡蛋。

这是闺女出嫁时最后的打点。村人说，耳朵是七窍之一，容易残风入侵，新人怕风;兜里装鸡蛋，是让闺女路上吃，说蛋黄有渗尿的功效，吃了鸡蛋，路途再远，也不用途中下轿（下驴）解手。

其实，耳朵塞棉花，是针对过去那些娇不经风的绣楼小姐的，当时的小珍，已经是村里农田基本建设队伍里正儿八经的劳动力了，寒冬腊月推着小平车满工地奔跑呢，还怕骑在驴背上的那点风? 不过，这是乡俗，要有的。也不知蛋黄是否真有渗尿的功效，反正老家的闺女们，一代传一代，看样学样直到今天。

小珍上路了。记不得是八九月，还是二三月，反正我们都穿着夹衣，而小珍上穿红棉袄，下穿蓝裤子，一定热的够呛。但是，还得这么穿。在老家，即使六月天，闺女出嫁时，身上也得穿点带棉花的，那样过门后的日子才能厚实了。

小珍的红头巾、红花棉袄，配上搭着红花被子的小毛驴，一摇一摆地走在树瘦草枯的山村小路上，很新鲜，很亮丽，很美，活脱脱一个红媳妇。

唢呐声渐行渐远了，那一点美丽的亮也越来越小了。

俗话说："娶媳妇欢天喜地，嫁闺女一泡黄尘。"

真的，闺女被娶走后，偌大的院子里，虽然还是人来人往，却感觉空落落的。小珍妈呢？在老家，闺女走的时候，妈是不能去瞭的。

大家返回残羹盘碗一大摊子的家里，只见小珍妈一个人静静地坐在炕上，正泪眼汪汪地瞅着那块贴着"囍"字的离娘肉……

五月端午的花绳绳

五月端午，是春季转入夏季的一个重要时节。其民间习俗各地都有，而老家独有老家的特色。

尤其让我记忆犹新的是小时候端午节时脖子上戴的那串用花绳绳串起来的布鸡鸡、布鹅鹅，五搐搐、艾草……

端午节的前几天，村里的婆姨女子们就忙乎开了。她们把平时做衣服剩下的各色布头挑拣出来，配颜色，剪样子，缝布鸡鸡、布鹅鹅、五搐搐；用大黄、艾草叶、海娜花，或者用"洋胭脂"（染色颜料）染五色线，搓花绳绳。

如果做布鸡鸡、布鹅鹅，能用上供销社买来的各色丝线扎彩，那便是上乘的好玩艺儿了。

农村的婆姨女子们，心和手都巧着呢。她们随便找一块布头，有的大概画一个形状，有的原本就不用画，一剪子下去，鸡是鸡，鹅是鹅，跟现在的卡通形象比起来，瘦是瘦了些，但更逼真，更生动。

缝制布鸡鸡、布鹅鹅，都有非常细密的工序，为了能让布鸡鸡、布鹅鹅立起来、更有形状，做之前大都要先打衬、裁剪，再贴上预先选好的布头，一对一对地粘好了，然后，单片彩扎出图案来。彩扎就是用各色线、或者更小的布头缝和绣。比如眼睛、嘴巴、羽毛、爪子、鸡冠子等等。单片彩扎完成后，中间填上棉花，一对一对地缝合起来，布鸡鸡、布鹅鹅才算缝制完成。

五搐搐不用打衬，一般也不选用太华丽的布，一块儿或者几块儿小布头，用线缝起来，一抽、一缩，就成了串在一起的、梅花状的 5 个软软的、鼓鼓的、口子紧缩起来的小袋袋，特可爱。所有的布鸡鸡、布鹅鹅、五搐搐，大者不出两寸，小的近寸长，玲珑精巧，惟妙惟肖。鸡脖子短粗，鹅脖子细长；公鸡威武，母鸡柔顺；用细长弯弯的鹅脖子来体现神态不同的掉头鹅、探头鹅等等，有趣极了。

每到端午节，村里仿佛展开了一场布艺制作大交流，婆姨女子们都尽展自己的针线技艺，做得特认真，还暗自较着劲儿呢。就连下地干活时，也不忘记带上扎彩的活儿。一到休息间，大家在地头凑在一起，老的教，小的学，取长补短，认真缝制。尤其是收工后，你看那街口院头，三个一族五个一圈，花花绿绿，叽叽喳喳，你的嘴缝得短了，她的眼睛做得大了，笑声一浪高过一浪，快乐一层裹着一层，让整个村子为之活泼而生动着……

布鸡鸡、布鹅鹅、五搐搐缝制多少，都是根据自家孩子多少而定的，反正 10 来岁以下的孩子都要戴。大一点的，有了戴，没有就不戴了。

布鸡鸡、布鹅鹅、五搐搐缝制完成后，就该搓花绳绳了。这时，已是端午节的前一两天了。婆姨们拿出早已染好的五色线，坐在街头，裤腿一卷，唰啦唰啦地在小腿臂上搓了起来。小孩儿们早已等不及戴了，围在妈妈、姐姐们身边，你争我抢，渲染着越来越浓的节日氛围。

除了缝制布鸡鸡、布鹅鹅、五搐搐以外，采艾草也是端午节最重要的内容。都说端午节这一天采得艾草最好，所以，天刚蒙蒙亮，大人们就出去采艾草了。

艾草喜湿，一般长在背阴的坡垴地畔、下湿洼地、河旁井边。人们早早地出去，一是想在太阳跳进家门时，把艾草给孩子们戴上；二是早了，可以就近采割。

当阳婆爬上窑洞门窗时，采艾草的人们回来了。他们三五相随，每人一捆。一进门，顾不得擦一把汗，先捆一小捆艾草，插在自家门头上。然后，拣出艾草的嫩枝叶，捋成一大把艾草团，给刚爬出被窝的每个孩子从头到脚擦一遍。最后，用一根艾草的软枝条，折成寸数长的段，用花绳绳一捆，系在早已用花绳绳串起来的布鸡鸡、布鹅鹅、五搐搐的串儿上，戴在孩子们的脖子上。

孩子们打扮好了，女人们再掐些嫩艾叶，揉成一个一个的小艾球，塞进全家所有人的耳朵孔里。这时，才可以坐下来喘一口气。

戴花绳绳和艾草的时候，不能说话，悄悄地、严肃地。倘若小孩子们不懂事出声了，做妈妈的一定是用眼神和动作示意不让说话，然后，轻轻堵一堵小嘴……

一切就绪了，剩余的艾草放一边，等蔫了后打成艾要，晒干，夏天熏蚊子。

布鸡鸡、布鹅鹅、五搐搐只给孩子戴，而花绳绳，不仅人人都要戴，家禽、家畜、农具、门环也要戴。

看吧，每到端午节，你穿手腕上、他套指头上，你拴脚腕上、他戴脖子上。还有牛角上，狗脖子上，猪、羊耳朵上，鸡腿上，所有农具的手柄上，门环上等等，都戴上了花绳绳。

街头院路，逮着小孩，第一眼就看他妈妈做得布鸡鸡、布鹅鹅怎么样；相互路遇，女人们总要瞅瞅对方手腕上的花绳绳，且暗自比较着，谁搓得均匀、鲜艳、不落色……

为什么要如此浓重地戴花绳绳、布鸡鸡、布鹅鹅、五搐搐、艾草呢？

当我想起要寻其出处、追其踪迹时，老家已进入了荒芜和空壳状态，好多民间习俗都随之消失。村里几乎没有了60岁以下的人，缺席了年轻人和小孩子的村庄，消失了生气，也没有了节日氛围。民间习俗、传说故事，也鲜有人知了。

带着几分遗憾，走访了好些上年纪的老人，点点滴滴揪了一些"席片"，然后串缀、推测、查资料……

端午节，古人也叫端阳节、天中节、夏节等。端午一过，就正式进入夏天了。

夏天，天气干燥，人易生病，而古人尤其害怕瘟疫，这也是夏天易发生的恐怖事件。因此，古人认为，五月初五是个恶日，不但五毒（蛇、蝎、蜈蚣、壁虎、蚂蟥）从此日开始猖獗，而且瘟神、鬼魅也纷纷出动了。为了祈求顺利度过夏季，端午节的所有习俗，就以驱邪祛病、除五毒而展开。

先说艾草。

艾草，又名艾蒿，菊科蒿类，多年生草本植物。资料介绍：艾草性味苦、辛、温，入脾、肝、肾。《本草》载："艾叶能灸百病。"《本草从新》说："艾叶苦辛，性温，熟热，纯阳之性，能回垂绝之阳，通十二经，走三阴，理气血，逐寒湿，暖子宫……以之灸火，能透诸经而除百病。"现代医学研究亦认为，艾草有抗菌、抗病毒、平喘、利胆、抗过敏、抑制血小板聚集等作用。可祛寒暖身、提神醒脑、除疲劳，预防和治疗神经性衰弱失眠、风湿关节炎、腿脚麻木、糖尿病、感冒，等等。

"清明插柳，端午插艾"。艾草的药用，在中国已历史悠久，民间对它的神秘和喜爱，早已超出了药用本身。古人认为，艾草是神草，它不仅可以治百病，而且还有驱邪、祈福，预防五毒侵害的神力。所以，端午节，这个古人心目中的恶日，门头插艾、身体擦艾、耳朵孔塞艾、小孩戴艾……都是驱邪、祛病、防蚊虫、祈平安。

再说雄黄酒。

传说，五月端午是白蛇殉难日，或者说，现形日。

白蛇与许仙的凄美爱情故事，无人不晓。许仙为了证明爱妻是人不是妖，在法海的指点下，五月初五用蘸了雄黄酒的筷子夹菜给妻子白素贞吃。结果，白素贞立马头疼万分，现了原形……

雄黄酒可以让妖怪现形！当然是驱邪佳品了。这应该是端午节喝雄黄酒的出处。

地处黄土高坡的老家，虽然因周边没有粽叶，将端午包粽子的米做成了凉糕、浆米粥，但雄黄酒还是一定要喝的。父亲说，他小时候，家家户户都是喝自家做的雄黄酒。

至于布鸡鸡、布鹅鹅、五搐搐，应该都与祛五毒有关。都知道，鸡和鹅在家禽畜类中属铁嘴，是蛇、蝎等毒虫的天敌。你见过一群鸡围食一条蛇的场景吗？我见过。号称狠毒的蛇，面对群鸡的啄食，一点办法都没有，直至被啄成一条烂蛇皮。而五搐搐，样子仿佛5个口袋，口口相对串在一起。老家方言中，一般称口袋为抽子，小口袋叫小抽抽，大口袋叫大抽子。抽抽，搐搐。五搐搐，难道不是五抽抽吗？发音也符合演变过程。那为什么要小孩子戴5个小袋子呢？看过神话影视的人都记得，但凡降妖拿怪，大都是天庭派天神拿神器——捉妖袋，蹬云头略施法术，捉妖袋便口朝地面，将妖怪收入囊中。而五个搐搐（抽抽），正好是降服五毒的法器，戴在小孩身上，五毒就不敢近身了。此推测靠边否？待考证。

花绳绳，是五色线搓合而成。五色线，是佛教、道教中常用的开运宝物。佛教说绿、红、黄、白、黑，象征如来佛的五种法门：信、进、念、定、慧；道教说五色分别代表：木、火、土、金、水五行，以及东、西、南、北、中五方。在佛经里，五色线代表着金刚界的五佛，即西方阿弥陀佛、南方宝生佛、北方不空成就佛、东方阿闪佛、中央大日如来佛，身戴五色线，五方大佛的佛光照射，可得金刚五方大佛护身。所以民间称五色花绳绳为长命索。

难怪小时候，夏天为了凉快，院子打扫干净后，铺了毡子、被褥，晚上在院子里睡觉时，大人们总要用一根黑白相间的羊毛绳，或猪毛绳等类的绳子，把孩子们睡觉的地方圈起来，说是为了安全。

一根绳子有什么可安全的？大人们却说，围上绳子牛牛虫虫就不敢来了。我知道，这里所指的牛牛虫虫，就是蛇蝎之类。尤其是蛇，夏天在草木茂盛的乡村，蛇伤人不是稀罕事。在人们的印象中，蛇比狼更可恨，它总是隐藏在人的身边，偷袭伤人。为了避讳说出这个让人生恨的蛇字来，老人们常常把蛇叫做长牛牛。虽然，随便找来的绳子不够五色，但心中的期许，已不言而喻了……

七月十五送面人　八月十五杀鞑子

　　七月十五和八月十五曾经是老家一带除过年之外最隆重的节日。

　　据资料介绍，在民间，七月十五捏面人要早于八月十五打月饼。

　　传说，隋炀帝好巡游，迁都东京后（今河南开封），一直留恋金陵之水。于是，派将军麻叔谋"开运河，引南水"。麻叔谋是个干将，也是个凶残暴戾之人，开河到达商丘的宁陵后，患病卧床不起。求医诊治后，医生说："务必用嫩羊羔肉蒸熟了加药物一起食用才可医。"此风一出，邻村不少百姓为了讨好麻叔谋，都争先为其献嫩羊羔。麻叔谋收下嫩羊羔后也给送羊羔者丰厚的报酬。这时，当地有一个心性残暴的富人，为了求得麻叔谋绕道挖渠，以保住他家祖坟的目的，就偷了别人家的小孩，杀死后，去了头和脚，像蒸嫩羊羔肉一样，加药物蒸熟了送给麻叔谋吃。小孩肉蒸中药，与羊羔肉味道不同，麻叔谋一吃便上瘾了。从此，他命手下人寻机偷小孩蒸着吃，方邻左右的村庄天天都有丢失孩子的母亲的哭泣声。为了躲避孩子被偷，人们专门用厚重的木头做了柜子，四角用铁皮裹边把孩子关进去，晚上着人轮流照看。就那样，仍不时有孩子丢失。宁陵的孩子都快被他偷吃完了，他又派人去鹿邑城偷小孩。一时间，麻叔谋的名字成了瘟疫，人们闻之便惊魂失色，恨之入骨。小孩更是闻风丧胆。后一说，有英雄闻知，将其生擒宰杀；另一说，有人告发，朝野大惊，隋炀帝派大将来护儿将其逮捕，以"食人之子、受人之金、遣贼盗宝、擅易河道"等罪名腰斩。

麻叔谋是怎么死的不重要，重要的是人们担心他做鬼也是个恶鬼，仍会食人子。于是，七月十五家家都捏面人，并将面人用麻披绑在谷草上做祭祀，以求得保全自家孩儿平安。

这应该是捏面人出处。按此推测，民间捏面人的习俗最少有1400年。

记得我小时候，七月十五捏面人还专门捏一个很小的面人，一出锅，不说话，裹上麻批柴草扔到圪塬坡。当时只说是祭鬼，不知道祭什么鬼。

直到今天，老家民间仍有一句吓唬小孩的话：不敢哭，麻糊糊来呀！或者，呀，麻糊子，怕死人了！据说，"麻糊糊"或"麻糊子"（也有麻胡子之说）就是麻叔谋3个字的演变称呼。

八月十五吃月饼，据说起源于唐朝，盛行于宋朝。

起初，月饼是宫廷中特有的吃食。流于民间，大概已在宋朝末期了。而民间一般人家八月十五吃月饼，据资料推测，应该在元朝中后期。

进入元朝，蒙古人统治了汉人。当时社会把人分为4等，一等蒙古人，为统治者；二等满族、女真族等少数民族，享有相当的统治权力；三等汉族，被剥削、被压迫阶层；四等南人，即原来南宋王朝统治下的汉人，为下下层，统治者不把其当人看。为了统治汉人，朝廷实行了"十户制"，即，将百姓以10户为单位划分开，派一个叫"十户长"的蒙古人，也就是老百姓说的鞑子进行监视、管制。鞑子平时就由这10户人家供养着，百姓叫他们为家鞑子。家鞑子轮流在百姓家吃住，谁家有了好吃的，都得由鞑子们吃剩了才能给家里其他人吃。这些家鞑子平日里横行霸道，为所欲为，一有不顺心，就陷害残杀老百姓。有大姑娘小媳妇的人家，都得向家鞑子买门槛子，而门槛子高与低的定价又由着他们，他们想要多少就要多少。有钱人家买得起高门槛的，家鞑子就收敛点；没钱人家买不起门槛子，就只能任其不管闺房还是洞房，想在哪儿睡就在哪儿睡。家鞑子们还享有管辖区内新婚媳妇的初夜权。因此，老百姓对他们恨如山、仇似海。到了元末，农民暴动时有发生，为了加强管制，民间禁用铁器、刀具等，就连做饭用的切菜刀，平日里都得交由家鞑子保管，用时取来，用完归还。

反元怒火已到了一触即发的地步。

七月十五送面人和八月十五送月饼，就在这个时候前呼后应地成就了一场浩大的、名留千古的反压迫运动。

不知道以前做祭祀时面人捏得有多大，反正杀鞑子那年，七月十五的面人就开始捏得大了起来。在严禁使用刀斧工具的高压形势下，为了准备杀鞑子的器具，人们都把面人捏大，将刀斧等工具裹在面人中，以礼相送，传递到住鞑子的户家去。收面人者，将收到的面人搁起来，以示祭祀，一点都不会引起家鞑子的怀疑。等工具备齐时，已进入农历八月，组织者们又利用打月饼之机，把"八月十五午夜子时杀鞑子"的字条藏在月饼馅中，以互赠月饼的方式，传递信息，以求得统一时间，统一行动，杀家鞑子们一个措手不及。

八月十五晚上，有家鞑子的户家都在院里放了桌子，摆了月饼、水果、西瓜、烧酒等食品，一是中秋祭月，二是专供家鞑子们享用。这一天，西瓜是必备的，尽管八月十五的北方已经过了吃西瓜的季节，但有家鞑子的户家必须备有西瓜，其目的是，万一不到动手时间暴露了刀具，就以孝敬家鞑子为其切西瓜为借口规避被怀疑。入夜了，管辖区的男人们都来到有家鞑子的户家，陪着家鞑子吃月饼、水果、喝烧酒。等到子时，鞑子们已喝得醉醺醺的了，人们掰开面人取出刀具，一齐动手。一霎时，把为非作歹的家鞑子们杀了个精光……

子时一过，走上街头的人们悄悄打听事态，当得知无一家鞑子漏网时，大家燃放鞭炮，振臂高呼，以庆贺杀鞑子的成功。

我终于知道为什么亲戚朋友间送面人都在七月十五以后，而送月饼却在八月十五以前了。

面人凉了

记忆中的七月十五，正是新麦刚收的季节。

山坡陡地的老家，种小麦成本高产量低，种得少。白面除过节时吃个稀罕外，平时很少见到。但是，七月十五的白面不能少了。为了捏面人，也为了让全家人七月十五中午吃一顿包子或者蒸馍烩菜，女人们早早地就在工余时间拉起石磨，起早摸黑地把新麦子精磨细箩加工成白面：头遍面、二遍面、三遍面，箩分粗细，面分类别。白面本来就少，好白面更少，得用在刀刃上。除了供品和送新媳妇的面人必须要白白面以外，其余的，有了裹个白皮，没有了就用混面。七月十四，开始发面了。会过日子的婆姨们，既想把面人捏得大些、漂亮些，还想多些。所以，一发酵好几盆面，头遍面、二遍面、三遍面，还有一盆细玉菱面，都是捏面人的。

十五这一天，婆姨们不上工，主要任务是捏面人。孩子们一个个高兴得蹦来跳去，东家出西家进，乐不可支。

面饧好了，大案板往炕上一放，三四盆面一排溜摆开，女人们盘膝打坐在炕上捏面人。那面人有全白面的，有外面裹白白面、里面包黑白面或者玉菱面的。

也难为那些当妈的了，一层一层包裹着捏，既费时间又需要技巧，弄不好，里面裹着的黑面就露出来了。不过，她们却乐在其中。年长的婆姨们边捏边教，年轻的媳妇女子们边捏边学。团面在她们手里，三刀两剪子就是个人样，然后眉、眼、鼻子、嘴，样样放周正，面人便栩栩如生了。

老家的面人风格简洁浑厚、朴实雅洁，大都有纹样，点染时不用大红大绿涂抹，只用筷子点红点点，或用细高粱杆裁齐了，掏空端口的杆囊，五根六根地捆在一起，形如梅花，蘸着红色点梅花花。所以，捏面人的工具也很简单：切刀、剪刀、锥子、梳子、眼睛籽儿、高粱秆儿、红吃色。

面人的品种有仙女捧桃、爬娃娃、七人人、面鱼、面羊羊等等。最复杂的要数"仙女捧桃"了，有头戴、腰裙、项珠、腕珠，仙女手捧的仙桃上还要有两片叶子，肚上再盘有蛇盘兔（取蛇盘兔、必定富之意），满身的纹样上，再撒有海贝、小鸟、花絮等。"七人人"要捏7个，每一个一种动作，左脚拉右手的是踢鬼人人，四肢青蛙一样盘曲着的是耍水人人，双手合十的是拍手人人等等。而且每一种姿势都有一个小故事。

面人出锅了，胖乎乎、白生生、麦香扑鼻。加之用红吃色点染，很漂亮！母亲先选些白的、好看的、大小适中的留着与亲戚朋友们相互交换，其余的给我们每人一份分开。

那时候的白面真香，虽然大多数时候是外面白白面、里面黑白面的面人，但依旧开心得不得了。拿着分得的面人，怎么也舍不得吃，就那样放在眼前看着，笑着，饭都不想吃。

"仙女捧桃"是送新媳妇必不可少的礼品。

在老家，闺女从订婚开始，连续3年，婆家七月十五都要给娘家送面人。为了展示婆家的仗意，婆婆的手巧，面人捏得特别细致。讲究的人家还请民间巧手专门去给新媳妇捏面人。三四斤面一个大面人，用敞口大铁锅都得把头和身子分开来蒸，出锅后，再用预先备好的高粱秆串起来，红吃色点染。点染出来的面人鲜嫩嫩，白胖胖，白红有致，特好看！周围邻居都争相来观赏。

乡下没有食盒，从七月十五下午开始，大面人就放在长方形的竹篮里，遮一块白毛巾，一两天之内，由新女婿背着送到老丈人家。在送面人的过程中，路过村里时，有人提出来想看面人，不管认识不认识，新女婿都不能拒绝，要停下来展示给大家。如果拒了，就会遭人笑话，说新女婿小气、不精明（智商不够）。农村人大都就近结亲，赖话一旦传出去，风一样快，传到新亲家耳朵里，是件不愉悦的事。

老家人认为，小孩子吃面人是吉祥的。所以，七月十五的面人是专门捏给孩子的。直到20多年前，我远离老家寄居城市以后，每每七月十五过后，母亲还要想方设法托人从五六百里远的老家，给我儿子捎来一个大面人。

历史就是这样，该衰的衰，该盛的盛，没有理由。

捏了1000多年的面人，而今已经凉了。城市里，天天吃馍馍的年轻人不稀罕，不会捏，也无此情趣；农村，都是些六七十岁以上的老头老太太，没氛围，没需求，懒得捏。七月十五捏面人也就只能写进非遗项目中了。

月饼还热

八月十五，从一开始，就把月饼做成了月亮。月饼、月亮遥遥相对，正好弥合了中国人心头期盼的那个圆。中秋原本是庆贺丰收，感恩天地的赐予。今天，月饼还继续送，还在八月十五前，只是人们关注更多的好像不是敬天感恩，也不是月饼。普通上班族盼望放长假享团圆；有离开老家寄居城市者，守一个月饼，遥想曾经的节日氛围。

曾经的八月，一进初几，村里就开始垒烤炉（土制烤炉），备模具，开摊打月饼了。一连好几天，白天青烟袅袅，晚上炉火通红。你家三十个，他家二十个，谁家也打不了多少，但家家都要打。新炸的胡麻油香，弥漫在中秋清粼粼的空气中，任你站在村周围的哪个顺风山圪蛋蛋上，香甜香甜的月饼味，都能一丝一缕地流过来，让那些行路的、放羊的、收秋的人们，时不时抬起头来，扇扇鼻翼，陶醉其中。就连在黄糁糁的油案板上，咔、咔、咔的磕月饼声，都清脆清脆的香甜着……

穷不是问题，问题是有无情趣和对美好事物的追求。那时候的农村人，一年见不到几个现钱，但逢年过节，该有的还得有。

打月饼，你拿着面，他提着油，你有红糖，他有果脯，大家以物易物，相互交换着。就连打月饼的工钱，都是挖二升糜子抵顶的。

我家兄弟姐妹多，打上二三十个月饼，给爷爷娘娘、姥娘送过后，姐弟们最多每人能分一个，其余的，就留着十五晚上祭月了。

那是一个很庄严的夜晚。月亮早早地就出来了，端端庄庄地挂在天空，仿佛特意等待着人间的供奉。煤油灯下，母亲把月饼、葡萄、小果子、桃等，都认认真真地摆放在盘子里。

该切西瓜了。西瓜是必须有的。难道这一点是承袭了杀鞑子那个晚上的吗？晋西北的西瓜本来早已过季，但每年在西瓜退市的最后时刻，人们总要选几颗藏起来，供八月十五用。很多时候，到了十五晚上，瓜切开了，瓤却化汤了。没关系，再切，直到把所有的西瓜都切开了，总能找到一两牙儿瓜瓤能立起来的。于是，放在盘子里，和其他供品一起摆放在木头方盘里，端出院子来，摆放在预先准备好的桌子上……

开始祭月了，整个村子都安安静静的，唯有月光的轻纱随了凉爽的风，轻轻拂动着，将一个个柴门小院笼罩着、拨撩着。站在流动的月光下，人显得特别肃穆。母亲摆放好供品，又用升子盛了多半升粮食，放在盘子前方，点燃三炷香，插在升子里……

香，燃起来了，袅袅青烟仿佛与挂在天空的月亮有了一丝瓜葛。母亲对着香火跪地磕了3个头，然后双手合十，嘴里还念念有词。我们姐弟几个也一会儿跟着磕头，一会儿学着母亲的样子双手合十静静地站着，稍微也不敢发出一点声响来，仿佛咳一声，就会惊醒迷蒙的月纱。

父亲是共产党员，一般不参与这种活动。他一个人坐在家里吃东西，或者远远地看着母亲……

香焚烧完了，月亮好像满意地微笑着向细豁子方向翩翩飘去。姐姐端回盘子，拿出切刀，把月饼切成四等份或者八等份的牙儿，然后，先取两牙儿送到父亲和母亲的嘴里。当她扭头再去取时，盘里的月饼牙儿早已被弟弟妹妹们分吃完了，她只能撅着嘴吃分给她的那一个了。

打谷糕

"秋风糜子割不得，寒露谷子等不得。"从秋分到寒露的15天里，是老家最最忙碌的日子。

糜子黄了，谷子黄了，黄得比脚下的黄土地更亮堂、更惹眼。沉甸甸的穗儿随着清爽爽的风涌动着，发出"嗦嗦嗦"细碎的声响，仿佛清风撵着清风，细浪舔着细浪，满山满梁地荡漾。

也有褐色的豆子，朱红色的高粱，墨绿色的山药红薯，还有沟底、溪边翠绿青青的各种蔬菜。但那都是些点缀和勾勒，在老家，糜子和谷子才是最主要的种植物。

20世纪70年代初，正是人民公社的大集体时期。

凌晨，窗户纸上刚刚渗出窗棂棂的时候，集体上工的铜号就脆生生地吹响了。真的，那铜号满沟里吹，从阳圪崂到阴圪崂，再爬上红圪凸。大约十几分钟，队长始终号不离口，喇叭口一会儿向着后沟，一会儿朝着前沟，那嘹亮清脆的号声，是那个清晨最清醒、最有活力的声音。于是，男人和女人们拿起镰刀、背绳，把孩子们反锁在家里，一排溜洒在了黄得惹眼的山坡上……

你见过上百号人集体割糜子、割谷子的远景吗？

漫漫的一道山坡上，每人把着两垄，从底畔开镰，"噌噌噌"

地往上割，卷席子一般。当金黄色的"席卷"一圈一圈往上卷时，土黄色的坡面上，就留下来整齐有序、均匀等距离的庄稼背子，远远看去，似天工彩绘，气势恢宏，好看极了。

老家是山区，七沟八梁一面坡是基本地貌。千百年来，漫山遍野的土地上，春种秋收需要运送的东西，都是乡亲们用脊背来回背运。这里说的背子，就是正好能一个人一次背得动的庄稼。糜子是六铺子一背，谷子是三个一背。由于糜子和谷子长得不一样、打法不一样，所以两者的割法、背法也不一样。

糜子一棵几穗，且出穗高低不等，所以，打得时候连同秸秆一起打，割的时候，就以糜杆根部对齐，一抱为一铺子，左右一一相搭，放在背绳上，捆起来背。

谷子是一棵一穗，且谷穗的脖子较长，打得时候，从谷脖子上铡下来，只打谷穗，不打谷杆。所以，割的时候，以谷脖子对齐，一捆一捆用谷草绳在谷脖子上扎住，三个一背，头尾相搭，捆起来背。

为了背的时候能稍微轻一些，庄稼收割的时候，都要一背一背在地里摆放好，晾晒几天。一天的收割完成了，队长要满坡满圪梁转一圈，清点好背子数，然后才收工回家。

一般都是开始集中精力收割几天后，就改为早上背秋，白天收割了。因为早上潮气重，穗儿能经得住轻微的揉搓。

背秋的阵势也是一道不俗的风景。一早上，漫山遍野的田间土路上，到处都是热火朝天、你追我赶的背秋人。连穗带杆打捆起来的背子，小山一样，压在背秋人脊梁上，远远看去，弯弯绕绕的盘山小路上，走动的不是人，是一排溜一排溜流动着的小山丘。

村里的几个打谷场上，糜子、谷子，霎时间，就沿着场塄畔，垛起来丈二高的庄稼墙了。

一背庄稼，从远远的地头背回来，往场上一放，甩一把热汗，一扑棱躺在厚墩墩的庄稼秸秆上，通通畅畅地呵一口气，那一份畅快、舒坦、释然与轻松，是没有干过体力活儿的人无论如何都想象不来的。

"说话要说理，吃饭要吃米"。在老家，谷是百科植物中最神圣的，所以第一次开场打谷，是要吃打谷糕的。

是为了庆贺丰收？还是犒劳犒劳辛苦了大半年的庄稼人？抑或是为了祭祀哪一位神灵？反正吃打谷糕，是我小时候秋天里最喜庆的一件事。

择一个好日子，大队院里垒起锅灶，派几个人，前一天就碾米、磨糕面、做豆腐。软米是当年的新软谷碾的，黄油是当年的黄芥榨的，红枣和粉面是上一年的。

油糕，在老家好像被贴了标签，凡有喜事、大事、贵客、亲朋，必吃油糕。油糕粉汤是那年月的美味佳肴，是上待客人的饭食。而打谷吃糕人多，一般以吃糕为主，喝粉汤少，大都是抿面汤或者菜饭汤。

打谷糕，全村男女劳力都给吃。女劳力因为有孩子，一般不去大队吃，而是领一份油糕回家吃。如果孩子多，领到的油糕不够吃，就自家再做些。反正那一天，全村所有人都吃油糕。

开场打谷是最忙碌、也是最高兴的一天，尤其要吃打谷糕了。

一大早，背秋路上的人们就野开嗓子，咿呀呼嗨地唱起了曲儿。往出走唱，往回走背着背子依然忍不住哼哼着、叨啦着……

打谷场上，有码谷子的，有铡谷穗的，有捆谷草的，有垛秸秆的。尤其围着场塄畔，杆儿朝外、穗儿朝里码起来有近2米高的谷子垛，城墙一般，把整个场子围得只剩了进出的两个口。场中转一圈，朝阳沐浴下的谷穗墙，实密密，黄森森，清甜甜，仿佛人被谷穗溶解了，只剩了眯缝得睁不开的眼睛。

太阳升高，潮气散尽，谷子就要开打了。

碌碡，是打谷子的主要工具。不知是不是石器时期留下来的产物，反正笨笨重重的一个圆柱体石轱辘，大者长一米余，粗细直径尺余；小者长六七十公分，粗细直径八九寸。两端圆截面中心凿通了，上了轴，栓了绳线，用牛拉着碾压。

偌大的打谷场，铺满了尺许厚的谷穗，仿佛盖了一张圆圆大大的厚被子。戴了笼嘴的大黄牛，拉着碌碡，三四头一溜儿排开，由一个人一手牵着缰绳，一手甩着长鞭，指挥牛拉着碌碡转圈圈。

然而，那圈圈可不是随便转的，哪头牛碾哪一道，路线怎么走，都由牵牛人掌控的缰绳长短和鞭梢指挥。随着碌碡一圈一圈地碾过，翻场人紧跟其后，一圈一圈地翻过。当牛一圈一圈转回中心时，整场谷子也就碾过了一遍。这时，牵牛人再放松缰绳，让牛拉着碌碡再一圈一圈由里往外转……

如果碌碡不够用，就用牛踩，老家人叫踩场。牛踩与碌碡碾一样，也是牵牛人一手牵着好几头牛，攥着缰绳站中间，甩一把鞭子，指挥着牛们由外而里，或者由里而外地转圈圈。只不过，牛踩过的会留下不少谷瓣，这时就得把谷瓣摊平了，人工用络戈（也叫连枷）去拍打。

您见过大场地里几十个人同时打场的阵势吗？特爽！

把人平均分成两排，面对面，挥舞络戈，一排起，一排落，边打边移动。那样的打场必须整齐有序，如果一个人跟不上节拍，络戈扇子就会落到人的头顶上。

骄阳艳艳，蓝空爽爽。随着"嗵嗒、嗵嗒"的拍打声，和"吭嗨——吭嗨——"的号子声，打谷场对面的崖娃娃也跟着"嗵嗒、嗵嗒""吭嗨——吭嗨——"

此时的大队院里，担水的、添炭的、蒸糕的、煮枣的，热火朝天，热气腾腾。

要说油糕，我敢说，全中国也数老家的最香！

那里的土地是贫瘠了些，可长出来的秫谷（软谷子）、黍子碾出来的软米，都是黄生生、软溜溜的。

您见过大规模做糕的场面吗？把米甜扑鼻的糕面放进大瓷盆里，用开水晾过大气泼起，然后几个人同时在一个大盆里，双手使劲地搓，搓成块垒状后，就该上笼蒸了。

虽然是在院子里临时垒起来的灶，但东家一口大铁锅，西家一口大扁锅，张家的大案板，王家的新笸箩，布置得井井有条，进行得有条不紊。

开始蒸糕了，大铁锅上架起笼屉，铺上笼布，将搓成的块垒面粒撒在笼屉上，撒一层，蒸一会儿，再撒一层，再蒸一会儿，直到笼屉里的糕 2 寸左右厚，这一锅就可以出笼了。

搋（chuai）糕是做糕过程中最考验人的一项。把刚出笼滚烫烫、软溜溜的素糕，趁热用手蘸上油（也可以蘸凉水），像和面一样搋起来，实属不易。你看那些搋糕人，一会儿抹油，一会儿蘸水，一会儿吹吹手，一会儿闪劲儿再搋两把。其间，总能不时地听到搋糕人"哎哟，沸——"的吆喝声。直搋到糕团子光、绵、软、精时才行。

把搋好的糕团放在大案板上，像擀面一样摊平了，再均匀地抹一层红枣泥，卷毡子一样卷成粗细自定的糕棒子，然后用线一卷一卷勒成圆圆的、厚薄均匀的糕片。至此，素糕做成了。

炸糕，是做油糕最后一道工序。大扁锅里倒上半锅油，猛劲儿加火。同时，把做好的几笸箩素糕片子搬过来。油锅滚开了，两个人围在油锅上，一个从一边往里放素糕片子，一个从另一边往出捞油糕片子……

吱喽喽的炸糕声，香喷喷的。站在糕场子中，你才会真正感到，色香味俱全的原本模样！一圈糕一圈枣，圆圆的，黄褐相间。油香、米甜、枣味浓，吃到嘴里，脆甜软精……

在那个缺少油水的年代里，炸糕的味道实在是太灵、太香了。这一天，大队院里大油锅，社员家里小油锅，整个村子都笼罩在香喷喷的油糕香中。任你站在村周的哪一个圪梁上，开场打谷的消息都会不报自晓。

炸糕味窜到了打谷场上，男人们一个个咧着大嘴，舔着嘴唇，咽着口水，哈哈地笑个不停。瞅着小路上赶回来的秋收人，打场人乐呵呵地抖抖身上的谷糠，摘下脑袋上罩着的白羊肚手巾，擦一把脸，吆喝道，回大队吃糕咳——

大队院里，碗筷声、瓢勺声，说声、笑声、吆喝声，自成景致，自有律调。有人等不及拿筷子了，两根手指伸进糕盆里，捏出来软拉拉的油糕，张口就吃。他们不怕烫，三口两口，小碗口大小的油糕就进肚了。

当时，村里一个很喜爱吃糕，且饭量不小的老叔，一进院子就吆喝：这么好的糕，我能吃一臂卡子。

一臂卡子，就是伸直了胳膊，从手腕开始，糕片子一个一个往上垒，直垒到大胳膊，大概能放 20 个左右吧。

有人不相信，跟他打赌了。打就打！刚炸出来糕，还算硬朗，人们真的就给老叔垒了一臂卡子。

好家伙，您猜怎么着？老叔从大队院里卡了一臂卡子糕，边走边吃，当走到后沟的打谷场时，糕就吃了个精光。擦擦嘴，喝半瓢凉水，伸伸腰，就又开始做营生了。

那可真的是好劳力啊，扛一麻袋谷子，不猫腰，不喘气。

注定是一个欢乐而醇香的日子！老人们说，人有谷子吃，全是狗的功劳。所以，今天狗们也是每狗一个油糕。吃了油糕的狗，异常地激灵，跟在主人屁股后面，一蹦三尺高，前沟窜后沟。

太阳西斜了，队长爬到高处，野开嗓子喊道：哎——后场里——分——粮食（老家管谷子叫粮食）哎——

于是，家家户户都拿着口袋，一溜儿走进后场。今儿大伙儿好像不急着分粮食，而是笑眯眯地凑在一起，闻一闻谁身上还带着油糕味。

拿斗拿升子的分粮人，吆喝得特别有劲：刘××，一斗二升；张××，三斗六升，杨××，一石零八升……

您猜猜，今天我们村每人分多少粮食？

寒冬里，那碗黄酒

在外漂泊快 40 年了，从没有见过和老家一样的黄酒，也没喝过比老家黄酒更好喝的黄酒。

老家的黄酒与现今市场上的黄酒，无论形态还是味道，都不一样。

现如今，恐怕寻遍十里八乡，也未必能找到老家那样的黄酒了。

记忆中的冬天，早饭前，全家每人半碗黄酒，必喝。喝完了，才能正式开饭。

早晨，钻过天窗的朝阳，与前锅里滚烫着的黄酒香味，一起弥漫了姐姐刚刚打扫过的土窑洞。我们姐弟几个挨个儿围着父亲半圆形坐在炕上，母亲把黄酒一勺一勺舀到碗里，挨个儿放到我们面前。棕黄色的黄酒不透明，像冲起的奶粉一样稀稠，或者比奶粉略稠一点。其味道甜中藏酸，酸中彰甜，酸甜适口，柔润绵长，有酒香而无酒感，似米甜如酒醇，其独特的口感，弥久留香。

因此，早饭前多半碗黄酒，不用强迫，都是我们的最爱。每当黄酒端上来，等不到晾一晾，就那么滚烫着、转着碗沿儿，边吹边吸溜地喝了起来，等到最后一口不烫嘴了，整碗黄酒也都下肚了。很多时候，喝完了仍觉得不过瘾，还得把挂在碗壁上的一层用舌头舔干净。常常是，黄酒喝完了，鼻尖子却被染成了棕黄色。相互戳一指，乐呵呵地笑个没完。

黄酒不仅好喝，更具有驱寒暖胃的功效。它是寒冬里饭前驱赶凉气的好饮品，也和米面茶一起，在冬季扮演着迎宾待客的角色。

曾经的乡野，冬天特冷。坐冬雪一落，整个冬季都是冰天雪地了。行走户外，呼一口气，一团白雾，赶一段路，便成了白眉白须的大侠。当远道的亲朋好友踩一路霜雪踏进家门时，不管是什么时辰，母亲一定要擩上一炉柴火，滚上两碗滚烫的黄酒，热气腾腾地端给客人。那感觉，绝不是温暖两个字所能言状的。而我们这帮孩子，更是期盼着家里有亲朋来，也好跟着沾半碗黄酒喝的光。

既然黄酒好喝，也不是什么太金贵的东西，为什么不能让孩子们管饱了喝呢？母亲说：黄酒属热，喝得太多了会上火。老家人一般只在冬天才喝。

请不要说黄酒只是变了颜色的面糊糊，它的制作真正是年对年的流程。说"采四季精气，酿一坛醇香"，恰当。

与当年的黄酒同时入瓮的，是瘦黄土地上长成的玉米粒（或者谷子、小麦等）。挖半盆玉米，温水一泡，装入粗瓷小瓮包裹好，放在滚溜溜的土炕上，每天洒一次水，白天底朝天，晚上口朝天，8 到 10 天后，半瓮玉米粒就变成了一瓮玉米芽。此时，玉米金黄，芽儿玉白，瓮盖一揭，甘甜流溢。但是，请不要延误，趁着三九严冬干冷的夜晚，一出瓮就拿出户外去冷冻，将鲜嫩嫩的玉米芽冻成晶莹莹的冰豆豆。然后，晒干放好，待来年做黄酒用。

那时候，全村一两盘石碾子，一家一副石磨，是农家米、面加工的全部工具。瞅着空儿，也不知啥时候，母亲便把干好了的玉米芽或碾或磨，变成了细细的芽子面。

盛夏来临，拉起石磨，粗粗地磨一些豌豆、莜麦、高粱，或者谷子、玉米等。一入三伏天，选最热的天气，温水粉、热水拌，任着喜好，或丸成拳头大小的蛋蛋，或脱成碗坨子，搬一口粗瓷瓮，一层蛋蛋（或碗坨子）一层麦糠，结结实实地打摞在瓮子里，瓮口处再灌满谷糠。然后，封好口，压实了，瓮底朝天，扣在阳光曝晒的地方，任其自然加热、发酵。每隔 7 天，揭开瓮口放风一次，三七二十一天后，便可开瓮出货了。此时，所有的蛋蛋（或碗坨子），都长满了绿霉或者红霉。且霉越多，品相越好。这便是粬了。粬和玉米芽一样，也要晒干细磨，备着做黄酒用。

农历的八九月，是农家最忙碌的日子，七沟八梁的庄稼，一梁一梁地成熟，一茬一茬地收割。说金秋无边恰当，说龙口夺食也不为过。忙碌的人们暂时顾不得讲究了，揣一个窝窝头，就下地秋收一天，蒸一锅山药蛋，熬一锅小米粥，就是一顿饭。

但是，一进入十月，地冻草枯、五谷归仓，做黄酒的事就又进入日程了。筹划周全的母亲，软米多了，就都用软米面，软米不多时，就参拌些软高粱面，精淘细磨绢箩过，全部加工成最精细的黄酒面。

就要开始做黄酒了，拿出三九冻过的玉米芽面、三伏发酵的粬面，先将黄酒面热水拌起，凉水搋（chuai）软，烧开大铁锅，摊开大镜箅，急火蒸一刻半点，黄酒便蒸好了。蒸出的黄酒跟素糕同质，比素糕软些。放置在大瓷盆里，一份主料半分䊧，再加了芽子面，用木棒子朝一个方向，边撒配料边使劲地搅缠。此时，蒸出来的黄酒越缠越软、越缠越松。等到辅料撒完了，生面、熟面全部缠均匀了，再根据黄酒的多少和主人的喜好加半斤或者二两老白酒，搅匀后纳入预先备好的黄酒坛子，封好口，放置在滚烫的土炕上，抱一床棉被，热乎乎地发酵一个晚上（约8到10个小时）。待到第二天清晨，坛口一开，哇，酸甜弥漫，酒香四溢……

黄酒膏做成了。

从此，每天早晨，挖一勺黄酒膏，融化在半锅清水里，即滚即食。可别小看简单的滚黄酒，倘若滚过头了，滚得次数太多了，黄酒粘度就不足了，变成面水两分、有明显沉淀的清汤寡水了。

一坛黄酒，放置在不生火的凉家里，供全家人享用一整个冬天。待到过年正月，随着天气渐暖，小米面茶登堂了，黄酒才慢慢退场。

在老家，黄酒不当酒喝，只做最普通的饮品或者饭前汤。老家的黄酒家家能做，人人爱喝，老少皆宜。每到冬季，大部分人家都要做，且都是自做自饮。因各家发酵温度和发酵时间掌握的差异，做出来的黄酒，有的酸强些，有的甜浓些，再加上料有时也有所不同，好赖黄酒也便有了区分。但走遍相邻四野，黄酒既没有品牌，也不做商品，有的只是亲友互送和邻里相品的乐趣。

据说，在我们村，黄酒做得最好喝的，要数后沟杨招成的母亲了。可惜，我没喝过他家的黄酒。

都说黄酒是中国最古老的独有酒种，纯粮酿制，誉为"国粹"，其历史悠久，文化深厚。品种繁多的黄酒文字介绍很多，而老家这等黄酒，我曾遍翻视野之内的资料，也只在陈秉荣老师的文字中找到"保德黄酒称面黄酒"这一句。至于保德面黄酒是什么时候走入千家万户？其渊源在哪里？为什么要做成面黄酒？其功效和制作还有什么讲究？与当下市场上的黄酒相比，面黄酒又有哪些不同？却一概难寻踪迹。

据我所知，保德、河曲、岢岚、偏关、五寨等县域，都有喝面黄酒的习惯。一个盛行区域如此宽泛，传承历史应该悠长的特色美味，一定是有其详尽的渊源和文化轨迹的。尽管现在的老家已经没有人再去制作面黄酒了，年轻人大概连见都没有见过，但是我仍然坚信，老祖宗留下的、相传久远的东西，一定是最好的、最健康的。

我真的为如此天成、健康饮品的丢失而感到莫大的可惜。比起眼下撞破眼球的各式饮料、饱含各种添加剂的食品来，面黄酒，该是何等地令人向往啊！

面黄酒，还能再次原本原味地复活吗？

追寻其宗脉，挖掘其渊源，是那片土地上每一个子孙应有的责任。我，自不会放弃。

十月里的羊肉小人参

老家属山区，适宜养羊。就是在大集体时期，除了集体的羊群外，户家也都养羊。俗话说：母子支母子，三年就是一股子。意思是，母羊生母羊，3 年下来就是一小群羊了。

庄户人家不缺草，田头路畔出来进去不空手，都是羊草。冬天的豆荚皮、糜糠、高粱秆、玉米秸秆等，也都是羊的好饲料。因此，乡民们家家户户少则三两只，多则五六只，小羊大羊一小股。

农家人，种甚吃甚，养甚吃甚。羊多，吃肉当然就主要指望羊了，所以老家人爱吃羊肉。在我小的时候，觉得羊肉很火，包饺子、做臊子、烩菜、炒菜、清炖，都是羊肉。而猪肉好像除了红烧、烩菜以外，再没有更多的吃法了。直到离开老家在外参加工作以后才知道，猪肉也可以包饺子、做臊子，吃法更多。

当然，那年月什么肉都少，能沾点荤腥就已经不错了，就那几种老祖宗教会的吃法，也都是年盼月盼的，根本等不及变换着花样去吃。唉，穷，就孤陋寡闻了！

猪肉吃得少，不是老家不养猪，而是养猪比养羊费事得多。过去农家养猪都是以熟食为主，无论野菜还是糜谷糠，都要放在锅里煮熟了才给吃，高一盆低一盆都是家庭主妇的繁重家务。而且，小羊羔是"母子支母子"得的，小猪却要花钱去买，所以猪就显得金贵了些。同样挽回来一箩筐野菜野草，除了人想吃时捡些鲜嫩的甜苣苦菜以外，好的、有奶汁的，都挑出来给猪吃，剩下的，不管好赖就都是羊的了。

没有专门饲料和添加剂的自然养猪，一般都要10来个月才能养成。即，年对猪，春天买小猪，年底出栏，喂养一年。而猪养成了，只要能达到食品公司的收购等级，首选卖给公社食品公司。一者，卖猪是换取一家人一年生活零用钱的唯一渠道；二者，当时村里养猪都有任务，政策上要求村民凡够等级的猪，都要卖给食品公司，如果自己宰杀，首先要经村支部批准，然后交出2至3元的猪头税。您知道那时候3元钱有多值钱吗？我们村，一个壮劳力劳动一天挣1分2厘工，年底一分工一般年景可分红3到4毛钱，好年景也上不到6毛钱。也就是说，杀一头猪要交出一个壮劳力7到9天的劳动工钱。而把猪卖给食品公司后，还能给返还3至5斤不等的评价肉票，供过年吃肉。若买不起猪肉，就更便宜点买个猪头，过年冷肉热肉就都有了。

直到来城市生活以后才知道，乡亲们养了那么多年对猪，都是供应城市市民吃肉的。

好在老家羊多，一年杀两次，一次是过年，另一次就是十月初一。

过年杀羊，一家一户的，没什么氛围。十月初一杀羊，可就阵势大了。

那时候村集体有好几群羊，也有专门赚工分的羊倌。记忆中，十月初一的杀羊都是村集体组织的。

秋过粮归仓，冬来掏炭忙。老家周围的好些村子，自古就有小煤窑。老人们说，从前，秋收完了，受苦人要下窑掏炭，为冬闲有点收入，也为下一年储备烧燃。小煤窑没什么安全设施，掏炭是一件受罪且危险重重的营生，为了祈求土地爷保佑掏炭人顺顺利利平平安安，于是择十月初一，为土地爷领牲祭祀。

这一习俗从什么时候开始？仪式有什么讲究？我不清楚，也没有考证过，只知道老家十月初一杀羊的习俗就这样一直延续着。在那个横扫一切牛鬼蛇神的年代，村里杀羊冠冕堂皇的理由是：地冻了，草枯了，乏羊挨不过冬天，需要剔出群处理。听起来是正常的羊群管理，实则，一是为祭祀，二是为吃肉。因此，所杀的羊没几只是乏羊。虽然不敢露出点滴有关祭祀的微词，但是在那个山高皇帝远的小山村，简单的仪式还是有的。

十月初一一大早，人们早早地起来，洗刷干净，走出家门，乐乐呵呵地从各自的沟里流出来，汇集到学校和大队共同拥有的院子，张罗杀羊的事。饲养员满脸挂着笑意，把一个狭长的院子，从里院一直扫到街口，那长长的竺荞扫帚，一扫帚一扫帚，整齐有序舒展的扫痕，很温馨。大队平时煮驴骡料的窑洞烟囱上早早地冒烟了。人们有的担水，有的洗盆洗瓮，有的搬桌子、搭架子，屠夫磨刀，羊倌选羊。能脱开身子的人，今儿都不干活了。大队院里、学校垴畔上，到处都是人，羊的"咩咩"声、人的吆喝声、铁桶和扁担的碰撞声、屠夫磨刀的沙沙声……混合着、碰撞着、升腾着，把一个凉飕飕的十月燥闹得热气腾腾，过节日一样红火。

学校不放假，我们照常上课，但身在教室，心早跑院里了。一看见老师不在，就都挤在窗户上往外瞭。院子里有序地排放着四五张杀羊用的桌子，周围一边用木椽、圈门等立起来吊羊的架子和挂肉的钩子，另一边用学校的课桌排起来一长溜台子，上面放着砍肉的墩子、案板子。整个院子布置井然，热气腾腾，就连五保户姥姥家的小天窗上都冒着热气呢。

第一波要宰杀的羊早就圈到了预先准备好的临时羊圈，未仁站在圈门口瞅了一会儿，钻进羊圈，拽着羊角，牵了一只羊站在当院，举手示意：头羊找到了。

就要开始杀羊了，男生们溜出院里，走近了看，女生们害怕那白刀子进去红刀子出来的场景，只远远地站在门口，双手捂着眼睛，手指间却拉开了一条缝隙……

头羊站到桌前了，不知杀羊人怎么鼓捣了一下，羊就站着不动了。此时，院子上下鸦雀无声，有人微闭眼睛，双手合十……

一瓢凉水端过来，轻轻地洒在羊的身上，倒在羊耳朵里……顷刻，羊便原地抖动了起来，抖得均匀而强烈，洒在羊身上的水，顿时弹成雾状，腾了起来。主刀人在雾中挽起袖子，另外两人一揽羊腿，羊便倒在了桌子上，随着"咩"的一声不够通畅的嘶叫，入刀处，一股鲜红的血淌进了盆子里……

一上午杀十几只羊。剥羊皮的、开肚的、洗肠子的、砍肉的……整个院子里，繁忙而有序。中午了，干活的人也不回家，拿一个糜子窝窝，圪蹴在门口或者院子里，就一碗热水吃了，就准备分肉了。

所有的肉都过了秤，除了给学校老师多留一点外，其余的，不管大人小孩，全村按人头平均分配。每人半斤四两，人人有份，干部不多占，妇孺不少分。整个过程都在院子里进行，在群众的参与中完成。几个拿刀的人，把肉按前、后腿，大、小骨分了类，然后按比利，好赖搭配，分给各家。

此时，婆姨媳妇们都拖儿带女、嘻嘻哈哈地拿着盘盘碗碗涌动在院里街头，准备分领羊肉。我们家孩子多，在集体分东西时是大户。我从教室的窗户上看见母亲分到肉了，小瓷盆多半盆子呢。当时老师在上课，他讲了些什么，我根本没听见，我想所有的同学都没听见。那一天放学的哨声怎就响得那么迟啊，我们都心急如焚了！

终于等到哨声响了，多么希望今儿不整队，不唱歌，跑出教室就飞回家里哦。可是不行，放学整队，唱着歌走出校园是每天的必须。有调皮的男生钻出教室，乘机溜走了，喊都喊不住。于是，老师"恼"了，他努力地藏起笑容，严肃地号令班长：整队、唱歌……

那羊肉味真香啊，从一家一家的门缝里、窗户上钻出来，一缕一缕地汇集着、游动着，最后笼罩了整个村子……

十月的黄土山，赤条赤背，被夕阳染红的东山顶子，仿佛披挂了浮动的红绸子，冉冉地飞扬着。我和三妹一跳三蹿地跑回家里，然而母亲却不在。家里已经弥漫着浓浓的羊肉香味了。姐姐端着一簸箕捏好的乔面圪坨说："听话，不然就不给吃肉了。"我知道母亲一定是熬好肉，先给姥娘和娘娘送去了。于是，只能和妹妹坐在街口的树墩上瞭母亲……

老娘家在东面S形小路顶端的姚家塌村，娘娘家在麦摊子顶端的李家梁村，两村相距一条沟，地理上跟我们村形成三角状。母亲从麦摊子上去，从S形小路回来，两位老人就都看了。转一圈，大约3华里。

看，S形小路顶端的天边上露出一个黑点来，那黑点顺着弯弯曲曲的小路快速地往下移动着……

母亲，一定是母亲！我们高兴极了，眼前弯弯的 S 形小路，仿佛脚下的小溪流哧溜哧溜地顺溜着。我和妹妹跳过小溪，边跑边小手拢在嘴上喊着：妈，妈妈，快点走——

你知道羊肉臊子荞面圪坨有多好吃吗？臊子里的羊肉花生粒大小的块儿，正好能钻进指头肚大小的圪坨里，红红的油辣子、绿绿的脱水芫荽漂在碗里，单看着就会让你垂涎三尺。

老家人说十月里的羊肉小人参，一点都不夸张。羊群经过一个秋天鲜豆荚、稗穗子、饱草籽的喂养，换过了夏天的青草肚，此时的羊肉，既有夏天青草的鲜嫩，又有秋后粮食的醇香，是一年中营养最丰富、味道最鲜美的时候。

多少年没吃到老家十月里的羊肉了？游走四方，无论多高的厨艺，多好的饭店，都难以找到曾经十月初一的羊肉香味。

／第三辑／

腊八冰

让冰站起来，再给戴一顶红红的帽子，是老家过腊八节的习俗。

腊八，是进入腊月、旧年前最隆重的节日。

初七中午一过，半大后生们就起身打冰去了。当然，家里没有半大后生的就得大男人、老男人们去打了。要不，就是侄儿外甥、邻里好友给捎着打块小的。反正，到初七晚上，家家街口的粪场子里，都要立起来大小不一的冰柱子，俗称腊八冰。

我们村坐落在沟底，是三条河交汇的三岔沟。岁月悠悠，一排排土窑洞，随意安恬地撒落在河两边的山脚下，出门便见山溪。每到冬天，清溪变成了玉带子，没有了花草树木的掩映，褐黄色河道里白玉似的冰带子更显剔透鲜亮。不过，小溪结成的冰是打不成腊八冰的，腊八冰得去三条河汇合的下游——前沟去打。那里地势低，河道宽、水面阔、冰厚，是打腊八冰的好地方。

我家女孩大男孩小，到姐姐十五六岁时，大弟才四五岁。看见有大男孩的人家大人不需要亲自打冰时，姐姐悄悄地跟我说："今年不用咱大了，咱俩打冰去？"

我当然高兴了。往年父亲打冰都是干其他活儿时捎带着，不让我们去，也不打大块的，说是有个意思就行了。看着别人家高高竖起来的大冰块，总是心生羡慕。

于是，姐妹俩拿了斧子、绳子，背起笼头出发了。

哪儿的冰层厚且好打呢？我和姐姐一概不知，也从来没有去过。

走到小寨局，姐姐说："看这冰有多大？就这儿打吧。"

是啊，这儿河道宽冰面也宽，白生生明晃晃的冰面似长条形的大镜子，镶嵌在河道中间。午后的阳光，照射得冰面冷光奕奕，刺得人睁不开眼睛。我和姐姐放下笼头拿起工具开始打冰。

原想打冰一定是件很好的营生，那晶莹莹白生生光溜溜的冰块，抱着，人都会跟着俏丽呢。而眼前，站在冰面上，却不知道从哪儿下手了。偌大的冰面好像没有一个下斧子的地方，那把平时威力无比的斧子，此时显得如此弱小而无力。然而，姐姐却好像一股子不信邪的劲儿，抡起斧子，使劲儿地砍。你猜咋的？一斧子砍下去，坚硬的冰面竟把斧子弹了回来，冰面上只留下寸许长的一道白渍。

不行，坚持打，一定要打块大冰！

半个时辰过去了，始终也没有凿透冰层。唉，要打一块大冰，还真不是一件容易的事。

我捂着冻红的手说："姐，怎不见其他人打冰？莫不是我们没有找到更好打的地方？"说话间，身边嘶溜闪过一道影子，定睛看，是我们村叫文学的后生，他打着滑擦溜了过来，腰上拴着绳子，绳子上拉着一长条冰。那冰块真大，足有半人高。一会儿，又有人拉着冰块儿过来了。他们拽着冰块在冰面上毫不费劲地滑行着，潇洒极了。姐姐直起腰来看着，红红的脸膛露出了惊喜。滑过去的文学又返回来说："就你俩的本事，拿这工具还能打下个冰?"一脸的不屑。原本一脸兴奋的姐姐，一撇嘴收回了笑脸。文学看着姐姐不高兴，却丝毫也没有减少他的不屑，接着说："再往前走走，那儿有别人打下不要的，捡一块小的回家吧，要不一会儿狼来呀。"姐姐歪了文学一头，没出声，继续看着冰面。

文学走了，姐姐收起工具，背起笼头："走，出前头。"

走了不几步，便听见隆隆的水声。大冬天，哪儿来的水声?我不禁大跑起来……

我的妈!约2丈多高的石崖层里，一股桶粗的水喷了出来，直扑到丈余深的谷底。出水口处，热气腾腾，水的四周没有冰，空中白雾弥漫，水声震耳欲聋。我还是第一次知道我们村还有这么粗一股热水呐!此时，对它的好奇，远胜过了打冰。于是，顾不得看眼前是否有别人打剩下的冰，一股劲地往前跑……

没走几步，被姐姐喝住了："快回来，前面没冰，滑到热水圪钵里，能把你煮熟了。"

我站住了。

真的吗?下面还有锅?

我问打冰场子里的新怀舅舅："那水为甚冻不住，还冒热气呢?"

"热水泉子自然冒热气了。"他轻描淡写。

"那下面还有火吗?"

新怀舅舅呵呵地笑着揪了一下我的耳朵："小笨蛋!"

心怀舅舅大概20来岁，据说跟我妈是一家子，按辈分，我们叫舅舅。可我真的很纳闷，冰冷冷的石头缝里没火没灶怎就能把水热了呢？我想跑前去看个究竟，被新怀舅舅拽了回来："再往前走，我踢你一脚。"

打冰场子是一个大石头泊子，积水深，冰层厚。打冰的人不少，冰面早已被人们打掉了一大片。新怀舅舅看着我俩说："这俩灰女子还敢来打冰？"姐姐说："怎不敢？还要打大的呢。"新怀舅舅绷着脸问："你大咋不来？"姐姐吐吐舌头，低低地说："不要叫唤，我俩是偷着来的。"新怀舅舅说服不了我俩，就帮我们打了块大些的。

回时，姐姐也和其他人一样，把冰拴在腰上拉着，我在后面时不时地推。我俩前头走，新怀舅舅和其他几个人跟在后面。

沟里早已没了阳光，穿河风嗖嗖钻过，脸上像小刀刀划，尖刷刷地疼。

走完河面宽处的河道，该上高低不平的土坡路了。这时候，冰拉不动了，必须背。那块冰虽然算不上大，但想来也不轻，主要是在笼头里只能斜躺着放，不放到中间，走起来不是偏这边就是偏那边，姐姐不会背。这时，我家邻居存义说："快放我笼头里吧，你那甚会儿能回去哩？"眼看后面没人了，姐姐不好意思地应允了。存义比我姐应该大两三岁，毕竟是男孩子，两块冰放在背上，走起路来依旧嗵嗵地有力。

走进村口，两面圪塄上窑洞的天窗大都拉开了一条缝，窗缝里钻出来的热气，细细的、白白的，香喷喷、甜丝丝。我知道，好多人家都开始煮明儿早上腊八粥用的五谷豆和红枣了。此时，虽是寒冬腊月，但整个村子都是暖暖的。

背冰的人们三三两两向各自的沟里走去，那嗵嗵的脚步声，开心的说笑声，还有人们嘴里呵出来的白雾，与窗缝里钻出来的醇香暖意混合着、弥漫着、缠绕着……

太阳落山了，家家街头粪场子里都按时立起来白生生、晶亮亮的冰柱子。

那一夜，屋里真香。大铁锅里煮的不仅有红豆、扁豆、豌豆、豇豆、绿豆，还有麦子、高粱、瓜子仁、莜麦，反正自家种着的五谷杂粮都要放几颗。豆子需要慢火煮，煮得差不多了，再放上干红枣，再煮。锅里香喷喷，炉火红耿耿，我们姐弟几个盘腿坐在炕头上，享受着又香又甜的煮枣、煮豆子香味。

到睡觉的时候，红枣、豆子都煮软了，放了碱面的煮豆汤红郁郁的，母亲拿了一只大碗，舀一碗豆汤放在门外的窗台上——给腊八冰做帽子。

腊八粥，不见阳婆就得吃。

所以，腊月初八，人们起得特别早。窗纸还不见发白，母亲就起来生火做粥了。她的第一件事，是把昨夜放在窗台外面的那碗豆汤取回来，放在锅头上。当然，我们姐弟几个也睡不着了——早就盼着给腊八冰戴红帽帽了。

煮粥味起来了，真香！红红的冰坨子也与碗分开了。母亲做汤调菜准备开饭，我和姐姐去给腊八冰戴帽子。

在那个清冽的早晨，腊八冰是真正的冰清玉洁。但你不敢湿手去碰它，否则，它就会粘住你不放。姐姐把冰坨碗里化下的少许红水倒掉，然后，快速将红红的冰坨扣在白生生的腊八冰顶上。顷刻间，冰帽子就"戴"得牢牢的，掰都掰不开了。此时，腊八冰已不是一块冰，俨然一位头戴红帽、身穿白袍的英俊少年！

真是一道别样的风景线啊。

太阳出来了，擦一把刚刚吃过腊八粥的嘴，站在某一高地，放眼全村。朝阳下，家家街头粪场子里，齐刷刷站着戴红帽着白袍的"英俊少年"，那飒爽英姿，醒目庄严，不仅为寒冷的冬天平添了一抹灵秀与鲜活，也让古朴的小村厚重了人间祥和。

都知道，所有民俗都源于美好的祝愿、虔诚的祭祀。腊八冰也不例外。

相传，远古时候，有一年的腊月初七一大早，一个壮汉走在回家的路上。由于昨夜东家算账时克扣了他的工钱，他满肚子委屈又没处说，于是，一路走一路满腹愤懑地拿着手里的扁担不断地抽打着路边的石头、土坎、枯草。

突然，眼前闪过一个人影，他扭头一看，很像东家的背影，我才懒得理你呢。他正要扭头躲开，转眼间，那人咔溜一下，滑进了脚下的冰窟窿。壮汉没有犹豫，转身走过去，用扁担撬开冰面，准备下水救人。正当其时，那人又咔溜一下，站了他的面前。他满肚子窝火，正想过去责问他为甚要戏弄人？然而，一眨眼，一股白烟，人不见了，只在耳边传来了洪钟一般的声音："好人终有好报。带一块冰回去栽到你家的粪堆上，来年保你满仓满囤。"壮汉老半天才回过神来，他转身抱了一块大大的冰，回来栽在自家的粪堆上。

第二年，壮汉没有出去打工，就用化了冰块的粪种了自家的一亩二分地。结果，秋后他家的粮食真的是满仓满囤，从此丰衣足食。

传说，那是吕洞宾显灵。

从此，每到腊八，壮汉都要用自己种的五谷做了红粥来供奉吕洞宾。同时，也把那块带给他丰收的冰视为神灵，用做粥的汤冻一个红帽帽，腊八这天早晨，亲自给它戴上……

暖　炕

家暖一盘炕。老家人都这么说。

所以，老家的窑洞大都有一盘土炕，尤其是乡下。

也许是为了暖和吧？老家的土炕大都盘在窑洞后掌子上。20世纪六七十年代，普通人家的一般陈设是：土炕到门的靠墙壁两边，一边摆设着躺柜、扣箱之类的，另一边与土炕连接的是灶台，灶台前面是一排溜大瓮，首先是水瓮，然后是菜瓮、米瓮、面瓮等等挨着排，直排到门前或窗台下。米、面瓮上面大都放一块长约 2 米、宽窄不等、擦得油光发亮的木头板子，俗称家私板。家私板上是坛坛罐罐、盘盘碗碗。由于老家一带土脉好，土窑洞一般都挖得比较宽大。当然，后来石头砌的窑洞就更宽敞了。讲究的人家方砖铺地，木头炕沿，普通人家就是土炕土地，砖头炕沿了。推门进去，地面干净宽敞，两边陈设井然，窑掌一盘大土炕，给人以无尽的暖意与温馨。

老家的土炕，既是整个屋子的取暖散热器，又是宽宽展展供全家人休息的卧榻。时候发展到 20 世纪七八十年代后期，土炕上才开始有了油漆布之类的铺饰物，而在这之前，一般庄户人家晚上铺毡子褥子睡觉，早上，铺盖整整齐齐叠在炕角，毡子最多靠灶台远些的前炕铺一块，其余的全部卷起来。展活活一盘大土炕，任由孩子们玩耍、婆姨们盘膝打坐做针线。

然而，这样一盘裸露在外面的土炕，炕面子就要有讲究了。从质地讲：大泥炕、瓷泥炕、石孩儿炕；从色泽讲：红油炕、黄棕炕、墨黑炕……

大泥炕一般都是不常住人的家，但凡住人的，不管什么颜料，炕面子大都是瓷泥或石孩儿做成的。

瓷泥是可以烧瓷的泥吗？应该是。反正跟满山满梁的黄土不一样，瓷泥比黄土坚硬且黏性强，有胶质感。用瓷泥抹炕面子，必须加穰（麦糠、头发、榆皮毛毛等），否则，泥太紧，等不到炕干，面子就裂缝了。

至于石孩儿，是村人们用的俗名，书面语怎么称呼，没有考证过。在我们的语言习惯中，很多名称，尤其是俗名称，大都根据形状、性状而取。石孩儿，顾名思义，长得像孩儿，葫芦儿状，有脑袋。当然也有卵状的。大小一般2寸以里。

我们村坐落在学界所说的保德红土地带，很多地方山头圪梁上是厚厚的黄土，沟底就是厚厚的红土了，老百姓叫红胶泥。有红胶泥的地方，就有石孩儿，尤其是雨水冲刷过的沟渠、河岔。我不知道石孩儿的形成过程，但我猜想，应该是红土中名叫落浆石的碎块儿，经过水流的冲刷而形成的吧？石孩儿颜色粉白，质地硬朗，没有石头的尖锐，没有瓷泥的胶质。

在老家，石孩儿炕是上乘的好炕，做起来特别费事。

石孩儿要一颗一颗地捡回来，然后上碾子轧，过箩子罗，加工得像细面粉一样才能用。所以做炕时，盖上炕板石后，第一遍是大穰泥，就是黄土加长穰（麦秆切碎了），第二遍是瓷泥加小穰（麦糠），最后一遍才用石孩儿泥。石孩儿泥不能加麦糠，加的是榆皮毛毛。榆皮毛毛，是榆树皮晒干压烂取面后剩下的渣，是榆树皮的粗纤维。经过碾子碾轧的榆树皮，细如发丝，绵似纱团，还有榆皮的黏性，颜色又跟石孩儿一个色系，加在石孩儿泥中调和起来，看不见异色却增加了石孩儿泥的柔韧度和精壮度。

由于加工的繁复，加了榆皮毛毛的石孩儿泥，就变得很金贵了，和泥谨慎，用泥节俭。抹石孩儿泥用最小的泥刀，一刀一刀匀匀地抹，那作务的精细劲儿，不压于女人们绣花。至于炕的颜色，要看主人的喜好，本色是灰白色，想要什么颜色就在泥中加什么颜色。在老家，一般是红色、棕黄色或墨黑色，而更多的则是不加颜色的自然色。

炕面抹好后，不能马上加火烘干，而是使其自然阴干到八九成后，才能慢慢加火烘。且在自然干的过程中，根据炕面的干湿程度，必须经常不断地、用溜光的泥刀均匀地、一遍一遍地打磨，若遇到细碎的裂缝时，还得蘸水打磨，直到炕面温润溜光。

炕面打磨好了，干透了，就要开始浆炕了。

浆炕，就是将黄豆或者黑豆泡在水中，在石磨上磨豆腐一般磨成膏状后，兑水成乳，再用纱布或者箩子滤掉豆渣，只用豆浆水，在烘得热乎乎的炕面上轻轻地涂，老家人叫洗炕。开始，一天洗一两次，一次洗一两遍，且每一遍都得等上一次豆浆水完全渗透了，干了，再洗第二遍。开始的豆浆水要浓一些，三五天过后，豆浆水就可以兑稀一点了，洗的次数也可以减少。再后来，就可以几天洗一次了。洗炕时要加火烧炕，这样干得快。加了火的土炕，洗到高温处，炕面上还冒热气呢。

就这样浆洗一个月左右，炕面就基本上被豆浆浆出来了。浆洗出来的炕面，有了硬度，却不够光滑。于是，接下来就用蘸了食用油或者蓖麻油的麻团一遍遍地擦，直擦到炕面油光发亮。

一盘好炕，集中养护时间不得少于3个月。3个月过后，就是洗的少擦的多了。每到过年过节，洗一遍，擦一遍，土炕就新了，鲜艳了，干净了。

用如此工序做出来的土炕，如果不亲自摸一摸，您怎么也想象不来它的质感来。温润、细腻、光滑，夏天凉爽，冬天温暖，即使不生火，也不像水泥板那样生硬硬的冰冷。

看谁谁家的婆姨，那炕干净得苍蝇上去都能滑倒。这是羡慕人家的老婆呢？还是羡慕土炕？乡亲们常常以此开玩笑。一个家庭有一盘好炕，是一种荣耀，尤其是家庭女主人的荣耀！

老家种植豆类比较多，擀豆面是家常便饭。为了食用方便，家家都要把擀豆面做成干豆面，就像挂面，能保存。所以，每擀一次豆面，都擀得特别多，那阵势，不是一般面案板上能完成了的，必须上炕，在炕上擀。所以，有一盘好炕的人家，每逢年节，就尤其红火了。

尤其是过年，腊月前半月，婆姨们就操闹着擀豆面了。首先是选一盘好炕。有了炕，三家五家凑在一起，一擀就是一整天。

擀豆面一般都用豌豆面，豌豆面性硬味重，适合晒干了吃。擀豆面的前一天晚上，婆姨们就一大盆一大盆地把豆面和好了。为了增加豆面的精壮度和韧度，和面时要加蒿籽水。

蒿籽，有的地方叫面丹。不产于本地，也没见过其苗木，都是供销社买来的。其模样是缩小了多少倍的黑芝麻，无味，一见水便化出来乳白色的黏稠状，和到面里，一星一星小小的黑点，镶嵌在淡黄色的面饼上，很好看。

一大早，准备擀豆面的土炕，早早地收拾得干干净净，宽宽展展，满炕不留一点杂物。然后，先用清水洗一遍，再用豆浆水洗一遍。等待炕干的时间，婆姨们就把醒了一夜的面团再蘸了水搋（chuai）一遍。擀豆面的面团和得特硬，所以大规模的擀豆面，都是用专门的工具。仅擀面杖就有三四根，最长的一根有一米四五，最短的也有三四十公分。擀面在炕上擀，切面在木头案板上切。切面刀柄短刃长，最长的面刀有四五十公分的刃口呢。

擀豆面，婆姨们是主将，孩子们是观众。仅五颜六色、出出进进忙碌着的围裙，就让人找到了节日的感觉。婆姨们有的趴在炕沿上双脚蹬地，嗵、嗵、嗵地擀；有的跪坐在炕边缘，手拿长刃刀，噔、噔、噔地切；有的整理好细长葱黄的高粱秆儿，准备搭面。笸箩、簸箕、高粱秆筐子，都井然有序地摆放好……

此时，最快乐的是孩子们，他们迫不及待地想吃到晚上的羊肉臊子擀豆面。于是，忍不住想挤到炕上，搅和捣乱。而妈妈们此时哪有时间哄他们？也因此，一不小心，就会招来一巴掌或是一撅子（用手掐腿板的肉）。尽管疼，男孩子却一般不哭，按着疼的地方，做出顽皮怪状，非哭非笑；女孩子就不一样了，大都疼了就哭。尽管双手抹着眼泪，但一听说"不哭了，黑夜给你吃擀豆面"就会破涕为笑，乖乖地待在一边看了。

擀豆面是过年时家家户户都要完成的任务，所以，今天阳圪塔、明天南渠，有时候，一天开好几摊子。"嗵、嗵——嗵，嗵、嗵——嗵……"的擀面声，"噔、噔、噔，噔、噔、噔……"的切面声，碰撞着、混合着，成为一段时间内盘旋在小村上空美妙的旋律。而弥漫的豆面香味，让村子的年味就此徐徐展开……

干完手头活儿的男人们，上不了自家的炕，就凑在别人家的土炕上，哥们儿筛一壶老酒，就一碟腌酸菜，或者炒两颗鸡蛋，瞅着天窗，抿哑着属于自己的味道。

晚上，枕着豆面味睡觉，真香！这是奉献出土炕来的人家最值得骄傲的，也是村人们暗自竞争着不断做出更好的土炕来的动力之一。

温馨除夕夜

如期而至的不止是年，还有关于年的童年记忆。

什么时候开始害怕过年了？年可是我曾经日盼夜想的日子哦。

小时候，父母常年下地干活不着家，十二三岁的姐姐便是整天领导我们姐弟几个的头儿。每到我们捣蛋不听话的时候，姐姐就吆喝着："不害了，不害了，我给你们叨过年。"这一招挺灵，一说过年，我们就都安静了。姐姐很夸张地、绘声绘色地描述着穿新衣、吃好饭，还有垒火龙、贴窗花、放鞭炮、放镇门炭等等，直听得我们一个个像候食的小鸟，瞪大眼睛，哈喇子一串串直淌到胸脯上来。

现在想来，姐姐编故事的能力真是不错，一个十二三岁孩子口中的过年，除了她有限的见闻之外，就是自己的期盼与想象了。

儿时盼年，因为年幼，也因为穷。而今难忘儿时年，是因为老家的年，才是真正有年味的年。

一过腊八，女人们便开始筹办过年了。缝新的、洗旧的，推碾、磨磨、擀豆面，做豆腐、生豆芽、炒茶面、蒸花馍等等，一切都按年三十儿倒计时安排着。

"腊月二十三，灶马爷爷上了天；腊月二十四，搬上桌桌写大字；腊月二十五，宰下一口猪；腊月二十六，蒸下馍馍炒下肉；腊月二十七，糊窗贴花擦家私；腊月二十八，碾糕搭面蒸碗托；腊月二十九，开缸打壶老烧酒，腊月三十，捏下两盘扁食（饺子）。"年来了，过年进入了高峰。

虽然我小时候比不上民谣中传统的年食丰厚，但年味却比现在浓烈得多。

大年三十一大早，农家小院的家里院外都打扫得干干净净，墙上有新贴的年画，白生生的麻纸窗户，镶嵌着红纸剪出来的各式窗花，在朝阳的映衬下，洋溢出无限的温馨与喜气。女人们早早地生了火，烟囱上一股轻烟飘起，家家户户的门缝里便钻出来扑鼻的香味。黄森森的糜米捞饭，配上猪肉豆腐粉条山药酸白菜大烩菜，是家家必不可少的年捞饭。从年捞饭开始，年，正式进入了程序。

这一天，男人们担水、扫院、立神位（用3条红对联，横竖贴成门的样子。主要有灶神位、土神位、门神位）、贴对联、上祖坟、垒火笼（火笼：旺火）、放镇门炭等等；女人们主要是打扫家、做饭、备新衣，给孩子们缀红絮絮。

那年月，可做的好吃食虽然少得可怜，但心强手巧的女人们，还是把有限的东西做出不少花样来。比如，油少白面少，炸不成标准的麻花，就按做麻花的程序，一层玉米面一层白面垛起来，擀薄了，切成2寸长、1寸宽的条，中间划一刀，其中一头从刀口钻两圈，扭成比麻花还好看的油花花，然后，油锅里一炸，又香又脆，又好看又显多。

还有酥鸡肉，那可是老家别具风味的吃食。杀一只公鸡，或者不会生蛋的母鸡，切成小块，上少许调料，打上鸡蛋，拌上山药粉面，放油锅里炸。一经油炸，一小块儿一小块儿的鸡肉长大了，黄生生、香喷喷，一炸一盆子。最后，再放上海带丝、葱姜蒜，撒上调料水，就盆放在大后锅里，隔水慢炖，一顿一下午。如果想肉再多些，就多打两个鸡蛋，多撒一把粉面，反正一只鸡，炖半脸盆酥鸡肉，足够全家人美美地吃上一顿。

村里的普通人家，每年都养一头猪，但是年底大都卖给了食品公司。父亲总嫌卖猪时食品公司返还的二三斤平价肉不解馋，于是换一颗猪头，冷热都有了。

反正我记忆中的年，每年一颗猪头。别小看一颗猪头，它能做出好多品种来，刀口上的肉小炒，做烩菜；脑门上的肉和猪皮，切碎了熬皮冻；舌头、腮帮、耳朵，都是上好的冷肉。

年三十儿，不大大的小村村，家家拉开的天窗上，都是热气袅袅，香味飘飘，一会儿炸油花味，一会儿炖鸡肉味，一会儿炒羊肉味，一会儿煮猪头味，一会儿炒葱花味……直撩拨得小孩子们，家里院里不停地蹦，那双扇扇的木轴门，"咯吱咯""咯吱咯"把个年味扇活得一阵比一阵浓。

老家不缺炭，大部分人家过年都要垒两个火龙，晚上点一个，凌晨点一个。渐近傍晚，男人们开始垒火龙了。火龙的大小随主人而定，仔细的人家垒得小点，喜欢铺陈的人家垒得大点。垒火龙也算是一项技术活儿。垒前，先要在地上垫上沙土，用砖圈个一面留门的四方底座，然后在座的中间铺上软柴，从底座开始，将选好的炭块儿，一层一层地往上起垒，垒到多半时，再把预先劈好的硬柴，一根一根插在垒好的火龙圈里，最后，加高加盖，火龙就垒成了。

垒火龙关键是插硬柴。插得正好，里面的柴烧完了，炭也燃着了，且炭油炼成一个内里火红、外面焰高的火龙。若插不好硬柴，里面的柴烧完了，外面的炭不完全燃着；或者竖着插进去的硬柴，顶住了顶端的炭块，柴燃烧后，炭块失去了支撑，掉下来，火龙就可能坍塌了。这是大年三十比较忌讳的。所以我家的火龙一直都是父亲亲自垒。垒好了再贴上"旺火冲天"的红纸联，才算完毕。

日头西尽，晚霞满天，农家小院里，一东一西两个火龙上的红纸联，在清凌凌的夕阳里，仿佛燃烧的火焰，一冉一冉舔红了白生生的窗户纸。男孩子们，有的等不及天黑，就偷偷地点着了火龙，大人们知道了也没办法，年就是给孩子们过的！于是，只能扭扭小淘气们的耳朵，任由他们一伙一伙相随着，东家出西家进，乐滋滋地把分到手里的小鞭炮一个一个摸出来，屁颠屁颠、零零星星地放着……

该吃晚饭了。说的是"腊月三十捏下两盘扁食"，事实上，我小时候的年三十儿晚上，是不吃扁食（饺子）的。过年就一顿扁食，留给初一吃。年夜另有年夜饭，晚饭随便吃点即可。滚一锅粉丝汤，就着小麻花，或者大人们吃早上剩下的年捞饭等，我们这些小屁孩儿，一天油花花、花馍馍，搬着吃了不少，这时候，早已乐得吃不下饭了。

天终于黑了。按规矩，火龙要在入夜后才点燃。可我们等不得晚饭吃完，就缠着要父亲点火龙。为了让弟弟妹妹们瞌睡之前耍个尽兴，父亲三八两口吃完饭，就依着我们点火龙了。

"呼、呼、呼——"随着高粱秆锅盖哗哗地扇着的阵风，火苗子哔哔剥剥地从火龙底座留下的门口处燃起来，迅疾燃着了里面的软柴、硬柴。浓烟携着火苗，从炭块的缝隙间钻出来，你能听得见炭油吱吱地往出钻。

随着浓烟渐淡，火笼燃着了，照得满院子红光灿然。邻居家也传来了"哗、哗、哗"的煽火龙声。此时，走出街口，抬头一瞭，东圪塄上一家、西圪塄上一院的小山村，整个儿亮堂了，家家院里火光映红，那一眼眼火光勾勒出来的、镶嵌木格子门窗的窑口子，安详而温暖！尤其是那一扇扇拉开一条缝的天窗里钻出来的袅袅热气，把烟火人家的情致烘托得温馨而惬意。以至于多年以后，每每想起来，都觉得童话般美妙……

在煤油点灯的年代里，火龙，让夜不再黑暗，山村不再寒冷，孩子们欢呼雀跃地放着鞭炮，大人们"咚——叭——，咚——叭——"地放着二踢脚大麻炮。随着此起彼伏的鞭炮、麻炮声，年进入了高潮。人们走出院子来，看火龙、放花炮、看孩子们烤花馍，就连准备年夜饭的母亲，也举着油乎乎的双手走出院来，看着我们欢蹦乱跳地尽兴玩耍，她笑了，笑得爽朗而灿烂！那笑容，透过红红的火焰，像渲染了的年画，定格在了我的记忆深处。

等我们在院里玩尽兴了，火龙也笑了（点过后开始下磊的火龙不能叫塌，叫笑）。这时，母亲给我们每人取一个莲花枣馍馍，插一根筷子，在火龙上翻来覆去慢慢地烤。村里人说，孩子吃了三十儿晚上的火龙馍馍，能驱除百病。所以母亲特别重视这件事，她不时地检点我们翻烤，微黄了就掉过个儿来再烤。有时，看我们烤不好，就放下手头的活儿，亲自给我们烤。

抱着黄葱葱、热乎乎的枣馍馍，走，回家吃年夜饭！

偌大的一盘土炕，中间放一张小炕桌，桌中间是炖了一下午的一盆酥鸡肉，四面放着粉丝拌豆芽、调碗托、调皮冻、凉拌猪头肉、蒸南瓜、刀切子、枣馍馍，等等。这是一年中最丰盛的一顿饭菜。父亲坐在炕中间，母亲坐在离锅台最近的炕沿上，我们姐弟七八个，围坐在父母两边。这个时候，父亲是一定要喝酒的。母亲早已把盛满白酒的小酒壶，温在了热水锅里。

父亲是性情中人，一喝酒总想让人陪着，而我们家女孩大男孩小，弟弟们还不会喝酒，因此我和姐姐就经常陪着父亲喝一点点。一家子，八九口人围着一张炕桌、一盏油灯，吃年夜饭，那氛围想起来都觉得惬意。

时光把年夜饭的味道冲淡了，但年夜的温馨却永远留在了心中。年夜饭吃到多会儿来？忘记了。只记得弟弟妹妹们，吃饭间就瞌睡得东倒西歪了……

放镇门炭和缀压岁钱红絮絮，是年三十儿晚上最后的营生。收拾完饭摊子，父亲出去从炭场子里选两块升子大小的炭，放在门槛外的两扇门根下，叫镇门炭。然后站在门里朝门外放一个麻炮，叫闭门炮。到此，今夜家门就不再开了。母亲上炕的第一件事，是为我们（一般10岁以下）缀压岁钱红絮絮。所谓的压岁钱，就是铜钱，外圆内方的那一种，一岁一个，用红线缀在棉衣的肩膀上。跟压岁钱穿在一起的还有蒜瓣、红枣，末端再用一块长条形的小红布，包一个鞭炮，一并穿起来……

我不知道母亲是什么时候睡觉的，反正当第二天鸡叫时分，父亲开门站在门里，向门外放开门炮时，我们才朦朦胧胧地被震醒。第二个火龙点燃了，迷糊中，看见窗户上呼呼的火光，真想起来出去玩，可瞌睡虫却咬着不放。于是翻一个身，又呼呼地睡着了，让第二个火龙独自在院子里燃到天亮……

乡村哲学

　　现实生活中，身，总是被生生地囚禁于城市，而心，却时不时遛回乡村。

　　站在窗前，被阻断的视野里，满是林立的楼群、宽阔的街道和匠心摆设的人工"野趣"。一转身，屏幕上刚刚敲打出来的一串文字，猛然间，活泼泼蹦了起来，带着泥土、裹着露珠、烂漫在飘飘白雪中，清脆成天地辽远的郎朗童声……

　　"头九二九，冻烂碓臼。三九四九，拉门叫狗。五九六九，开门大走。七九八九，河里水长流。九九加一九，耕牛遍地走。"

　　数九，数着数着，春就来了，天就暖和了。

　　这是我几岁时就常常跟小伙伴们围成圈儿边蹦边背诵着的童谣。从那时起，我就知道，数九是由冷到暖的过程。

　　谁编的句子？朗朗上口又趣味悠长。它让人不由得想象着拉开门却不敢探出头来，只夹在门缝上叫狗的严寒，天气渐暖，"开门大走"的豪迈。

　　很美，很有情境感。

　　谁说老百姓是不懂美和艺术的粗人？

　　"初一养下（生下），初二长大，初三出嫁，初四召见天下。"

说的是月初，从无月亮到有月亮的过程。

先辈们虽然不能像今人一样具体地看到浩渺太空中星球们的模样，但是，凭着一代代的观测、揣摩、推演，硬是总结出了月亮的变化规律，并赋予了生动而优美的想象。你观察过月初的那弯新月吗？从"养下"到"召见"天下，只用三天。记得初听此谣时，我常常一个人坐在家门槛上，瞅着弯弯的新月，想象着——刚"养"下的小月亮一定晶莹莹白胖胖，像一滴苦菜奶子吧？随后，仅用两天时间就"长大"了，长成了细细弯弯的芽儿，然后，就被她妈妈给"出嫁"了。

呵呵，这样的句子，读一次，就记住了，且终身难忘！

"十五十六，两明厮露；十七十八，人定月发；十九二十，哄得人睡着。"仅仅二十五个字，我们不仅知晓了从月圆到月亏的时间，还窥见了古人的作息规律呢。

你享受过月儿哄着睡觉的恬美吗？在这儿，人与自然贴得很近，仿佛孩儿偎依着母亲。

我常常怀念我们村里的那枚月亮，真的，月下恬静的村子，婆娑的树影，羊肠子一样弯弯绕绕抖动着的、乳白色的小路……像极了显影液中刚刚显示出来的风景照！

我生长在农村，是听着民谣、民谚、民间故事长大的，它们是我睁开眼睛认识世界的向导，也是我闭着眼睛生发想象的源泉。

后来，上学了，工作了，离村子一步步远了，离庄禾蛙鸣、晨星暮月一天天远了，脑子里被数理化、找工作塞满了，所有的民谣民谚便被当做"老土"，淡忘了。

直到 50 岁以后才开始觉得，那些躲藏在记忆深处的民谣民谚，慢慢地苏醒了，一个一个蹦出来了。她们的苏醒，让我的心境清亮了很多，情绪淡定了很多，想象开阔了很多，思考，开始挖到了新土。

于是，放下背负，轻装上路，重新回到养育我的沟沟岔岔、土窑小路。在那里，栽倒头喝泉水，抬起头望明月，寂静中感触久远的温度，空壳村里阅读春雨秋叶的脉纹……

知道吗？这样的重温越绵长，越收不住脚步，越丰富，越痴迷忘返，越厚重，越有不尽的虔诚叩问！是啊，知识，智慧；源远流长、永续教化！请不要说这些词互不瓜葛。

农耕，农人，农村；生存，生活，发展。遍地生长着民谣、民谚、歇后语、顺口溜的乡村，从天上到地下，从做人做事到生老病死，一整套完备的经验体系，无处不印证着人类走出蛮荒，走向文明的深深浅浅的脚印！那不单单是一段一段的朗朗上口，更不是一个个字典上找不准字的方言俗语，不是的！那是我们的来路，是我们的去处，是我们之所以是我们的源头！

今天，我没有办法收集到所有的民谣民谚，也不可能全部囊括在此简短的文字中，只做一个简单的整理，让有兴趣者、让淡忘者，做一次驻足、给一个回头！

人类，从有农耕的第一天起，农事，就是天下第一桩大事。

"春风麦揩（jiu，埋住）子。"其时，正是老家耕种春小麦的时候。从此时出牛，春耕，便拉开了序幕。

"地耱三遍，黄金不换。"高低不平、绵延起伏的黄土高坡，硬是在黄牛的肩膀下，一犁一犁地遍耕不漏，一寸一寸地细密经营。耱地、下种、间苗、锄草、收割、打场、清地。从春分开始，到霜降结束，庄稼的一个周期，农人的一年辛苦。

"过罢冬，四十五天就打春，两对月，是清明。"从隆冬到清明，一掰指头，就得算准了清明在哪月哪日。因为清明，是农人心目中很重要的节气。

"清明前后，安瓜点豆。"清明，是万象更新的黄金线，也是农事运筹的起始点。老家气候温和，属于杂粮王国，别看土地贫瘠，种植品种却名目繁多，除了没见过种植水稻和茶叶以外，我想不起还有哪些大宗农作物没有种过。

在黄土高坡上，"三月清明不见青，二月清明遍地青"（指农历）。为什么呢？要知其原由，就得知晓二十四节气和农历（也叫夏历）平年与闰年的关系。核心是节气，不是月份。节气才是务农者不敢怠慢的重点。

在大棚种植未出现之前，除了"五九六九，沿河插柳"较早以外，不管有多少种植物，耕种，均以春风清明为界，跟着节气，一字儿走开。

虽然"庄户人家不用问，人家做甚咱做甚"。但是，没进过书房、大都不会写字的农人，却必得熟知节气，略懂历法。

"茬口不变，丰年变歉。"这里不能麦田年年种麦，豆田年年种豆，是要换茬的。"逗茬种谷，十有九得。"什么庄稼喜欢什么养分，什么苗木害怕什么病虫？都是常识。

常识，就得记在心上，挂在嘴上。"清明不在家，入伏不在地"的大蒜，正是新一茬庄稼中需要最早收回家的。

"三月里种瓜结蛋蛋，四月里种瓜逗蔓蔓。"种甚有种甚的时令。在老家，小满种瓜正当时，不要早，也不能迟。

"立夏慌忙混种谷，芒种糜黍绿豆急。"这是耕种最紧凑的日子。天蒙蒙亮，黄土汉子们就扛着犁铧牵着黄牛走在盘盘弯弯的山路上，他们得就着清晨的湿气下种。

"头伏里荞麦二伏里菜，三伏里萝卜长成怪。"不要害怕那个"怪"，那恰是种菜人期望的大萝卜。

"白露早，寒露迟，秋风种麦正当时"黄土高坡上的冬小麦，就在这个时令播种。

种，不仅要抓住时令，还得通晓方法。

"圪簇麦子撒把豆，拉稀莜麦一圪溜。"什么意思？种麦子，必须紧紧地捏住种子，一簇一簇下土，不能散开。而种豆子就不能捏住了，必须伸开五指，一把一把均匀地把种子撒出去。莜麦既不能一簇一簇地种，也不能一把一把地撒，而是要像"拉稀"一样，一把种子"一圪溜""一圪溜"、一把接一把、不中断地洒在犁场沟，这样，出苗后，才是密密匝匝，遍地成行的。

"莜麦生性怪，天凉熟得快。"莜麦喜欢偏冷些的气候，所以在晋西北，神池五寨岢岚等县域，才是莜麦的主产地。老家气候温和，又坡深梁高，产量不高。但是，老家人喜欢吃莜麦，在流通不便的年代里，少种点，吃个稀罕。

"麻三谷六菜一宿，急得老荞不过宿。"说的是出苗。麻子三天，谷子六天，菜隔夜，一个比一个出苗快。荞麦着急了，隔圪塄吼一声：谁有我快？"老荞不过宿"了——上午下种，下午出苗！

哈哈，真有趣！是夸张了点，但一比较，你就知道哪个出苗更快了。

老百姓的语言，鲜活、生动、风趣，它让你掌握的是特点，是规律。

"糜锄点点谷锄针，豆子锄的两耳芯。"你见过刚刚出苗的糜子和谷子吗？见过了，就知道糜子无论叶子还是整株苗子，都是肉坨坨、墨绿色的，仿佛一滴浓墨，很可爱。而谷苗子，刚出苗，像针一样，一层一层地卷着钻出地面，无论叶子还是整株苗子，都是尖尖的、嫩嫩的、细溜溜的，很美。糜子和谷子就得在"点点"和"针"时期，开锄间苗。

在老家，糜子和谷子是主要农作物，也是耕作最细致的植物，头锄、二锄、三培土，既要技术，又费时间，"糜子两根谷一根，荞麦莜麦不过风"。这是间苗的标准。莜麦密匝匝，苗与苗间"风"都不让过。也就是说，荞麦莜麦不间苗，尤其荞麦，生长期短，原本就不动锄。

种豆子比种糜谷要省事些，但比起莜麦荞麦来，它是需要间苗的。"豆子锄的两耳芯"，当豆苗长出两片小猪耳朵似的嫩叶夹着一个爬虫小豆苗芯时，就该开锄间苗了。间苗的标准是："小豆地里卧下鸡，还嫌小豆稀；豇豆地里卧条牛，还嫌豇豆稠。"告诉你，小豆宜稠，豇豆要稀。蹲一只鸡和卧一头牛的空间，是苗间距。够夸张的吧？而只要你追问个为什么，就会知道，小豆苗树形，苗间距小；豇豆苗铺蔓，得留出铺蔓的空间，蔓铺得多，豆角就多。

"秋风糜子寒露谷（土语：guo），霜降的黑豆不用说"收割的季节到了。但是，"地冻辘格（连枷）响，蔓菁萝卜才待长"。品种不同，种、收的时令也不同，"七月的核桃八月的梨，九月的柿子红了皮"。不用着急，一字儿排开，所有的庄禾瓜果都要颗粒归仓。

读到这里，你会觉得种地很容易吧？都有谚语，记住不就成了？

不，不然。"七十二行，庄稼为王。"种出好庄稼，才是好庄稼人。

"三年学成个生意人，一辈子也学不下个庄稼人。"种好地，不容易！曾经的乡村，一个好庄稼人是很受尊崇，很有威信的。

"万物土里生，全凭两手勤。"农人与土地的情感，对土地的倾注，是一生一世，世世代代的。种地，不仅要通晓节气时令，读懂土地的质地，茬口的轮回，庄禾的习性，更得知云雨，测天象，对你经营的土地做到最大限度的掌控。

"芒种刮北风，旱断青苗根。""立夏不下，搁起犁耙。"这是品验，是经验，是实践的真知。你知道短短的十几个字是多少人、经历了多少年代才总结出来的？仰望上苍，品味源远流长……

"伏里有雨，谷里有米。""处暑不出头，砍得喂了牛。"顶在头顶的天象，与长在地上的庄禾息息相关。尤其在靠天吃饭的黄土高坡上，春种了，夏锄了，秋有没有收成？老天说了算。如果"伏里"没有等到雨，处暑都抽不出穗，那就赶紧砍掉青苗，补种荞麦或者秋菜，以备日后有雨，秋后多少有点收成。

"麦六十，豆八颗，好死的扁豆摘两颗。"一穗麦子六十颗籽儿，普通豆子超不过八颗，而扁豆，"好死"一个豆荚两颗籽儿。扁豆产量低，但老家人还是要种点。五谷么，产量低也不能断了种。更何况，扁豆口感好，又有药用价值。

"大暑小暑，灌死耗子老鼠。"这是黄土高坡上的雨季，一般山洪、泥石流，都会发生在这个季节。

"早霞不出门，晚霞行千里。"乡村，没有天气预报，人人都是天象的观察着。"天上钩钩云，地下水淋淋""东虹霍雷西虹雨，南虹河里发大水""燕子钻天蛇过道，大雨不久就来到""久雨刮南风，天气就转晴""雹打一条线，雷雨隔地塄"这些，都是农人时常仰天观望的必须。

知道"春冻圪梁秋冻洼"是咋回事嘛？观风向，感地气，就能悟得。

听风、观云、看山势，极目处，都是知识。

如此浩渺、深奥的天地物象，硬是让先辈们用细微的触角摸索出了规律，用鲜活明快的语言框定成经验，服务于农事，服务于生活。

刨开脚下的湿土，从识天地草木，到知四季云雨，再到懂相处共生，人类经历了多少磨难、揣度、感悟和总结？回望漫漫来路，品味鲜活生动的民谣、民谚，直到今天，我们依然能体会到其中深藏的智慧，久远的叮咛，殷切的期待和恒久的用心。

拂去时空浮尘，无论生产还是生活，民谣民谚中智慧与哲思的光芒，依然铺设在人类前行的道路上——

"掌柜子打了瓮，上下都有用，受苦的打了个罐子，日下个乱子"

人世间，历来都这样。两千年前的孟子就说："劳心者治人，劳力者治于人。"很多事情的正确与否，都由话语权决定。

"给吃的跑到天边子，不给吃的趴在锅沿子。"告诉你，一切尽在人心中，一切尽在规律中，不要强抢，要给予。"强争的食吃不饱，强扭的瓜长不成"。

不是这样吗？打破这个规律，就会乱象频出。

以农耕起始的中华文明，乡村是土壤，乡村是根脉，乡村是人文气象的区域景观。

这里崇尚"好汉一言，快马一鞭"的品质。

这里升腾"土帮土成墙，人帮人成王""帮人帮到底，送佛送到西"的豪气。

这里养育"人若无刚，不如粗糠""肉烂骨头在，火过逢春风""脑袋掉了碗口大个疤"的秉性。

这里锻铸"穷不过讨吃，死不过咽气""好汉不吃嗟来食"的骨气。

这里深藏"人争一口气，舍上十亩地""舍得一身剐，敢把皇帝拉下马"的倔劲儿。

这里生长"火到猪头烂，功到自然成""天下无难事，就怕有心人"的坚韧。

这里坚信"人不可貌相，海水不可斗量""不怕秀才衣裳破，就怕肚里没硬货"的真理。

这里孕育"宁和好人打一架，不和灰人过一句话"的高傲。

这里熏染"请人不得不仗义，过日子不得不仔细"的厚道。

这里传承"不怕手脚笨，就怕不想动""山高不碍路，细水才长流"的勤劳。

这里习惯"细水长流，吃穿不愁"的节俭。

这里浸润"成为人上人，仁心头一尊"的修养。

这里深谙"人不为私，神鬼也怕"的洞悉。

这里回响"为人不做亏心事，不怕半夜鬼叫门""要想人不知，除非己莫为""好吃难消化"的警告。

这里笃定"心好不过医生，爱好不过匠人"的职业操守。

千百年来，乡村人世代秉承着"人活名头，树活荫凉"的论断，而所有挂在嘴上的民谣、民谚，都是"名头"和"阴凉"的衡量标准。

因此，贫穷也罢，殷实也好，乡村，无论语言、习俗、还是体格、生存哲学，都是自然派生，自成气候。"老百姓的嘴，是块无形的碑。"如果一个人"名头"不好，不仅本人没气场，其后代的成家立业，也将少了路径，缺了人脉。

所以，乡村培育人、约束人，依靠的是实践真知，凭借的是人文气候。这个很厉害，胜过教科书，超越所有的说教。

姑娘该找婆家了，"会拣的拣当头，不会拣的拣高楼，当头有发哩，高楼有塌哩"。乡下人虽然不富裕，却不倡导盲目地去追求"高楼"，而是注重当头。"当头"当然是指女婿，也指家族的"名头"。女婿子品行端正，诚实肯干，家族声望好，日子才会蒸蒸日上。

后生该娶媳妇了，不要只挑拣脸蛋，"圪溜树结的好果子，赖婆姨养得好小子"。这里的赖，是指不漂亮。虽然其中有几分条件所限的无奈，但强调的却是内心美胜于外表美的理念。因为"丑婆子养下红罗汉，遮住丑婆子的脚梁面"能光耀家族门楣的是"红罗汉"，而非美脸蛋，"相夫教子"，贤德兼具的女人，才是兴家旺族、养育"红罗汉"的厚土。

"一个好女人，旺夫家三代。"这个"好"的核心是贤德勤劳。女人对家的影响远胜于男人，所以，乡村人娶媳妇比聘闺女的规矩更多，也更严苛。

"老子栽树儿乘凉，孙子下来砍油梁。"如果娶不上好媳妇，教养不出成才成器的好后代，那"富不过三代"也将会成为现实。

"不孝有三，无后为大。"你知道这个"大"有多大吗？关乎家族兴旺、种族绵延、人类永续!

而今天,不再絮叨这句话的现代人,肆意放大着个人的享乐追求,以至于骄傲地成为了"丁克"家庭和独生子女父母。连最起码的人类繁衍义务都不尽了,又有哪些可值得夸夸其谈的呢?

乡间的那条土路,被我们越走越远、越走越瘦,瘦成了弯弯曲曲的一条线,瘦成了迷迷昏睡的一缕记忆,瘦成了碾压成灰的一粒尘埃。当现代人担忧转基因会让人类变异,机器人会战胜血肉之躯时,一转身,才觉得阳春三月的土墙头下无比地温暖惬意,汩汩流淌的山泉水才真正的清甜解渴。

百姓口里没空言。我体验过,"阳婆出宫,冻死球楞"是真的;"针尖窟窿椽头风"也是真的;"瘦死的骆驼比马大"更是真的!

于是,我跪地捧起一捧黄土,贴在胸口,因为我坚信:"有一把黄土就饿不死人"……

后　记

记忆中，老家变样了，想回去看看。

沟还是那条沟，路却不是原来的路。好像比原来宽了、直了。沟两边还是一院一院的人家，而宅院却不是原来的宅院了，高围墙，敞大门，古朴而有派头的窑洞……

想不起来跟谁相随着，好像两三个人。然而，一连走进两三处院子，都不是我家。

我家在哪儿呢？我怎么会找不到家了呢？

空气湿扑扑的，很甜，仿佛新雨后。我刷拉刷拉满沟里窜，满沟里找……

直到睁开眼睛，仍旧气喘吁吁。

怎么会做这样一个梦呢？莫非只因睡前想过《老家》后记的事？

然而刚刚坐到电脑前，手机上便传来了村里的消息：阳圪塄的土窑洞墙畔上裂缝了！村子东南西三面大范围的土地，多处坍塌……

正值春季，人到不了地头，春耕不就成问题了吗？

村里微信群，堆积了四五百条未读信息！

我没心思写后记了，窑洞都开裂了，老家将会走向哪里？等待她的又会是什么样的变迁？

　　突然觉得，结集《老家》是否早了些。老家会从此另辟蹊径重新选址建村？还是所有村人均作鸟兽散，各奔东西，从此村且不村？

　　我急切地想知道，村子下面是否全部被掏空？村子是否还能安然生息？

　　村群里的乡亲们焦急万分，有哭的、有骂的、有唉声叹气的、有摩拳擦掌要上访的。

　　我不便发声。绕道向一位年长者打听了一下消息，回答是：村子西北和东南方向的两座煤矿相向而进，都已到达或者超过村子。地下开采线路，村民们当然不会知道。只听说，两个矿都是溜着村边走。应该说，现在村子除东北拐角上靠着山体以外，其余三面都有采空。

　　莫非此时村子已处于半岛或者多半岛状态？

　　唉，怎么会这样？以前总听说东家的耕地坍塌下沉了，西家的耕地裂缝不敢种了。还第一次听说村中心的窑洞也开裂了！

　　我不知道该说些什么，告别长者，关机呆坐，只感身子越来越沉，直至深深地陷入……

　　2010年春天，相约同村好友峻梅，回了一趟阔别10多年的老家。当面对路断窑空、地荒井枯的老家时，心中的沉重久久不能释怀。于是，命笔倾诉，一口气写了十几篇文章，一吐哽喉的纠结。并合辑以《不该老的老家》为题在多刊上刊发。

　　然而，当心境平复、回头再看时，才觉得，那世代养育乡民的故土，岂止是寥寥数篇可以表述了的。

316

面对快速膨胀的小城大城，一泻千里的空壳农村，和不断深入的农村移民政策，再加上老家地下煤炭的快速开采，也许有一天，老家真的会荒老了、消失了。想到这些，心里焦急了：怎么办？我能做些什么？我能为养育我的这片土地做些什么？

从那天开始，几年间，我五次三番地回老家，五次三番地坐在土圪堎上、干井旁边，感受一草一木，感怀古往今来，感慨世事变迁。并随着记忆，任着情感，踩着若隐若现的脚印，一篇接一篇地写。写村风村貌，写人物命运，写坊间故事，想尽量清晰记忆中的村子、记忆中的人。而且越写越觉得空间大，越写越感觉话题多。

真的，别看山高皇帝远的小山村，认真翻阅，却是一部百读不厌的百科书。

您知道这本书扉页上醒目的"生存"二字写得多么倔犟、道劲、朴实和艰辛吗？读着她，我热血涌动，心若磐石！

老家勤劳。"河曲保德州，十年九不收，男人走口外，女人挖苦菜。"是创业的写照，还是苦难的诉说？在"地无三尺平，出门就爬坡"的土地上求生存，勤劳，当是首当其冲的。我的乡亲们，一代代硬是用两个肩膀一根脊梁，把七沟八梁的薄土遍种不漏，把一代代子孙养育得壮实坚强。土地是乡亲们的命根子，爬不住牛的陡坡，没关系，能站得住人就不能撂荒。一镢头一镢头掏出来，一粒种子一粒种子种进去，春种秋收，不离不弃。

写到这儿，我突然想套改鲁迅先生的一句话，其实地上没有路，只要你去走，它就变成了路。春天，沿着没有路的路，背起红条笼头，将一年来积攒下的农家肥，一笼头一笼头背着送到七沟八梁的地头；秋天，还是沿着没有路的路，把满山满梁的庄稼一背一背地背回来。有人就有路。这是老家人的口头禅。没去过老家的人，很难想象什么是羊肠小路。村与村，地与地，梁与沟，坡与峁，只要有人行走的地方，到处都挂着盘盘弯弯的羊肠小路：担水路、背柴路、驮炭路、送粪路、背秋路……老家就是用无数条羊肠小路缠绕出来的。谁知道那瘦瘦弯弯的黄土路上，走破了多少双粗布麻线纳出来的实纳钵钵鞋？

"有一把黄土就饿不死人。"老家人深深地感恩着黄土，从"清明不在家"的蒜开始，到"地冻乐戈（连枷）响，蔓菁萝卜才待长"的大深秋，乡亲们一年四季躬耕于土地，糜麻五谷豆类薯类，遍种不漏。就连那荒坡沟岔，一经他们耕种，都变得有坡有堰，青黄自如。您见过春天老家刚下种的土地吗？远远看去，满山满梁的脚印都均匀整齐有序的。"三年学成个买卖人，一辈子也学不成个庄稼人"，在乡亲们中间，真正的好庄稼人是备受尊重、很有威信的。

老家倔犟。不会软语细声，却是实心处地。"山高石头多，出门就爬坡"的自然环境，铸就了老家人吃苦耐劳、直爽不屈的个性。直，也可解释为单纯、不拐弯。如果跟他们打交道，不用费心，直来直去就行。假如有难事、急事，不管交道好坏，只要您肯隔墙头、过圪梁吆喝一声，保准全力帮忙。在老家，凡有大事，尤其婚丧大事，起窑盖房等，都是相互帮忙，没有花钱雇人一说。汉子们口头常挂着一句：大丈夫，不对就抽你，有事就帮你，各管各。如果他服气您了，处对了，投缘了，不疼的肉都能给您割下来。至于鸡毛蒜皮，三多二少，原本就揉不得他们眼里。但是，如果遇到酸门假醋不诚实，稀泥烂蒜耍心眼的，那就明锣明鼓、打老子对命也要跟你说个青红皂白。"为争一口气，舍上十亩地。"大有舍得一身剐，敢把皇帝拉下马的倔劲。保德人的倔，也是出了名的。"山高露石头，黄河向西流，富贵无三辈，清官也难留。"这是民间流传甚广的一句顺口溜。

老家自爱。"穷不过讨吃，死不过咽气。"他们最不能容忍的就是偷鸡摸狗，强抢豪夺。您看村里的那些普通宅院，大都是柴门敞院没大门。如果谁家围了栏，做了门，一定是要圈住鸡或者管住猪。当然，历来就穷，宅院普遍简陋也是一个方面。但邻里相处，大家看重的更是本本分分，诚心诚意。"远亲不如近邻"，大家都这么说。我小时候，偌大的村子，一到白天，大都一锁子捏住门，就下地干活去了。更有家门不上锁，双扇扇木门两个窗眼绳子一捆，就出门了。从来没听说谁家贼人入室，哪家宝贝丢失。就是自由散漫惯了的鸡们，串门时把鸡蛋下在了邻居家的鸡窝里，主人发现后，也要如数归还。尤其是秋天，庄稼收割倒后，都要在地里放上十来八天，晒一晒再背。此时，满山满梁都是均匀有序的庄稼背子，远远看去，油画般美丽。然而，即使在粮食紧缺的年代里，无论集体的还是个人的，没听说丢过多少。偶尔有手不够贵气者，路畔塄头捎带了些许，那可是被全村人所不齿的。凡有此说词的人家，村人们都看不起来，也极少交道。"人活名声，树活阴凉"是乡亲们世代遵循的信条。

老家厚道。从20世纪六七十年代走过来的人都知道，那年月，人们难得有点好吃的。如若有了，也舍不得自己吃，留着请人待客。您知道那时候的白面有多金贵吗？记得我家客人一来，吃饭时母亲就打发我们出去玩了，她和父亲给客人做白面吃。等客人吃完了，母亲才把吃剩的给我们分着吃点。父亲也许陪着客人喝一碗汤，母亲压根儿就不会尝一尝。除了尊贵的客人亲戚外，还有一个人，大家舍得给吃，那就是老师。每年，村里人大都要请老师吃饭，有孩子上学的请，没有孩子上学的也请。请老师吃饭，好像不仅仅是因为老师教着他们的孩子，还认为，那是尊重文化、尊重人才、交往广泛的体面之事。"待客不得不仗义，过日子不得不仔细。"老家人都这样认为。

老家行孝守善。薪火相传，养儿防老，是乡亲们根深蒂固的观念。在老家，丧葬事宴上有一个仪式叫央娘家（见《为娘娘寻娘家》）。这一仪式是孝的集中展现，凡有央不倒娘家或娘家人用孝帽子、哭丧棒抽打子女的，都是四邻八乡的头号新闻，其儿女从此便背上了不孝罪名，整个家族的声望也随之一落千丈。这已成了一方文化。虽然近些年出现过媳妇不孝公婆，儿子伤及父母的怪事，但老家人心中孝的标准从来都没有改变过，谴责和鄙视是回报他们最寻常的颜色。

孝道是德行，善良更是德行。虽然"破除迷信"时期，人们可能模糊了头顶三尺是否有神灵，但是"讨吃子上门，看狗开门"，也是乡亲们观察一个人心性的细节。村民刘心里想是落寞地主，孑然一身。虽然晚年一度时期曾以乞讨为生，但基本没有出过村，无论走上谁家的门，只要是饭时，都要照料着坐下来热乎乎地吃。尤其进入腊月，东家的年窝窝西家的糕，只要遇见了，都得给心里想拿上，备着过年。

老家自强不息。"不怕慢，单怕站"，守着薄土，面对十年九旱，练就的是不屈不挠的精神，不卑不亢的个性。曾经的乡亲们不在乎吃苦，却固执地坚守着"有人就不算穷"的信条。所以，我们那一带计划生育比较难搞，独生子女很少。大家坚信，只要孜孜以求，锲而不舍，走正道，育后人，终会水到渠成，家兴业旺。大山沟里刨食吃的小村子，恢复高考制度以来至2000年，考取的大中专生，和 2000 年至现在考取的大学生、研究生、博士生，大约 55 人。已经走出校门的学子们，分布在全国大约八九个地级以上的城市，他们中间有博士生导师、教授、专家、工程师、建筑师，有科技带头人，有杰出青年，有领导干部，有国家公务员……

您知道乡亲们培养一个孩子要遭受多少艰辛吗？随着农村的一天天空壳冷清，一所所乡村学校关门了。为了让孩子尽可能地享受到较好的教育资源，他们有的拖家带口弃耕回城打临工、学生意，租房陪读；有的女人抛家别口，带着上学的孩子进城租房陪读，男人在家里洗锅做饭、照料家里的孩子、耕种土地。他们都是在黄土地里抠镢子、到处打零工，去面对教育成本的日益高涨。为了孩子，东家十块西家八块凑学费的有，投人说情贷款的有。有谁计算过他们培养一个大学生比城市人要多付出多少吗？没有，连他们自己也从来都没有算过这笔账，他们只记住一句不够雅的话："养儿不念书，不如喂头猪。"

老家忧思积虑了。老家实属穷乡僻壤，父老乡亲们一代代都是穷过来的。进入改革开放时期，地底下沉睡了多少年的煤炭一夜间亢奋了，一时间，大煤窑小煤窑竞相涌起，乌金滚滚亮丽了多少眼睛，也具有了另类的繁荣。

您去过我的老家吗？您走过我老家的路吗？有煤窑的地方都有上乘的油路。走在从保德往外运煤的路上，载重七八十吨（2012 年前）的箱子车一辆挨着一辆，长龙一样把环山盘旋的路缠绕得五彩斑斓，甚是壮观。然而，那里天天堵车，一堵就是三五十里、几个小时，甚至一两天。堵车的长龙线上，一度时期形成了卖水、卖饭、卖方便面的市场。人们推着冒烟的餐车、水车，满路线跑，熙熙攘攘，热闹非凡。

2008年秋天，我被堵在了返忻的路上。小车灵活，好不容易拐弯抹角挤过大车林，爬上山圪蛋。结果，山顶上堵死了，上下道水泄不通。看来暂时是走不了了。下得车来，爬上高处，放眼惟余莽莽，领略秋高气爽，感觉顿然心旷神怡了。然而，当视线回到近处，心境立马就是另一番滋味了：西山上拉煤的汽车从山底狭长的沟里一直排到山顶，蚂蚁一样载重前行；东山上神华公司自动化装载架下，正以每分钟一节车厢的速度，为前不见头后不见尾的火车装煤，一列火车从高高的钢铁架下缓缓驶过，便满载原煤奔向远方了。身边的人告诉我：天天如此，年年如此，有十几年了……

简直是现代版的愚公移山！

也因此，我们的县域GDP也狠狠地耀眼了一阵子。

煤，是不可再生的资源。这块土地为我们保存了亿万年的宝藏，今天终于都要见天日了。虽然随着政府煤炭市场的不断整合，近两年煤炭开采有了秩序，但是该挖的还在挖。我不知道这么些年，老家县域内挖走了多少煤？现在每天还往出挖多少？按现在的保有储量计算，还能挖多少年？煤挖完以后，将来的老家，又会是什么样子？

我不懂地质学，更不懂矿藏开采，只是牵挂老家。也许杞人忧天了。既然老天爷将人类寄居到这个星球上，那么，合理开发利用资源，本无可厚非。然而，老家隔三岔五就传来土地坍塌的消息，总让人惆怅、闹心。究竟怎么样开发利用才算是合理呢？

随着老家人有奈无奈的流出、搬迁，好多东西都在变：思维趋向，生活方式，追求目标。唯一不变的，还是穷。

地底蕴藏了那么丰富的宝贝，老家人却依旧不能富裕，反倒要丢失家园。我想问，凭着老家地下煤炭富裕了的人们，该怎么样补报才算够道义呢？

我常常幻想，如果老家真的成了"半岛"，不能原址居住了，是不是可以在周围再选一块安全的地盘，还是这些乡亲，还建成一眼一眼的窑洞，还复我的老家？我真的不想失去老家，不想离开世世代代的乡亲们！

不知道老家窑洞裂缝的事最后怎么平息的，反正裂缝就在那儿放着，而我的后记还得赶紧写。

感谢山西省文学院张卫平院长以及各位老师的厚爱，《老家》得以搭乘"晋军新实力"丛书一并出版。本集共收录老家主题文章40篇，分3辑，分别为村情、人物和民俗。

老家的故事，总想用老家的语气、老家的方言，而这于我，却是比较费事的事情，尤其是选字。衷心感谢保德新青年读书会会长、地方方言钻研者徐江老乡！《老家》的文章，他几乎篇篇都看，不仅是大多数文章的第一读者、指正者，也是第一校对者。还有保德新青年平台的编辑们以及广大读者，文章在该平台连续刊载一年有余，老乡们不仅热心关注，更有真诚的指正和暖心的建议。这里一并致以深深的谢意！

辑集，不是搁笔。古老的土地，纯朴的乡亲，旷达而醇厚的民风，是永远写不完的主题。有老家，我们才有来路，有根；有老家，我们就可以随时乘一缕轻风，寻找到心灵深处的暖地，寻找到餐风饮露的纯真。

但愿，今后笔端的老家，不仅依旧温暖淳厚，更可以再次欣欣向荣……

/ 后记 /

2018. 9. 28